講談社文庫

そして扉が閉ざされた

新装版

岡嶋二人

講談社

目次

そして扉が閉ざされた　5
本格推理小説論　島田荘司　364
岡嶋二人著作リスト　376

そして扉が閉ざされた

1

最後の記憶は、ラブシートの背に掛けられた白いレースのカバーだった。二人掛けの小振りのソファである。レースから二本のほつれが垂れ下がっていたのを、毛利雄一《もうりゆういち》は眼の端に記憶している。丸みを持った装飾の多いソファで、背と座に張られたモスグリーンの布には派手なバラの絵が一面に散らされていた。眠気が、雄一の頭を肘掛けの上へ落とし、レースのほつれだけが、瞼《まぶた》の裏側に二本の筋となって残った。

眼を覚ました時、身体の下からラブシートは消えていた。薄っぺらなカーペットを張った堅い床の上で、雄一は仰向けに寝かされていた。一度も足を踏み入れたことのない、異様な部屋の中であった。

誰かが、左の肩をつかんで揺り動かしている。肩に伝わる感触は、女の掌だ。いくぶんためらいを持ったような手が、雄一の肩を、二度、三度と、また押した。

「雄一さん」

声に聞き覚えがあった。透明感のある包み込んでくるような声。その声が、どこか苛立《いらだ》ちを含んで聞こえる。

「起きてよ、雄一さん」

　はっとして、雄一は眼を開けた。目の前に自分を見つめる美しい女の顔があった。瞬《また》きを繰り返す雄一に、女はほっとしたような表情で吐息をついた。

「わかる？」

「……鮎美《あゆみ》」

　雄一は、女の名をつぶやいた。つぶやきながら、これは夢か、と自問した。影山鮎美《かげやまあゆみ》に起こしてもらう朝を望んだことはある。鮎美に起こされ、彼女が用意した朝食を二人で食べる。そうなりたい、と夢想したことが、以前あった。

「鮎美？」

　自分を覗き込んでいる女に、雄一はそう訊ねた。彼女はうなずき、肩に載せた手にいくぶん力をこめた。雄一はその手をつかんでみた。柔らかな感触。本物だ。

　しかし、鮎美に起こされるような覚えが、雄一にはなかった。起こされるからには、そこには前の夜の甘い記憶ぐらい伴われていていいと思うし、第一、ここはベッドの中ではない。背中の下にある感触は堅く、どこかの床の上だ。

　鮎美とは、この三ヵ月間会ったことがない。手渡されたはずの電話番号のメモをなくした。うろ覚えの番号を、手当たり次第にダイヤルし、そのすべてが間違いだった。住所を知らず、大学の名前すら知らなかった。彼女のほうからの連絡も、まるでなかった。三ヵ月前のあの四日間が終わると同時に、だから鮎美との関係も終わってしまった。

　ところが今、その鮎美が肩に手を置いている。その手を、試みに握りしめてみた。見下ろしている鮎美の表情が、ふっと笑ったように見えた。

「気分は？　起きられそう？」

　と鮎美が訊いた。

　頭の中にチリチリしたささくれのようなものがある。二日酔の痛みとは違う。妙な飲み方をしただろうか？　しかし、飲んだ記憶も、雄一にはなかった。

「俺……どうしたんだ？」

「覚えてない？」

「ああ、どこだ、ここ。なんで君がいる？」

「だめか……」

　鮎美が溜め息をつき、肩の手を外《はず》した。頭をゆっくりと左右に振った。

「だめ？　なにが？」

「ひょっとしたら、雄一さんが事情を知ってるかって、期待もあったんだけど。あなたも、あたしたちと同じことなわけね」

「あたしたち……？」

雄一は鮎美を見返した。その言葉に、ぎくりとして身体を起こした。一瞬、軽いむかつきが胃のあたりから上ってきた。鮎美のしゃがんでいる向こうに、奇妙な部屋が伸びていた。

部屋に男と女が立っていた。二人は、雄一を凝視している。両方とも知っている顔だ。興奮のためか、恐怖なのか、二人とも青ざめた表情が極度に緊張して見える。男は成瀬《なるせ》正志《ただし》、女は波多野《はたの》千鶴《ちづる》といった。二人の記憶は、鮎美と過ごした四日間の記憶に重なっている。三ヵ月前の、たった四日間の記憶――。

「なんだ、これは?」

雄一は、正志と千鶴を眺め、その目を鮎美に返した。誰も答えなかった。

自分の周りを見回した。

ここは、どこだ?

窓がどこにも見当たらない。天井に並んでいる蛍光灯の光だけが、部屋の内部を照らし出している。全体に、カマボコ型と言ったらいいのだろうか――クリーム色のペンキで塗り固めただけの寒々とした壁面は、筒のように彎曲《わんきょく》して、そのまま天井へ続いている。部屋の長手《ながて》方向が六メートルあまり、幅は三メートルほどだろう。

兵舎か、倉庫か、あるいはなにもかもが取り払われた後の潜水艦の中にでもいるような感覚だった。装飾らしきものがなにもない。

部屋は、ほぼ中央で二分され、雄一たちのいる手前の床が向こう側より一段低くなっている。その向こう側の左右の壁に一つずつ、折り畳み式の吊りベッドが取りつけられている。フレームパイプにキャンバスを張っただけの、簡単なベッドだ。フレームの片側が壁に固定され、もう一方は二本のバンドで天井から吊られている。ベッドの下の床には、畳んだ白い毛布が重ねてあった。

吊りベッドのある向こうの壁——カマボコで言えば小口にあたる奥の壁には、鉄梯《てつばし》子《ご》が取りつけられている。その梯子が上り着く天井の隅に、ハッチのような四角い蓋がはめこまれていた。銀色の蓋は閉じられ、太いレバーハンドルが突き出して見えている。

その壁の反対側、雄一の後ろにドアがある。大袈裟《おおげさ》なドアだ。やや楕円に近い形の鉄製の扉が、壁の中央から少し左に寄った位置にがっちりとはめ込まれている。気密性を重視したもののようで、録音スタジオか、特殊な実験室にでも行かなければ、こんなドアにはお目にかかれそうにない。ドアには、大きなレバーハンドルが取りつけられていた。

ドアの右手には、小さな流しがある。流しのほうは、ドアに比べていかにも貧弱だった。ステンレス製の小さなシンクが一槽あるだけのものだ。流しの真上の天井が、そこだけ丸く張り出し、その膨らみから細いパイプが下へ伸び、壁を伝って蛇口へつながっている。パイプは途中で枝分かれして、一方は脇の壁の中へ消えていた。

流しの横に小さな棚が取りつけられている。そこにプラスチックのコップが四つ、伏せて置かれていた。流しの下には、ガムテープで梱包《こんぽう》された段ボールの箱が二つ、並べて置いてあった。箱には何の印刷もされていない。

ドアの左手の壁には、奇妙な形の装置が据えられている。水圧バルブに手回しクランクを取りつけたようなもので、太いパイプが装置から上方へ伸びている。パイプは、途中で二方向へ分岐し、一つは壁を貫いて向こう側へ消え、一つはそのまま壁を伝い上がり、部屋の中央まで天井を這《は》っていた。そのパイプの途中二個所に、撒水口《さんすいこう》のような丸い弁が下へ向けて取りつけられているが、それらが何のためにあるものか、雄一にはまったく想像できなかった。

天井の蛍光灯は、太いパイプを挟んで左右にある。蛍光灯とパイプの間に、豆電球のようなものが見えている。光を放っているのは、蛍光灯のほうだけだった。流しの横の壁に、スイッチが一つ。それが明かりのスイッチなのだろう。

それですべてだった。部屋には、あとなにもない。

「なんだ、ここは？」

雄一は、疑問を口に出した。

鮎美と正志と千鶴と、三人を順番に眺めた。全員が、雄一をじっと見つめている。

「どういうことなんだ？」

もう一度訊いた。鮎美が首を振った。

「みんな知らないのよ」

鮎美は、怒ったように言った。

「知らない？」

「千鶴が最初に起きて」と、鮎美は千鶴のほうへ目をやった。「この人の悲鳴で、あたしと正志君が起きた。雄一さんは、起きなかった。いびきをかいてたわよ」

「…………」

雄一は、眉を寄せて鮎美を見つめた。

「みんな、あなたと同じ。気がついたら、ここの床で寝てた。どういうことなのか、ここがどこなのか、みんな知らない」

「ちょっと待ってくれ。そいつは、なんの話だ？　俺には――」

「わけがわからないってことを言ってるのよ！」いきなり鮎美が床から立ち上がった。苛立ったように、震える指を雄一のほうへ突き出した。「もしかしたら、あなたが事情を知っているのかも知れないと思って、それで起こしたの。なんでこんなことをされなきゃならないのか、訊きたいのはこっちのほうよ！」

「さっぱりわからないな」雄一は、目の前に突き出された鮎美の指を押し退《の》けた。

「君は何を言ってるんだ？　俺が知りたいのは、どうしてこんなところに俺がいるのかってことだよ。それに、なんで君や正志や千鶴がいる？　なんなんだ、こいつは？」

「知らないって言ってるじゃないの！」

喉《のど》を鳴らすような音が聞こえて、雄一は鮎美から千鶴に目を向けた。千鶴が泣き出しそうな顔をしていた。

「出して。ここから出して……」

「…………」

出して？

雄一は、後ろを振り返った。鉄の扉を見つめた。レバーハンドルが、蛍光灯の光を受けて鈍く丸みを見せている。腰を上げ、床から立ち上がった。自分が靴を履いていないことに気づいた。見回したが、靴はどこにもなかった。

ドアの前へ進む。レバーハンドルをつかみ、回そうと試みた。

「…………」

ハンドルは、どこかに嚙みついているかのようにびくともしない。思い切り引っ張り、そして押してみた。

「動かない」と後ろで正志が言った。「やってみましたよ」

「なに？」

雄一は正志を振り返った。正志は、蒼白い顔で雄一を見返した。

「やってみたって、何を？」

「だから……」正志の声は震えていた。「ドアが開かないかと思って」

雄一は、ドアに向かい、足で蹴りつけた。ゴン、という鈍い音だけが部屋に響いた。もう一度、レバーハンドルを握る。力をこめ、身体の重みを加えて押し下げるようにする。手にハンドルが食い込み、赤く跡を残しただけだった。

雄一は振り返り、部屋の反対側へ走った。千鶴と鮎美の横をすり抜け、ベッドのある向こう側へ駆け上った。壁の鉄梯子をよじ上る。天井のハッチから出ているレバーをつかみ、力を入れた。

「……………」

まるで動かない。渾身《こんしん》の力を込めて揺すってみる。しかし、効果はなかった。

雄一は、ハッチを叩いた。

「おい！　開けろ！　誰かいないのか。開けてくれ！」

「閉じ込められたんです」

部屋の向こうで、正志が言った。

雄一は梯子から後ろへ首を回した。正志が床に腰を落としていた。

「……出して」

千鶴が、絞るような声を上げた。

閉じ込められた？　どうして俺が閉じ込められなくてはならないんだ。

ハッチを睨みつけ、梯子から飛び下りた。三人のほうへ身体を返した。

「どういうことだ、これは」

誰も、答えなかった。

「どうして、ドアが開かないんだ。答えろ。どうしてだ？　ここはどこなんだ。教えろよ。黙ってないで、答えろ！」

雄一は、しゃがんでいる正志の両肩をつかんで揺すった。

「なんとか言えよ！」

「僕だって！」と、正志は、大きく首を振りながら叫んだ。「教えてほしいんですよ！」

千鶴のほうを向いた。千鶴は下唇を嚙みながら、雄一を睨みつけた。鮎美に目を返した。

「眠らされたのよ。覚えてないの？　あなたもなんでしょう？　咲子のお母さんに、眠らされたのよ」

「咲子の――」

雄一は眼を見開いた。記憶のどこかで、何かがはじけた。

咲子のオフクロ……。

不意に、レースのカバーから垂れ下がっている二本のほつれが、雄一の中に浮かんだ。

2

三田雅代《みたまさよ》から電話が掛かってきたのは、まだ朝のうちだった。

例の有無を言わせぬ口調で、雅代は、咲子の墓へご一緒してほしいのだと言った。

「もちろん、お葬式にお呼びはしなかったし、四十九日だってご遠慮いただきましたけどね。でも、花の一輪ぐらい手向《たむ》けて下さってもいいと思いますよ。そうでしょう?」

気は進まなかった。墓に参るのはいい。雅代と向かい合うのが、耐えられない。

「咲子をかわいそうだって、あなたはお思いにならないの? あなたの気持ちの中から、あの子はもうきれいさっぱりなくなってしまったんですか?」

いや、そんなこと……と言い掛け、次の言葉を失った。雅代は、たたみかけるように言った。

「とにかく、家のほうへ来ていただきたいの。車を用意しますから」

「あ、いえ……俺、直接、お墓のほうへ伺います」

「まず、家へいらしてちょうだい。出掛ける前に、あなたに差し上げなきゃならないものがあるんです」

「……なんですか？」

「いらして下さった時にお見せします。咲子があなたに遺《のこ》したものですから」

「俺に……？」

「必ず来て下さるわね」

念を押すように言い、雅代は一方的に電話を切った。

咲子が遺したもの——。

想像がつかなかった。よけいに気が重くなった。スタジオに電話を入れた。少し練習に遅れるかも知れないと、バンドのメンバーに伝言を頼んだ。指定された時刻より十五分ほど遅れて、雄一は三田邸を訪れた。

屋敷の中へ通され、以前来た時とずいぶん印象が違ってしまったことに気づいた。ガランとして、どことなく埃《ほこり》っぽい。生活の匂いが消えてしまったように見えた。

そう言えば、出迎えたのも雅代自身だった。お手伝いに暇を出したのだろうか？

居間へ通された。バラの絵をちりばめたラブシートに、雄一は腰を掛けさせられた。グラスにオレンジジュースを満たし、雅代はそれを勧めた。

「お飲みなさい」

部屋を見ている雄一に気がついたのか、雅代は斜め前のソファに腰を下ろしながら、ふっと笑ってみせた。その鼻先にかかるような笑いは、娘にそっくりだった。

「売ろうかと思っているの」

雄一は雅代を見つめた。

「この家をですか？」

「手放したほうがいいと思うのよ。私一人で住むには広すぎますからね」

「一人って……でも」

あら、と雅代は雄一を見返した。

「ご存じないのかしら。主人は亡くなりましたのよ」

「……亡くなった」

知らなかった。誰も、知らせてはくれなかった。

「ええ。入院してたことは、ご存じよね」

「はあ」

「主人は咲子を可愛がっていました。あの子の行方がわからなくなって、とても苦しんでいたんですよ。前から心臓の具合がよくなかったし、ずっと病院には通っていましたけど、あのことですっかりだめになってしまって」

「…………」

「一度、退院したんです。間の悪い退院だったのね。できれば咲子が見つかった時、家にはいてほしくなかったのに」

雄一は、自分の前に置かれているグラスを見ていた。言うべき言葉がなにも浮かんでこなかった。

「お飲みなさい。ぬるくなってしまいますよ」

はあ、とうなずき、雄一はグラスのジュースで口の中を湿らせた。甘ったるいジュースだった。

「あの子が見つかったって、報《しら》せがあった時、主人が電話を取ったんです。一番、報せてはならない人が、最初にあの子のことを聞いたのよ」

「…………」

「私と主人で、警察病院へ行きました。病院の廊下で主人は倒れたんです。三日後に亡くなりました」

雄一は目を落とし、ジュースをもう一口飲んだ。雅代が、自分を観察しているのがわかった。いたたまれないような気持ちだった。

「あのね」

と言いながら、雅代はソファを立った。部屋の向こうのサイドボードの上から、角封筒を一つ持って戻ってきた。その封筒を、グラスの横へ置いた。雄一は、封筒から雅代に目を上げた。
「咲子の机の引き出しに入っていたの。ご覧なさい。あなたに宛てたものですから」
封筒の表には、何も書かれていなかった。恐れに似たものを感じながら、雄一はその封筒を手に取った。
中には折りたたんだカードが一枚入っていた。ファンシーショップあたりで売られているグリーティングカードだった。バラの花の絵が一輪、カードの表に浮きだして見える。その横に、
毛利雄一様
と咲子の字が書き込まれていた。
カードの折り目をひろげて中を開けた。バラに縁取られて、咲子の字が読めた。

愛してる　愛してる　愛してる
咲子

しばらく、雄一はその文字を見つめていた。その文字に、咲子の気取った笑顔が重

なって見えた。

「キスしたい？」

咲子は、雄一にいつもそう訊いた。

「愛してるって言えば、してもいいわ」

雄一は、その言葉を言った。ボタンやホックを一つ外すたびに、愛してる、と言わされた。咲子の着ているものには、たくさんのボタンやホックがついていた。

「お飲みなさい」

雅代が、また言った。雄一はカードを封筒に戻し、グラスを取り上げた。ジュースを一気に飲み干した。喉が渇ききっていた。なおさら渇きを増すような、甘いジュースだった。

「あの子を抱いたの？　毛利さん」

しばらくの沈黙の後、雅代が言った。雄一は、驚いて雅代を見た。

「そうなのね、やっぱり」

「いや、あの……」

「ごまかす必要はありません」

雅代は、雄一の言葉を遮《さえぎ》った。

「あの子はあなたを好きだったようです。でも、それは片思いだったみたいね」

「いや、そんな――」

「だったら、どうして、あれから一度もここへいらっしゃらなかったの？」

「…………」

「お葬式ぐらいは来ていただけるものと思ってたわ。もちろん、お呼びしませんでしたよ。そりゃそうでしょう？　あの子の行方がわからなくなったというのに、あなたはここへ挨拶にもみえなかった。私は、事情をみんな警察の方に教えていただいたんですよ」

「……すみません」

「それだけ？」

雅代は、雄一を見据えるようにして言った。顎を上げ、ソファを立って窓のほうへ歩いた。窓辺に立って、庭のほうを向いていた。何か言うべきかとも思ったが、雄一には言葉が出てこなかった。

胸にむかつきを覚えたのは、その時だった。胃のあたりに突き上げるようなものがあった。頭の中にぼんやりと霞《かすみ》がかかったようで、急激に眠気が襲ってきた。むかつきと眠気で、雄一はラブシートの肘掛けに身体をもたせかけた。

雅代がこちらを振り向き、何か言ったように感じた。しかし、その言葉がやけに遠く感じられた。何を言っているのか、まるでわからなかった。

気分が悪く、同時に眠かった。脇の下が冷たく汗をかいているように思えた。手がだるく、足にも感覚がなくなった。肘掛けに頭を預け、雄一は精一杯、息を吸い込もうとした。シートの背にかけられたカバーの白さだけが目に残り、視界からすべてが消え去った。

3

「くそお……」と、雄一は自分の喉を押さえた。「ジュースだ。あの、オレンジジュースだ」

ほんの少し、まだ胸にむかつきが残っている。頭の中に軽い痛みがあるのも、みんなあのジュースのせいに違いない。あれに、雅代は何かを入れていたのだ。

三度、雅代は「飲みなさい」と雄一に勧めた。それで気づくべきだった。何かおかしいと思うべきだった。雄一には、あの時、咲子のカードの文字しか頭になかった。

「毛利君も、ジュースですか」

と、正志が部屋の隅で言った。雄一は床に腰を下ろし、正志に目をやった。正志は、スーツにネクタイという格好をしていた。やはり靴は脱がされている。スーツに靴なしでは、間抜けに見える。

「君も、あれを飲んだのか？」

「おいしくなかったけど、飲まないと悪いような気がして」

「みんなも？」

雄一は、鮎美と千鶴に目をやった。千鶴が顔をしかめ、鮎美は苛立《いらだ》ちを隠そうともせず、何度も首を縦に振ってみせた。

三田雅代……あの女、いったい何を考えているのだ？

「僕、墓参りをしろって言われたんです」

正志が言った。

「それでスーツを着ているのか？」

「………………」

正志は、自分の服装を見下ろした。情けなさそうに顔が歪《ゆが》んだ。

「あれから、僕、ずっと三田さんの家には伺っていなかったんです。もっとも、その前にだって行ったことなかったけど。なんとなく、そういう気持ちになれなかったから……でも、咲子さんのお母さんが電話を掛けてきて、断るのも怖いような感じがして——」

「ねえ」と鮎美が雄一に声を掛けた。「煙草、持ってない？」

雄一は、自分のポケットを探った。

「………」

煙草もライターも入っていなかった。ジーパンの後ろのポケットに、ハンカチが一枚あるだけだ。雅代から受け取ったはずの咲子のカードさえ、どこにもない。

「一本もないの？」

鮎美は溜め息をついた。

ふと雄一は、自分の腕から時計が外されていることに気づいた。

何時だ？

「誰か、時計を持ってないか？」

「なにもかも、取られてるのよ」と千鶴が床にペタリと座り込んだまま言った。「時計も、お財布も、なにからなにまで。信じらんないわ。こんなことってある？」

部屋の中にも、時計らしきものは見当たらなかった。

今、何時だろう……。

窓のない部屋では、今が昼か夜かもわからない。どのぐらい寝ていたのだろうか？

「心配してるわ」千鶴が床に拡がったスカートを引っ張るようにしながら言った。

「出て来る時に、なんにも言ってこなかったんだもの。心配してるわ、いまごろ」

「そうよ！」と鮎美が、背筋を伸ばした。「千鶴のオヤジさんなら心配してる。あたしのとこはアテになんないけど、あんたのウチじゃ騒いでるよ、きっと。捜してるよ。もしかすると警察に届けたわね。きっと捜しにくる」

　雄一は、鮎美を見返した。

「どうして、鮎美のウチはアテにならないんだ？」

「………」

　鮎美は、チラッと雄一を見た。肩をすくめた。

「誘拐です」と正志が青い顔をして言う。「誘拐、監禁。もし、営利誘拐だったら、最高に重い罪になる」

　雄一は、正志を眺めた。口を開く前に、鮎美のほうが言った。

「何言ってるの、あんた？　それで咲子のオフクロさんをやりこめたつもり？」

「いえ……そんな。僕はただ、僕たちが非常に悪質な犯罪に――」

「黙んなさいよ！　なにが営利誘拐よ。ふざけんじゃないわよ。咲子のオフクロが、どうしてあたしたちを営利誘拐しなきゃなんないの？　三田さんとこは金持ちなんだよ。逆じゃないさ。誘拐されたのは、あたしたちなんだからね」

「………」

「第三者みたいなこと言わないでよね。どうやって助かるか。正志君、あんた頭良いんじゃないの。国立の大学に行ってるのあんただけなんだから。偏差値の高い頭使うなら、もっとちゃんとしたことに使いなさいよ。どうやったら、出れるの？　ここを」

「そんなこと言われたって」

正志は、ぶるぶると身体を震わせた。

「ねえ」と、千鶴が雄一のほうに乗り出すようにして身体を寄せた。「助けに来てくれるとしたら、どのぐらいの時間、かかる？　四人の人間がいっぺんに行方不明になったんだもの、警察、ひっちゃきになって捜してくれるわよね。四人とも咲子の家で行方不明になってるんだから」

「え……だって」

「たった今、ウチを出る時、何も言って来なかったたって、お前さん言ってたぜ」

「君のオヤジやオフクロが、行き先を知ってるなら、警察にそれを言うだろうけどね」

「そんな……」千鶴は、正志のほうへ振り返った。「ねえ、正志君、あなた、行き先を言って来たんでしょう？」

正志は首を小さく振った。千鶴は鮎美に向き直った。

「鮎美、あなたは？」

鮎美は、爪を噛みながら千鶴のほうへ目を上げた。

「どこに行くかなんて、あたし、言って出たことないよ。あたしの行き先を気にする人間もいないし」

「…………」

雄一は、鮎美を見つめた。その視線に気づき、鮎美は睨むように雄一を見た。なおも見つめる雄一に、なによ、と言うように顎を上げた。雄一は目をそらした。

「毛利さん、あなたは？」千鶴が縋《すが》るように雄一に言った。「あなたは、誰かに言って来たでしょう？」

「俺は、アパートに一人暮らしだよ」

「うそよ！」千鶴が声を上げた。「どうしてなの？　うそよ、じゃあ、どうなるの！」

「待つつもりなのか？」

「え？」

「助けを待つつもりなのかよ」言いながら、雄一は部屋のドアを見た。「あいつをどうにか、ぶっ壊してやることのほうが、確実だ」

そのためには、何か道具が必要だった。ちょっとやそっとのことで壊れるようなドアには見えない。しかし、部屋には武器や道具として使えそうなものは、どこにも見当たらなかった。

「咲子のお母さん……どうして、こんなことするの？」

千鶴が、言った。

としか思えない」

「直接、あの人に訊きなさいよ」と鮎美がふてくされて言う。「気がおかしくなった

「でも、あたしたちを閉じ込めた理由がわかれば、出してもらう方法もわかるんじゃない？」

「千鶴、部屋見たでしょう？」と鮎美は大きく息を吐き出した。「掃除もしてないみたいだったじゃないの。あの病的に綺麗好きなオフクロさんが、部屋の掃除もしてないのよ。前はあんなに埃っぽい家じゃなかったわ」

確かにそうだ、と雄一は思った。通された屋敷の中には、生活の匂いがしなかった。

「娘がああいうことになってさ、オヤジさんも後を追っ掛けるみたいにして死んじゃったっていうし、あの人、どうかなっちゃったのよ。気が変になったとしか思えないわ」

「でも、あるはずでしょう？　ここから出る方法が、どこかにあるはずでしょう？」

雄一は、ふと立ち上がった。

流しの前へ歩いて行った。小さな流しの下に、段ボール箱が二つ、並べて置かれている。箱は、ガムテープで梱包されている。しゃがみ込み、箱の一つを手前に引き出した。後ろに三人が集まってきた。

箱は、ずっしりとした重みを持っていた。ガムテープの端を爪で剝がす。蓋をとめてあるテープを一気に剝ぎ取った。

「なに、これ……？」

鮎美が、開いた蓋の中を覗いて声を上げた。黄色い小箱がびっしりと詰まっている。一つを取り上げた。

「カロリーメイト、バランス栄養食……」

箱の文字を、横から正志が読んだ。

全員が顔を見合わせた。

「そっちは？」

言うと、鮎美がもう一つの段ボール箱を引き出した。鮎美と千鶴でテープを剝がす。

「こっちもだわ……」

二つの箱にびっしりと詰められたカロリーメイト――。

「なにかの冗談なの。これ？」

鮎美が、呆れたような声で言った。

「これを……」と、雄一は手の小箱を眺めた。「こいつを、食べろっていうのか？」

正志の唾を飲み込む音が聞こえた。

「つまり、僕たちは、ずっとここにいるってことになるんですか……？」

「いやよ！」千鶴が叫んだ。「どうして？　そんなのひどいじゃない！」

「くそ！」

雄一は、手のカロリーメイトを放り出し、ドアへ突進した。身体ごとドアにぶつかる。肩に痛みが走った。レバーハンドルを両手で握りしめ、身体全体の力を込めて揺すった。正志が駆け寄ってきて、それに加わった。二人でレバーを握り、力一杯、重みをかけた。レバーの向こうで、小さな引っ掛かりのような手応えを感じた。

手を止め、雄一は正志と顔を見合わせた。

「よし、足だ。足でやってみる」

正志を下がらせ、雄一は床の上へ仰向けに寝転がった。足を上へ持ち上げ、レバーを足で蹴り上げた。

「あ、ちょっと動いたみたいだ！」

正志が声を上げた。鮎美と千鶴が、正志の後ろで抱き合っている。

雄一は、続けて何度もレバーを蹴り上げた。何度か続けるうちに、ガキン、という音がドア全体に響いた。

「やった！」

雄一は、床から起き上がった。レバーをつかみ、下へゆっくりと押す。引っ掛かりが何度か回転を止めたが、確実にレバーは回り続けた。ギシギシという厭《いや》な音がドアに響く。レバーが回りきり、最後に金属のちぎれるような音がして、ドアが向こう側へ動いた。

重いドアを押し開け、雄一はそこから飛び出した。

「…………」

そこは、外ではなかった。

一メートル四方ほどの小部屋だった。右側にまたドアがある。正面にはベッドの向こうと同じような鉄梯子が取りつけられている。梯子の上の天井には、やはりハッチがあった。ここのハッチは、四角ではなく、円形だった。

残りの三人も、その小部屋に出て来た。誰もが言葉を失った。

正志が鉄梯子を上った。円形のハッチの下面には、小さな二本の把手《とって》がついている。見たところ、ハッチはスライドさせて開けるようになっているらしい。ベッドの向こうのものとは構造が違っている。

正志は、その把手をつかんで引いた。くく……という声が、正志の歯の間から洩れるだけで、ハッチは微動もしなかった。

雄一は、右側のドアに進んだ。先程のドアと違い、こちらはごく普通のものだった。ノブに手を掛けると、ドアは簡単に手前に開いた。

「あ」

思わず声が出た。

そこはトイレだった。しかし、雄一を驚かせたのは、トイレの壁一面に貼られた写真と、その写真の上部になぐり書きされた赤いペンキの文字だった。

お前たちが殺した

かなり力を込めて書かれたものらしく、ペンキの飛沫《ひまつ》が横の壁にまで飛んでいた。

「そんなこと……」

雄一の後ろで、鮎美がつぶやくように言った。

写真は全部で七枚あった。四枚が三田咲子の写真。あとの三枚には彼女の車が写されていた。それは、陸に引き上げられたばかりのアルファロメオの写真だった。車は右の前輪を失い、ノーズをぐちゃぐちゃにつぶした無惨な姿になっていた。

「嘘だ……そんなの嘘だ」

そう言った正志の声が、がくがくと震えていた。

4

ドアを開け放ったまま、四人は部屋へ戻った。正志は、吊りベッドの下に虚ろな表情でへたり込んでいた。千鶴は、流しの横で膝を抱え、その膝の間に顔を埋めている。鮎美がドアの脇にしゃがみ込み、雄一はなんとなくその隣に腰を下ろした。

誰も口をきかなかった。

ドアの向こうにトイレの入口が見えている。

――お前たちが殺した。

雅代の書いた文字だ。あの写真も、雅代が貼った。四人を呼び出し、ジュースを飲ませて眠らせた。ここへ閉じ込め、カロリーメイトだけ与え、あの母親は「お前たちが娘を殺したのだ」と言っている。

では、これは……と、雄一はカマボコ型の部屋を見渡した。信じられなかった。なんてことだ。正気の沙汰じゃない。

殺してなどいない！

誰も、咲子を殺してはいない。あれは、事故だったのだ。

三ヵ月前の四日間――その最後の数時間が、すべてを変えた。なにもかもが、あの馬鹿気た四日間の最後で変わってしまった。しかし、あれは事故だったのだ。咲子は、事故で死んだのだ。

夜明けだった。

四人は別荘を出ると、海を望む崖の上へ向かった。咲子のアルファロメオを最後に見たのがそこだと、千鶴が主張したからだ。他に捜すあてはなかった。

正志の車に四人が乗った。雄一は、いまさら咲子に会いたいとは思わなかった。出て行け、と咲子は言ったのだ。

「あたしをこんなめにあわせて、絶対に後悔させてやる。思い知らせてやるから」

そう咲子が言って、さほどの時間は経《た》っていない。咲子に会うつもりなど、どこにもなかった。雄一は、鮎美を誘って帰るつもりだったのだ。

千鶴が、アルファロメオのあった場所へ行ってみることを主張し、正志は駅へ向かう道を変更したのだった。舗装された道路から泥の道へ入り、さらに海へ張り出すように突き出た岬の上へ車は進んだ。

崖の上は朝日をあびていた。

車を停め、全員が外に出た。下草が朝の露に濡れている。岬は海に向かってなだらかに傾斜していた。崖の向こうには海が続いている。やや高めの波が、崖の下へ向かって打ち寄せていた。

アルファロメオの姿は、崖の上になかった。雄一には、こんな場所に咲子が一人で来たこと自体が信じられなかった。しかし、千鶴と正志と鮎美の三人は、ここでアルファロメオを見たと言った。

「違う車だったんじゃないか」と雄一は、三人に言った。「あの怖がりが、夜の崖の上になんか来るものか」

「咲子の車だったわよ。オープンカーだったし、色も赤だったし、アルファロメオだわ」

千鶴が不安気にあたりを見回しながら言った。

「赤いアルファロメオが他にあったっておかしかないぜ」

「いや、咲子さんの車でしたよ」と、正志がやや緊張した声で言った。「懐中電灯で後ろの座席を見ました。犬のぬいぐるみが置いてあったし」

どうでもいい、と雄一は思った。では、来たんだろう。熱くなった頭でも冷やすために、暗い海を見に来たというわけだ。

「このへんに停めてあったんだっけ？」

と、千鶴が斜面の中程に立って正志と鮎美のほうを振り返った。千鶴の足下に、露に濡れた新聞紙が散らばっていた。

「もっとこっちだったんじゃないですか」

正志は、やや平坦な奥のほうを指差した。そのあたりを歩き回る正志の足が、落ちていたコーラの缶を蹴飛ばした。缶は斜面を転がり、崖の先から海へ消えていった。

雄一は、鮎美と話がしたかった。鮎美も、時折、雄一に何かを言いたげな表情を向けてきた。昨夜の咲子との衝突が、厭な後味を残し、それが二人の会話を不自然なものに変えている。煙草を忙《せわ》しなくふかしながら、鮎美は正志の車のボンネットに寄り掛かっていた。

「鮎美、俺には――」

と言い掛けた時、崖の先で千鶴が大声を上げた。

「誰か……！」

千鶴は、崖の下を覗き込みながら、早く来て、と叫び続けた。

雄一は千鶴の立っている崖っぷちへ走った。崖の下を見て、一瞬、目がくらんだ。

「………」

波に洗われる崖下の磯に、赤いアルファロメオが見えた。

テールの部分だけが波の上へ出ていた。車体のほとんどは海に没し、白い波が途切れるその瞬間、海水に赤いボディが透けて見えた。海に向かって、斜めに突っ込んだような感じだった。

車が落ちる時、海に放り出され、波にさらわれたのだろう。咲子の姿はどこにも見えなかった。

自分の隣に座っている鮎美を、雄一は眺めていた。鮎美は、目を天井に上げ、太いパイプを視線で辿《たど》っていた。白のあっさりしたブラウスに、丈《たけ》の短いベージュのベストを重ねている。下は、膝が隠れるほどの長さしかない焦茶のコットン・パンツだった。天井を見上げると、顎からブラウスの胸にかかる首の線が強調されて見えた。

雄一に気づいて、鮎美がこちらを向いた。

「何を見てるのよ」

「久し振りだなと思ってさ」

「気取るんじゃないわ」

鮎美は、ふん、と鼻で笑うように目を床に落とした。

「気取ってなんかないよ。会いたいと思ってた」

「嘘ばっかり」

「どうして嘘だ？」

「電話も掛けてこなかったくせに、よく言うわ」

「君からもらったメモがどこかにいっちまったんだ」

「…………」

戸惑ったように、鮎美は雄一を見た。

「ほんとさ。掛けたんだ、何度も。こんな番号じゃなかったかと思って、あちこちやってみた。全部、ハズレだった」

鮎美の顔が、ふっとなごんだ。

「ばかみたい」

「ああ、そうだな」

「演奏は？　やってるの？」

「一応ね」

「ギターでしょ？　あなた」

「うん。こういうことにならなきゃ、練習に行くはずだった。サボっちまったな」鮎美を見つめた。「そっちは？」

「あたし？」

「彫刻、作ってる？」

鮎美が、首を振った。

「どうして？」

「わからない。そういう気持ちじゃなくなったみたい」

「ふうん……学校には行ってるわけだろ？」

「行ってるよ。ウチにいるなんてゴメンだもの」

「あまり自分の家が好きじゃないみたいだな」

「嫌いよ」

「仲が悪いのか？」

「…………」

鮎美はそれに答えず、床の上であぐらをかいた。雄一も黙った。視線を感じて、雄一は顔を上げた。向こうで、正志が顔を俯《うつむ》けた。

「今日……」

と、鮎美がつぶやくように言い、雄一は、え、と目を戻した。

「オヤジが帰って来たのよ」

「……どういう意味？」

「あたしのオヤジ。オフクロのダンナ」

雄一は、眼を細めて鮎美を見つめた。

「オヤジが帰って来た……って？」

「二ヵ月ぶりに帰ったのよ。家出して、二ヵ月ぶりのご帰宅」

「……家出？」

「しょっちゅう家出するのよ、オヤジ。オヤジがいない間は、あたしがいるスペースもなんとかあるけど、帰って来たらあたしには座る場所もなくなる。それで、今度はあたしが家出する」

「…………」

「いつも、そのパターンの繰り返し。だから、誰もあたしを捜してないわ。少なくとも、ウチの人間は、あたしが帰って来ないことを警察に届けたりしない」

雄一は、息を吸い込んだ。

「そういう家なのか、鮎美のとこって」

「そういう家。ねえ」と鮎美は、肩の上で首を回し、雄一のほうへ向き直った。「もし、自分だけが幸福で、その周りにいる全部の人間が自分のために不幸であるのと、みんなは幸福なんだけど、自分だけが不幸なのと、どちらかを選べって言われたら、あなたならどうする？」

雄一は眼を瞬《しばたた》いた。

「なんだ、それ？」

「たとえよ。あなたの幸せのために周囲の人たちみんなが不幸なのと、みんなは幸せだけど、あなただけ不幸。どっちを選ぶ？」

「それは何だ？　人生相談か？」

　ふっと鮎美は微笑《ほほえ》んだ。

「どう受け取ってくれたって構わないわ。答えて」

「……難しいな、そういうのは。まあ、やっぱり自分が幸せのほうを選んじゃうのかな。わかんないよ、そんなの」

「あたし、逃げる」

「え？」

「に、げ、る。どっちも厭だから。自分がいくら幸せだって、周りが自分のために不幸になってるとしたら、そんなの耐えられないし、もし、そういうことに気づいていないんだとしたら、あたしはとんでもない無神経な人間だってことになる。自分が無神経だなんて、もっと耐えられないわ」

「…………」

　覗き込むようにしていた鮎美の顔が、淋しげな笑顔に変わった。笑いながら小さく首を振った。

「どうかしてるわね。こんなところに押し込まれたせいだわ」

　鮎美は、また天井を見上げ、雄一は床の上に視線を返した。

　雄一は、鮎美の家族を知らなかった。三ヵ月前に会った時には、こういう話は一切しなかった。

流しの横で、千鶴が立ち上がるのが見えた。棚からコップを一つ取り上げ、蛇口をひねって水を出した。水は、勢いよくコップの中に落ちる。二、三度すすいでから、千鶴はコップに水を満たした。

「あ、ちょっと待って」

コップを口へ運ぼうとしている千鶴に、ベッドの下から正志が声を掛けた。千鶴が正志のほうを振り返った。

「その水、安全ですか？」

ぎょっとしたように、千鶴は自分の手のコップを眺めた。

「誰か、それ、飲みました？」

全員の眼が、千鶴のコップに注がれていた。千鶴は、恐れるようにそれを流しに置いた。正志を見返した。

「飲んだら、どうなるっていうの？」

「わかりません。でも、咲子さんのお母さんは、僕たちを眠らせた」

「毒が……？」千鶴は顔を歪めた。「だって、水道じゃないの。どうして水道の水が飲めないの？」

「水道からきている水かどうかわからないですよ。ほら……」

と、正志は言いながら流しの上を指差した。

天井の一部が張り出し、蛇口へつながるパイプがそこから下りている。

「あの上にあるのがタンクだと思います。タンクに水道の水が入っている保証は、どこにもないですよ」

「ひどい……」

千鶴は、その場にしゃがみ込んだ。

雄一は床から立った。流しに置かれたコップを見つめる。普通の水のように見えた。それを取り上げ、鼻に近づけて匂いを嗅いだ。異臭はなかった。指の先を水に濡らした。舐めてみた。味はわからなかった。だいたい、水の味がどういうものか、舌が記憶している自信はなかった。微妙な差を感じ取れるほどの舌は持っていない。第一、あのジュースを雄一は飲んだのだ。

そのままコップを流しに戻した。

「馬鹿げてるわ」と、千鶴がしゃがみ込んだまま言った。「あたしたちが殺したなんて、馬鹿げてるわよ。冗談よ、悪い冗談だわ」

千鶴の言葉に、誰も答えなかった。千鶴は雄一を見上げて、叫ぶように言った。

「殺してないわ！　あれは事故じゃないの。事故でしょう？　そうじゃないの？」

「事故ですよ」と正志が言った。「警察だって結論を出したんですから。誰がどう見ても、あれは事故だったんです」

「でもさ」と鮎美が溜め息を吐き出すようにして言った。「咲子のオフクロさんは、そう思っていないのよ」

言った鮎美を千鶴が見返した。

「どうして、殺したことになるのよ？　あの人は、なぜ事故だってことを否定するの？　なんであれが殺人なのよ」

「だから言ったでしょう。気がおかしくなったんだって」

「めちゃくちゃだわ。信じられない……」

千鶴は膝の上に顔を伏せた。

誰も、咲子を殺してはいない。

しかし、鮎美が言うように、雅代だけはそう思っていないのだ。何が、あの母親に、あれを殺人だと言わせているのだろう？

雄一は、ある時期、咲子の死は自殺だったのではないかと考えたことがあった。話を聞きに来た警察の人間に、そのことは言わなかったが、自殺という可能性は、雄一の気持ちを暗くした。

それは、咲子が雄一に言った言葉だった。

――あたしをこんなめにあわせて、絶対に後悔させてやる。思い知らせてやるから。

それを言った時の咲子の表情までも、はっきりと覚えている。後悔させてやる——というのが、あの断崖からの墜落だったのではないかと、雄一はそう考えた。

咲子があの場所へ行ったのは夜中だ。暗い場所というのを、咲子は嫌った。寝る時でさえ、完全な暗闇は厭だというのだ。それが、あの夜はあそこへ行った。月が出ていた記憶はない。かなり暗い夜だった。あの崖の上は、暗闇の中に溶け込んでいただろう。

しかし、咲子はあの場所へ行った。

飛び出す前のあのいさかいで、彼女はかなり異常な精神状態になっていただろう。思い知らせてやるという気持ちが、彼女をあそこへ導いたのではないか——雄一は、それを考え、憂鬱《ゆううつ》になった。

だが、やがてその考えを否定した。

いくら雄一を憎んだとしても、咲子は自殺して復讐するような女ではない。こっぴどく痛めつけ、それを笑ってやるというならわかる。相手が思い知らされたのを見ることもなく、自ら死んでしまうようなことは、咲子には考えられなかった。

ただ、咲子の母親は、あれを殺人だと信じている。ここに閉じ込めた四人が、咲子を殺したのだと。

「あたしたちを、どうするつもりなの」

千鶴が、小さな声で言った。

「あのオフクロが何を考えているのか知らないが」と雄一はドアのほうへ進んだ。「やられっぱなしにするつもりはないね」

雄一は、冷たい光沢を見せるドアの表面を、思い切り拳《こぶし》で叩きつけた。

5

調べてみると、気密ドアのレバーハンドルを固定していたのは、一本の針金だった。ハンドルは、それが回転すると裏側に渡された二本の太い鋼鉄のかんぬきを動かし、受け穴へ抜き差しさせるような構造になっている。そのかんぬきのスライドする部分に針金が二重に巻きつけられていた。しかも、念の入ったことに、針金はハンダ付けされていたのである。ドアが開いたのは、雄一がレバーを蹴り続けたことで、ハンダ付けの部分が切れたためだった。

ドアは、かなりの厚みを持っていた。壁の厚さにしても五センチほどもある。ただ、このドアが開いたことが、いくらか雄一を勇気づけた。

「正志、君はトイレ側のハッチをやってくれ。俺は、ベッドのほうに挑戦してみる」

言うと、正志は眉をしかめた。

「道具がないですよ。コップはあっても、プラスチックじゃなんの役にも立たない」

「身体があるだろう？　頭もあるんじゃないのか？」

「無駄に体力を消耗するだけのような気がしますけどね。救援が来てくれるまで、体力は温存しておいたほうが……」

「じゃ、大切にしまっときな。なんなら、そこにカロリーメイトがある。あれを全部食って、体力増強でもやってりゃいい」

雄一は正志を睨みつけ、ベッドのほうへ歩いた。後ろから鮎美が声を掛けた。

「あたしもやるわよ」

「俺を押さえてくれ」

奥の壁まで行くと、雄一は鉄梯子を上った。ベッドのフレームを片手でつかみ、もう片方の手で梯子をしっかりとホールドする。片足を梯子の途中に引っ掛けた。その不安定な格好で、雄一はハッチを蹴り上げた。身体の力が抜けないように、鮎美に背中を押さえてもらう。

ハッチを蹴り上げる音が、部屋中に響いた。響く音のわりに、成果は上がらなかった。力一杯、何度蹴り上げても、ハッチはガタつきさえみせてくれない。まるで足でビルの壁を崩そうとしているように、雄一は感じた。

気がつくと、部屋の向こうでもハッチを叩く音が聞こえ始めた。足を休め、後ろを見ると、ドアの向こうに鉄梯子の上で拳を振るっている千鶴の姿が見えた。正志は、梯子の下から千鶴を見上げていた。

雄一は、鮎美と顔を見合わせた。鮎美が肩をすくめてみせた。

作業を再開した。かなりの長い時間、雄一は不自然な格好のまま、ハッチを蹴り続けた。後ろでもハッチを殴りつける音が続いている。蹴り続けているうちに、足が動かなくなってきた。梯子に掛けている膝の裏側がちぎれたように痛む。ベッドのフレームをつかんでいる手も肩が固まったような感じになってしまった。

体勢を入れ換えようと身体を起こし、梯子をつかみなおした時、下から鮎美が言った。

「交替するわ」

身体の痛みに顔をしかめながら、雄一は鮎美を見返した。

「きついぜ」

「ヒマでやることがないのよ。どきなさい」

鮎美は、雄一の背中をつかんで梯子から下ろした。雄一を押し退けると、鮎美はさっさと梯子に上った。雄一がやっていたように膝を梯子に引っ掛け、ベッドのフレームをつかんだ。雄一は鮎美の背中を押し上げた。

「えい！」

鮎美は、声を上げて足を振り上げた。意外に大きな音がハッチから響いた。

「背中じゃなくて、腰のあたりを押さえてよ。そのほうが力が入るみたい」

言われた通り、雄一は鮎美の腰を押さえた。足を振り上げるたびに、形の良い鮎美のお尻が目の上で揺れた。一瞬、抱き締めてやりたいような気持ちになった。

「やめろ！」

後ろで正志の声がして、雄一はそちらを振り返った。

「鮎美ちゃんに手を触れるんじゃない！」

面長な、のっぺりした顔が紅潮して震えていた。

「なんだって？」

と雄一は眉を寄せた。

「僕が……やります。毛利君はそこをどいて下さい」

「なにをふざけたことを――」

と雄一が正志を怒鳴りつけようとした時、一瞬、鮎美がバランスを崩した。手がベッドから離れる。雄一は、慌《あわ》てて下から彼女の身体を支えようとした。しかし、腕に鮎美を抱き取ったまま、雄一は鉄梯子の下の床に思い切り叩きつけられた。

「ごめん……大丈夫か？」

膝を抱えて顔をしかめている鮎美を、雄一は抱いたまま覗き込んだ。鮎美は顔を歪《ゆが》め、小さくうなずいた。

正志が走り寄り、鮎美の腕をつかんで引き起こそうとする。鮎美の顔がまた痛みに歪んだ。その正志の手を、雄一は払い除けた。

「よせ、膝を打ってるんだ！」

「言っておきますが」正志が雄一を睨みつけた。「鮎美ちゃんは僕の婚約者です」

「……………」

雄一は、正志を見つめた。腕の中の鮎美を眺め、また正志を見返した。ふっと笑いが顔に出た。

「なにがおかしいんですか。鮎美ちゃんから手を離して下さい」

「前にも聞いた覚えがあるよ。婚約してるってことはね」

言いながら、雄一はわざと鮎美の髪を撫《な》でてみせた。正志が息を吸い込んだ。次の言葉を正志が言う前に、鮎美は首を振って、雄一の手を振り払った。

「ばかばかしい」

膝をさすりながら、鮎美は雄一の手を抜け出し、ベッドの下の壁に寄り掛かった。

「くだらないことを持ち出さないでよ」

うんざりしたような表情で、鮎美は正志に言った。

「くだらないって、鮎美ちゃん、僕は……」

「やめなさいって言ってるの！」

雄一は笑い出した。正志が真っ赤な顔をして鮎美を見据えるようにした。笑い続ける雄一に、鮎美が目を返した。

「そんなに面白い？」

「いや、悪い悪い」雄一は、手を振って笑いを飲み込んだ。「奴があんまり必死になってるもんだからさ。婚約者だって、まだ思い込んでるらしい」

鮎美が、正面から雄一を見つめた。

「婚約者よ。思い込んでるんじゃなくて、事実そうなの」

「……………」

一瞬、鮎美が何を言ったのかわからず、雄一は鮎美と正志を見比べた。

「いや、だけど……婚約なんかしてないって、前、俺に……」

「してるの。いい？　もうこの話はしたくないわ」

「……………」

雄一は、鮎美を眺めた。その目を正志に向ける。正志は紅潮した顔のまま、雄一を見下した。

「助けてえ！」

突然、ドアの向こうで千鶴の金切り声が響き、雄一はぎょっとしてそちらへ目を向けた。

「誰か！　誰か、ここから出してえ！」

千鶴はハッチを見上げ、髪を振り乱しながら叫んでいた。雄一が立ち上がり、鮎美も床から立った。

「千鶴」

鮎美が呼び、ドアのほうへ走った。雄一もそれに続き、正志が後ろからやって来た。

叫び続ける千鶴の肩を、鮎美が抱いた。千鶴は、鮎美の肩に顔をぶつけるようにして、いきなり泣き出した。

「千鶴、もう一度」

と鮎美は千鶴の顔を覗き込みながら言った。やさしく千鶴の背中を叩いた。

「あたしもやってみる。ね？　一緒に」

そして、今度は鮎美が叫び声を上げた。

「助けて！」

その声に、喉をつまらせた千鶴の叫びが重なった。

「誰か、助けて！」

鮎美と千鶴は、抱き合いながら、ハッチの上へ向かって、何度も叫び続けた。

よし、と雄一もそれに参加した。できる限りの大声で、助けを呼ぶ。後ろで見ていた正志も、三人の意図に気づき、叫びに加わった。

四人は声を合わせた。鮎美がタイミングの合図をし、同時に「誰かぁ！」と叫ぶ。叫んだ後、四人は息を殺し、ハッチの上に何かの気配がないかと耳をすませた。雄一は梯子を上り、ハッチに直接耳をつけた。

また叫ぶ。そして、耳をすます。

四人は、繰り返し繰り返しハッチに向かって叫んだ。トイレ側からベッド側のハッチへ移り、またそれを繰り返した。

四人の叫びに応《こた》えるものは、なにもなかった——。

部屋に、また沈黙が訪れた。

四人は部屋の中でバラバラに座り、口を閉ざしていた。千鶴が時折すすり上げる音と、部屋のどこかから聞こえるモーター音の小さなうなりだけが聞こえていた。空調なのだ、と雄一は気づいた。天井のパイプを見上げる。おそらく、あれで部屋の中に空気を送り込んでいるのだろう。

くそお……。

頭を振った。どうすれば、ここから出られるんだ。

ふと、右の靴下の裏に赤黒い染みができているのに気づいた。脱いでみると、親指の付け根が血豆になってつぶれていた。ハッチを蹴り上げ続けて、得たものがこれだった。血豆ができたことも、それが破れたことも、今になって気づいた。ここに閉じ込められてから、どれだけの時間が過ぎたのか？　もう、ずいぶん経ってしまったように感じた。

目が覚めてから、誰も一睡もしていない。眠気は感じなかった。段ボール箱のカロリーメイトはそのままだ。水を飲んだ者もいない。喉はカラカラに渇いていた。渇いていたが、水を飲む気力さえ、今の雄一にはなかった。

――たった一人で、出て行ったのかね？

男の声が、雄一の頭の中で言った。

え？　と雄一は顔を上げた。ベッドの下にうずくまっている正志へ目をやった。正志はネクタイを外し、首の後ろを揉むようにしながら、目を閉じていた。

――車で、出たんだね？

また声がした。

同時に、ひとつの情景が頭の中に浮かび上がった。

6

崖下の磯からアルファロメオが引き上げられた後、雄一たちは警察官の質問を受けた。

咲子の姿は海のどこにも見当たらず、県の警察が捜索を開始した。咲子の両親は、南米へ出掛けていて留守であり、連絡には時間がかかるということだった。

事情の説明は、主に正志と千鶴が行なった。雄一と鮎美は、確認する警察官の言葉に、ほとんどうなずいているだけだった。

「ちょっと口喧嘩《くちげんか》のようなことになったんです」

なぜ咲子が一人で別荘を出て行ったのかという質問に、正志はそう答えた。

「別荘は、三田さんのものだね？」

「そうです。前から計画してて、咲子さんが誘ってくれたわけです。咲子さんは、あと一日、予定を延ばそうって言って、だけど僕たち、東京に用事があったから、予定は動かせるものじゃありませんし……」

「君は、大学生だな？」

「はい。みんなそうです。あ、いえ、毛利君だけは、一応、社会人と言いますか」

「ああ、知ってるよ。さっき聞かせてもらった」と警察官は雄一のほうを見た。「アルバイターだったな」

雄一はうなずいた。説明した時、警察官は書類の項目に「無職」と書き込んだ。

「で、三田咲子さんが、もう一日、別荘にいようと提案したわけか」

「ええ」と千鶴が答えた。「でも、だめだって言ったら、咲子、怒っちゃって」

「車に乗って飛び出した？」

「あんたたち、帰ればいいでしょって。自分だけここに残るからって」

「でも、君たちは帰らなかったわけだね」

「だって……」

と、千鶴は言い淀《よど》んだ。正志が説明を受け継いだ。

「僕たち、鍵を持っていないんですよ。別荘の鍵、咲子さんが持っているんです。そのまま出て行って、開けっぱなしで帰っちゃうわけにもいかないですからね」

「ああ、そうだな」

「夜が明けたら出発しようってことになっていましたし、どうせ咲子さんもその前に戻るだろうって思ったから、ずっと待ってたんです。彼女を怒らせたままっていうのも、なんか厭でしたし」

正志と千鶴の説明は、事実とはかなり食い違っていた。しかし、雄一も鮎美も、彼らの言葉を否定しなかった。

五人の間に起こった事情を、そのまま警察の人間に話しても、咲子の捜索に役立つとは思えなかったし、話すことにはどこか抵抗があった。

それを隠した最大の理由は、あの別荘での計画を、咲子が両親に内緒にしていたことだった。両親がアルゼンチンに出掛けるという留守を利用した咲子の考えだったからである。あの事故さえなければ、彼女の両親は何も知らないはずだったのだ。

それに第一、咲子が一人で別荘を飛び出したことだけは事実なのだ。その飛び出した理由などは、事故と何の関係もない。

べつに口裏を合わせるようなことはしなかったが、それ以後、何度か警察官に訊ねられた時の応答では、すべてその時の説明が繰り返された。雄一はそうしたし、他の三人もそうだっただろう。

かなり大掛かりな捜索が行なわれたにもかかわらず、咲子の行方はまるでわからなかった。潮に流されたのだろうという推測から、捜索の範囲は近辺の海岸線や沖にまで拡げられた。

地引き網漁船が人間の遺体らしきものを海底から引き上げたという報せがあったのは、咲子が飛び出してから二ヵ月近くも経ってからだったのである。そこは、アルファロメオが墜落した崖から、およそ三十キロメートルも海岸線を北上した沖合の海であった。

引き上げられた遺体は損傷が激しく、身元の確認にはかなりの時間がかかった。遺体は魚の餌食《えじき》になっていたのだという。身体の約半分が白骨化していたと、後で雄一は聞かされた。それが三田咲子であるという結論が出されたのは、血液型と歯の治療の痕跡からだった。衣服はなく、盲腸の手術の痕も内臓がほとんど消失しているような状態では確かめようがなかった。

その時点で、最終的に咲子の事故が確認されたのだ。

7

「思い出したわ……」

千鶴が部屋を見回しながら立ち上がった。

雄一は彼女のほうへ目を上げた。千鶴は、部屋を横切り、半開きになっているドアの前に立った。ドアの表面に掌をあて、ゆっくりと撫でた。その手が細かく震えていた。

「ここ、咲子が言ってたところだわ」

「千鶴」と後ろから鮎美が声をかけた。「どうしたの？」

「きっとそうよ。思い出したわ」

「なにを言ってるの？　あなた」

くるりと千鶴がこちらを振り向いた。

「核シェルターよ」

三人の目が、千鶴に集まった。

「覚えてるでしょう？　咲子が言ってたじゃない、ここのこと」

「核シェルター……」

雄一は、あらためて部屋を見渡した。

「家にも、別荘にも、両方に作ってあるんだって。そう言ってたでしょ？　別荘のほうは入口まで見せてもらったわ。裏の物置小屋の床に蓋がついてた」

「ああ、そうだ……」

忘れていた。

たしかに、咲子は核シェルターのことを四人に話した。五人で別荘へ集合した最初の夜の話題である。

「ウチのパパって、そういうとこがあるの。杞憂《きゆう》をそのままやってるような人ね」

咲子は笑いながら言い、雄一のグラスを取り上げて水割を一口飲んだ。自分と雄一の仲を他の三人に見せつけようというのか、雄一には自分の飲んでいたグラスのほうを返して寄越した。雄一は、その時、斜め前のソファで煙草をふかしながら雑誌のページを繰っている鮎美の喉元のあたりを見ていた。

「核シェルターって、どういうものなんですか？」

正志が咲子に訊いた。

「どうってことないわよ。地下三メートルのところに、カプセルを埋め込んであるだけ。二センチだか三センチだかの鉄板で作ったカプセル。ウチのほうは地下室がそのままシェルターになってるわ。壁のコンクリートは五十センチもあるんだけどね。二・六キロの距離で、一メガトンの核爆弾が爆発しても、中にいれば大丈夫なんだって」

「逃げ込むまでに死ぬわね」と鮎美が雑誌を眺めたままで言った。「大丈夫なのはシェルターの中にいれば、でしょ？　そんなに近くに水爆でも落ちたら、逃げ込む間なんてないわよ」

「パパは、それを心配してるのよ。家にいる時はいいけど、外に出てる時が心配なのね。笑っちゃうわね」

「核戦争になるって、信じてるんですか？」

正志が訊いた。

「どうかしら。信じてるっていうか、心配なのよね。自分が武器なんか作ってるわけでしょ」

「あら」と千鶴がカーペットに寝っ転がったままで顔だけを上げた。「咲子のお父さんの会社、武器も作ってるの？」

「そうよ。知らなかったの？　武器作ってる会社って、日本にもけっこうあるんだから」

「そりゃ、あるだろうとは思ってたけど、咲子が武器商人の上がりでごはん食べてるなんて思わなかったわ。ショックねえ」

「なにがショックなの？　武器商人じゃないわよ。武器を作ってるの」

「売るために作ってるんでしょう？　同じじゃないの。お父さんの作った武器が、中近東あたりで人殺しをやってるんだわ」

「どこに売られてるか、そんなことあたし知らないわ。興味もない」

「現実は、直視すべきよ」

「現実じゃないわ、あたしにとってはね。無関係だもの」

「こうして世界は滅びていくのね」

千鶴は、そう言いながらカーペットの上に起き上がった。正志が、その千鶴の言葉に笑った。

させてきた」

「違いますね。人類の歴史は、戦争によって作られているんです。戦争が文明を発達

「あらあら」と鮎美が煙草の煙を正志に吹きつけた。「正志君、あんた、タカ派?」

正志は、煙を手で追い払った。

「違いますよ。でも、事実です」

「事実はね」と、咲子が雄一の肩に手を置いた。「歴史は、夜、作られるの」

咲子が雄一に微笑みかけ、わあ、と千鶴が眼を塞《ふさ》いだ。正志はクスクスと笑いながら顔を赤らめた。鮎美は、くだらない、という表情で雑誌に目を戻した。雄一は、ただ肩をすくめてみせた。

咲子が、核シェルターの入口を見せてくれたのは、その翌日だった。

別荘の裏手に、小さなプレハブの物置小屋が建てられていた。木々の間にぽつんと置かれている。ドアを開けると、中には薪の束だの、斧だの、ロープやアルミ製の脚《きゃ》立《たつ》などがしまいこまれていた。

「核シェルターのようには見えませんね」

正志が小屋の入口から覗き込んで言った。

「ここよ」

と咲子が物置の床をトントンと踏んでみせた。よく見ると、そこの床が六十センチ

角ほどに四角く切られている。四角の片側に埋め込みの把手がついていた。咲子がその把手を引き出し、四角い床を持ち上げて見せた。白い鉄の扉が、その下から現れた。鉄の扉には小さな南京錠が掛かっていた。

「鍵が掛けてあるわ」千鶴が言った。「これじゃ、いざっていう時、入れないじゃん」

「他人を入れないためなのよ」と、咲子が物置の隅の棚を指差した。「あそこに掛かってるのが、ここの鍵。核爆弾が落とされるって情報が流れて、もしここにシェルターがあるってことを他人が知ったら、みんな殺到するでしょう？　他の人には、入れないようにしとかないと、危ないわけね」

「暗い性格」

鮎美が口を歪めた。

「笑ってしまうけど、パパにしてみれば真剣なのよ。だから、ウチに核シェルターがあるってことは、パパの周りの人間も知らないのよ。誰にも話してないの。物置の床を入口にしたんだって、まあ、一種のカムフラージュね」

鮎美が首を振った。

「信じらんないわ。あたし、そういう人」

「いいんですか？」と正志が訊いた。「僕たちに話したりして」

ふっと笑って、咲子は床を元へ戻した。

「海に行こうよ」

鮎美が言った。雄一も、その提案に賛成だった。

雄一は、自分の周りを見回した。

千鶴の言う通りだ。窓のない彎曲した鉄の壁、気密ドア、吊りベッド——ここは核シェルターの中だ。中を見せてもらったわけではないが、ここがまさしく核シェルターに違いない。

「だとすると……」と、雄一は千鶴を見返した。「俺たちは、あの別荘まで連れて来られたのか」

「いや」正志が表情を固くして言った。「核シェルターは、東京の家にもあるって言ってましたよ。そっちかも知れない」

「別荘のほうだよ。あの物置小屋の下だ」

「どうして、そう言い切れるんですか」

「見ればわかる。東京の家は地下室がそのままシェルターになってると言ってた。五十センチの厚さのコンクリートの壁だって、そう言ったよ。ここの壁は鉄だ。これはカプセルだよ。地下三メートルに埋められた核シェルターの中なんだ」

「…………」

この千鶴の発見は、恐ろしい意味を持っていた。

咲子の話によれば、この核シェルターは二・六キロの距離で一メガトンの核爆発が起こっても、それに耐える強度を持っているらしい。それがどこまで信頼できるかはわからないが、とにかくかなり丈夫に作られたものであることだけは確かだろう。核爆発に耐えるものなら、ダイナマイトを真上に仕掛けたとしても、びくともしないに違いない。まして、足で蹴ってそれを壊すなど、絶対に不可能だ——。

さらに、考えたくもない、もう一つの恐怖がある。

——ウチに核シェルターがあるってことは、パパの周りの人間も知らないのよ。誰にも話してないの。

咲子はそう言った。ここの存在は、その入口を物置小屋でカムフラージュするほどに秘密にされているのだ。

行方不明の四人のために捜索がなされたとしても、三田雅代がここを教えないかぎり、発見される可能性は極めて少ない。咲子があちこちで喋っていてくれればいいのだが、それを期待するのは、あまりに楽観的すぎるように思えた。

核シェルター……。

なんてことだ。

「殺すつもりだ」と、正志が低く言った。「あの人は、僕たちをここで殺すつもりなんです」

「やめて！」

千鶴が声を上げた。

「咲子さんと同じところへ、僕たちをやろうとしているんだ」

「やめて、お願いよ、やめて……」

「だって、そうじゃないですか！」正志は、訴えるように三人を見渡した。「どうやってここから抜け出せるんですか？　ハッチに耳をくっつけても、外の音なんかまるで聞こえないじゃないですか。逆に言えば、ここの音も外には聞こえないってことですよ。地下三メートルの核シェルターの中ですよ」

「じゃあ」と、千鶴が首を振った。「どうしてカロリーメイトがあそこに置いてあるの？　殺すつもりなら、食べ物を用意することはないし、水だって必要ないはずだわ。第一、あの人はあたしたちを眠らせてここへ連れて来たのよ。睡眠薬入りのジュースを飲ませて。殺すんだったら、ジュースに毒を入れておけばいいじゃないの」

「苦しめるためですよ」

「…………」

「僕たちは生きているから、あのトイレの写真を見ることができた。生きているから、この先に待っている死に苦しめられる。その時間を長く取れば――」

「うるさい！」鮎美が、正志を怒鳴りつけた。「いい趣味を持ってるわね、正志君。異常心理学が専門だっけ？　ここで起こったことをメモしとくのね。立派な論文が書けるわよ」

「いや……僕はただ」

「ただもクソもあるもんですか。偉そうに。じゃあ、教えてよ、先生。どうして、あたしたちはそんなことをされなきゃならないの？　どうして苦しめられなきゃなんないのよ！」

「鮎美ちゃん」正志は、困ったように鮎美を見つめた。「読んだでしょう。鮎美ちゃんだってわかってるはずだ。理由は、トイレの壁に書いてあります」

「嘘よ！」千鶴が叫び声になって言った。「殺してなんかないわ！　あれは事故じゃないの！」

「咲子さんのお母さんは、そう考えていません」

「めちゃくちゃじゃないの！　どうしてあれが殺人なの？　咲子は崖から落ちて死んだのよ」

千鶴はそう言うと、突然、雄一のほうを振り返った。

「少なくとも、あたしじゃないわ。もし、咲子が死んだことに、誰かの責任があるんだとしたら、それは、雄一さん、あなたじゃないの」

言いながら、千鶴は雄一の前に立った。雄一は彼女を見上げた。千鶴は、泣き出しそうな表情で雄一を睨みつけ、そしてその目を鮎美に向けた。

「それから、鮎美、あなただわ」

鮎美は眼を閉じ、小さく首を振った。

「もし、咲子の死に責任を取る人がいるとすれば、それは、あなたたち二人よ。あたしじゃないわ。あなたたちのやったことを、どうしてあたしまでがかぶらなきゃならないの？　冗談じゃないわ。迷惑よ。ねえ、聞いてるの？　あたしじゃないわ！」

鮎美は黙っていた。雄一も答えなかった。千鶴の眼から、涙がこぼれて床に落ちた。

8

そもそも、咲子が計画していたのは、トリプルデートだった。それを雄一は、別荘へ出発するというその時になって知らされたのである。

アルファロメオに乗り込むと、後ろのシートに女が乗っていた。2《ツー》プラス2《ツー》と呼べば聞こえはいいが、後ろの座席はどちらかと言うとオマケといった感覚のほうが強い。オープンにして押し込まれた幌《ほろ》が座席の後ろに盛り上がり、さほど居心地がいいとは言えなかった。

「こんにちは。あたし波多野千鶴」

　と、その女は言った。

「高校が一緒だったの」咲子は車を出しながら千鶴を紹介した。「千鶴の彼氏は、急用で来れなくなっちゃったんだって」

　雄一はサイドシートから頭を回した。千鶴が顔をしかめてみせた。

「ごめんなさいね。彼、昨日になって突然、田舎に帰っちゃったのよ。実家が火事で燃えたっていうのよね」

　雄一は、運転席の咲子を見返した。

「もうひと組は、別荘のほうに直行してくるわ。現地集合」

「もうひと組？」

「そう。影山鮎美っていうの。あたしと千鶴と、その鮎美は高校からの悪友というのかしら。この前、久し振りに会って、今度、あなたと別荘に行くって話をしたら、じゃあ、それぞれボーイフレンドを持ち寄ろうってことになったのよ」

　雄一は、顔をしかめた。

　持ち寄ろうってことになった？

　よほど車から降りてやろうかと思った。ばかにするな。

「ほんとに頭にきちゃった」と千鶴が後ろでキンキンした声を張り上げる。「一昨日《おととい》までは、そんなこと言ってなかったのよ。急に福島に帰るって言い出すんだもの」

「福島?」咲子が訊き返した。「千鶴、茨城って言わなかった?」

「そうだっけ……あれ、どっちだろ? ああ、福島は別口だ。ごめんね、ほんとに。バランス崩れちゃうから、行くのやめようと思ったんだけど、いいわ、あたし、向こうで現地調達するから。よさそうなの、一人ぐらいどこかに余ってるわ、きっと」

騒がしい女だった。別荘に着くまでの二時間半あまり、千鶴はほとんど喋りっぱなしだった。咲子は、時折、言葉を返し、意味ありげな視線を隣の雄一へ送ってきた。

雄一は、完全に不機嫌になっていた。

雄一が黙っているのを見て、咲子は自分と二人きりになれないことにむくれているのだと思い込んでいる様子だった。そんな雄一の反応を楽しんでいる。余計に腹が立った。

本当のところ、雄一には咲子が少し疎ましくなりはじめていた。

咲子とは、彼女が楽屋を訪ねてきたのが始まりだった。高田馬場にある小さなライブハウスである。正直なところは、楽屋というより事務室で、地下一階の奥にある汚くて狭い部屋にすぎない。

「あんなギター、はじめて聴いたわ」

咲子は、雄一にそう言った。三つ歳下だと知って、雄一は驚いた。咲子はずいぶん大人の女に見えたからだ。

付き合いはじめて、一、二ヵ月で、雄一は咲子に夢中になった。自己中心的でわがままな女だったが、それも最初のうちは魅力の一つに感じていた。バンドのメンバーから羨《うらや》ましがられ、冷やかされたこともある。いつも金がなくてピーピーしていた仲間たちは、金持ちのお嬢さんというだけで、単純に「すっげえタマじゃん」と決めつけていた。無論、雄一自身もそう思った。

咲子は、舞台の上から自分の名前を呼べと雄一に命令したり、練習で使っているスタジオに巨大な花束を送りつけてきたりした。派手を好み、いつも雄一をびっくりさせてばかりいた。そういうことの好きな女だった。

しかし、やがて雄一は、自分が咲子のアクセサリーにすぎないことに気づいた。

「愛してるわ」

という彼女の言葉は、決して本物ではなかった。彼女は、つねに観客をほしがった。ある時、咲子のアルファロメオを雄一が運転した。咲子は、車をオープンにし、信号で停まるたびに濃厚なキスをしようと提案した。後ろの車がクラクションを鳴らすまで発車しない。周りで停まっている車がびっくりする。愉快じゃない？　と彼女は言った。そんなのは厭だと断わると、咲子は急に怒りだした。雄一は車から追い出され、歩いて帰るはめになった。

「夏、別荘に行かない？　パパもママもいないの。そういうの、素敵でしょう？」

その誘いも、疑ってかかるべきだったのだ。咲子は、別荘にだって観客をちゃんと用意していたのである。

それぞれのボーイフレンドを持ち寄る？

つまり、そういうことだったのだ。ペットの品評会をやろうというわけだろう。誰が連れてきた男が一番か、それを値踏みしあおうというわけだ。千鶴のボーイフレンドが田舎へ帰ったために彼女が脱落し、それで咲子は上機嫌になっている。少なくとも、千鶴は自分のボーイフレンドを意のままにできないことが証明されたのである。それが、たとえ実家の火事であったとしても、だ。

これで咲子とは終わりにしよう、と雄一は考えた。もうたくさんだ。

別荘は、温泉街からくねくねとのぼりつめた高原にあった。街と反対側へ下りると磯の海岸へ出る。別荘のバルコニーへ出ると、遠くの島が見えた。木々の葉がバルコニーに影を落とし、潮の匂いを含んだ風が心地よかった。

鮎美と正志は、雄一たちよりも二時間ほど遅れて別荘に到着した。雄一は、鮎美を見た瞬間に、腹を立てて帰らなかった自分を祝福した。鮎美は、強烈な魅力を持った女だったからだ。

「影山鮎美、よろしく」

そう言って微笑みながら鮎美は雄一を見つめた。気の強そうな眼を持っていた。歳は咲子と変わらないはずなのに、彼女の笑顔には、貫禄に似たものさえ感じられた。顔の一つ一つの造作を取り上げれば、咲子のほうが美人と言えるのかも知れない。だが、どちらかと言えばそれは植物的な美しさだった。鮎美には野獣がすっと立ち上がった時のような不思議な魅力があった。逢った瞬間に、雄一は鮎美に惹きつけられ、圧倒されていた。

ギタリストだと、咲子は雄一のことを言った。ふうん、と鮎美はまた微笑《ほほえ》んだ。

「ロックってあまり聴かないな。最近のは特に。オールディーズは、ときどき耳にするけど」

「オールディーズっていうと、いろいろあるけど、60年代《シックスティ》？　それとも50年代《フィフティ》？」

「そういうの知らない。チャック・ベリーとか、ああいう単純なヤツ」

「チャック・ベリーはやるよ、好きだから。ロックじゃないと、どういうのが好きなの？」

「咲子にはバカにされるけどね。クラシック」

「ああ、クラシック……」

「幻滅？」

「いや、そんなことない」

「ラベルとか、ハチャトリアンとか。前にね、ワグナーを聴きながら、絵を描いてるって言ったら、咲子にヒットラーだって言われたことがあるのよ」

「あ、絵を描くの？」

「うん。でも、やってるのは立体」

「立体？」

「彫刻と言ったほうが、通りはいいわね」

咲子が話に割って入った。

「変なもの作ってるのよ、鮎美。カモメの死骸とかさ」

鮎美が、笑いながら咲子の肩を叩いた。

「それぱっかり言うのねえ。よっぽど気に入ってくれたみたいね」

「カモメの死骸？」

雄一は眉を寄せて訊き返した。

「川原でカモメの死骸を見たことがあるの。すごく強烈だったから、持って帰ったのよ。それをいろんな素材で、例えば、木とか、石膏《せっこう》とかアルミとか石とかプラスチックとか……まあ、いろんなものでコピーしてみたのよ。死骸をそのままの形で。咲子に見せたのが、大間違いね」

「へえ……すげえな。面白いんだな、彫刻ってのも」

ふん、と咲子が笑った。

「悪趣味だわよ。カモメの死骸にワグナーなんて」

咲子は、そう言い捨てた。

雄一は、咲子と鮎美の違いに気づいた。鮎美は、話をする時、雄一の眼を見る。咲子は相手の顔を見ながら話さない。時々、チラリと視線を寄越し、ほとんどは周囲を眺め回している。周囲が自分をどう見ているかが、咲子にとって一番の問題だった。鮎美は、話す時も、雄一の言葉を聞く時も、いつも眼を見つめていた。覗き込むようにして、真っ直ぐに見つめてくる。引き込まれるような力を、彼女の瞳は持っていた。

「ねえ、冷蔵庫、ちっとも冷えないわ。イカレてるんじゃない?」

千鶴が咲子にそう言った。

雄一と正志が調べたが原因はわからなかった。コンセントを差し込んでも、内部ランプさえつかない。

「氷がないと、飲み物が作れないわ」

雄一と正志が、下の街まで氷を仕入れに行くことになった。女性軍は、それまでに食事の支度をする。

「鮎美ちゃんとは、幼馴染み《おさななじ》なんですよ」

車を運転しながら正志は、自分と鮎美の関係を、そう説明した。

「幼馴染み……」

その言葉が、おそろしく古めかしく聞こえた。

「ええ。母親同士が友達で、しょっちゅう行き来があって、幼稚園のころから一緒に遊んだりしてたんです」

「よく続くもんだなあ」

「なんだか、親戚みたいですよね。婚約してます」

「婚約？」

意外な言葉に、雄一は正志を見返した。正志は、照れたように首を振った。

「高校時代に――もっとも、学校は鮎美ちゃんは女子校だったから、一緒に行ってたわけじゃないですけどね。そういう約束をしたんですよ。親も、わりと最初から僕と鮎美ちゃんをいつもペアで見てるみたいなとこがあったから」

雄一には、信じられないような話だった。高校時代に婚約する。幼馴染みが、そのまま……。

雄一は、あらためて正志を観察した。どちらかと言えば、背の高いほうだろう。雄一より二、三センチぐらいだろうか。細い身体で、やや猫背に見える。髪には櫛目《くしめ》を入れ、髭など生えたことがないんじゃないかと思えるほど、ツルツルの顎をしている。微生物化学を勉強していると言い、実験室にこもってばかりいるからかどうかわからないが、白くて細い指を持っている。あまり表情が豊かではなく、冗談を聞いて笑っている時と、照れた時の顔の区別がつかなかった。

この正志と、あの鮎美が……。

説明のつかない感覚が、その時、雄一の中に生まれた。それは、どこか焦りに似た、もどかしい思いだった。

その夜、レコードがかけられ、ダンスを踊ろうということになった。咲子と雄一がチークを踊ったが、鮎美と正志のはまるでフォーク・ダンスだった。現地調達をすると千鶴は言っていたが、彼女の相手はいなかった。

「千鶴と踊ってあげなさいよ」

と咲子が三曲目に言った。

「嬉しい。貸してもらうわ」

千鶴は、妙な媚を作りながら、雄一に身体をすり寄せてきた。咲子は、そのまま正志のところへ行き、いいでしょ？　と鮎美に訊いた。咲子に胸と腰を押しつけられて、正志の顔が沸騰したように見えた。千鶴と頬を合わせながら、雄一はレコードを選んでいる鮎美を見つめていた。

曲が変わり、千鶴は正志と踊ることになった。正志は、やたらに大きな笑い声を立てていた。咲子が飲み物を作りに行っている間に、雄一は鮎美を誘った。

「作曲はやるの?」

と鮎美は踊りながら訊いた。

「下手だけどね。盗作みたいなものばっかりになっちゃうんだ」

「歌詞も?」

「つけたり、つけなかったり。詩を書くセンスがないから」

「一つ聞かせて」

「勘弁してくれよ。恥ずかしいよ」

あはは、と鮎美は笑った。

鮎美の細い腰を抱きながら、雄一は正志の言った言葉を頭の中で繰り返していた。

——婚約してます。

思わず、鮎美の手を握りしめた。

「え?」

と鮎美が、驚いたように顔を離し、雄一を見返した。

「あ、ごめん」

雄一が言うと、ふっと鮎美は笑顔を見せた。

9

雄一は、コップに満たされた水を眺めていた。

喉が渇いていた。トイレには行ったが、誰も水を飲んでいない。腹も空《す》いていた。

コップの水を一度流しにあけた。蛇口をひねり、流れ落ちる水をコップで受けた。

「俺が飲んでみる。俺がどうもならなかったら、みんな飲めばいい」

コップを頭の上に捧げ持ちながら、雄一は言った。

「あたしも飲む」

鮎美が後ろからやってきた。棚からコップを取り上げた。

「何が入っているかわからないぜ」

「入っているならいるでいいわ」

ふと気づくと後ろに千鶴が立っていた。

「……あたしも」

千鶴はコップに注がれた水をじっと見つめた。雄一は正志のほうを振り向いた。

「いや、僕は、そんなに喉が渇いていませんから」

鮎美が笑い出した。

「用心のいいこと」

「乾杯」

雄一が言い、三人はコップを合わせた。雄一と鮎美が、ほとんど一気に喉へ流し込んだ。千鶴は、ゴクリと唾を飲み込んでから、両眼を閉じてコップを口へ運んだ。

「うまい！」

鮎美が声を上げた。

本当に、その水はうまかった。喉が渇いていたからだろうが、雄一は、もう一杯をコップに満たした。

三人は、それぞれ二杯ずつ飲んだ。

鮎美が段ボール箱から、カロリーメイトの箱を一つ、取り上げた。箱をひっくり返し、ええと、と印刷されている文字を眺めた。大声を出して読みはじめた。

「日常生活に必要なエネルギーと栄養素を無理なくお摂りいただけるバランス栄養食品です。手軽にエネルギーが補給できますので、朝食、仕事、スポーツ、勉強、忙しい時など、すみやかな栄養補給を必要とされている方々に最も適しています——エネルギー補給なんていうと、なんだかロボットにでもされたような気分ね」

いいながら、鮎美はその箱を開けた。雄一も箱を一つ取り、千鶴もそれにならった。箱を開ける。アルミの袋が二つ入っていた。袋を破ると、太いビスケット状のブロックが二本入っている。雄一は、その匂いを嗅いでみた。チーズのような匂いがした。

コップにもう一杯水を満たし、水とカロリーメイトを持って、床に座りなおした。

「いただきます」

雄一が言い、鮎美と千鶴が笑った。

腹は減っていたが、それでもさほどうまい食べ物ではなかった。粉っぽく、歯の間にまとわりつく。失敗したクッキーでも食べているような感覚だった。水で流し込みながら、黙々と食べた。一箱は、あっという間になくなった。

「おかわりがいる？」

千鶴が、雄一に訊いた。

「いや、けっこうだ」

「少食ね」

「ダイエットしてるんだよ」

「ああ、そうか。あたしと同じね」

口に何かを入れたことが、ほんの少しだけシェルターの中の空気をなごませた。

「煙草がほしいよお」

鮎美が言った。

「ニコチン中毒みたいだな。煙草、煙草って」

「ないとよけいに吸いたくなるのよ。イライラしてくるわ。咲子のオフクロも気がきかない。煙草ぐらい入れておいてくれればいいのに」

「これで禁煙できるじゃないの」と千鶴が言った。「前から、やめたいって言ってたでしょう?」

「そんなに吸うのか?」

雄一は、鮎美と千鶴を見比べた。

「高校の時に吸いはじめたの。一日に二箱ぐらいかな」

「それは、多い」

「うん。わかってる……」

鮎美はうなずいた。紛《まぎ》らわせるように、立ち上がった。部屋の中をぐるぐる歩き回りはじめた。

雄一は正志のほうへ目をやった。正志は、じっと黙ったまま、歩き回っている鮎美を目で追っていた。

「ねえ」と隣で千鶴が言った。「寝る場所をどうするの?」

ああ、と雄一はベッドを見上げた。

「君は、誰か一緒に寝たい相手がいるのか?」

くすっと千鶴が笑った。

「一緒に寝てくれるの？」

「お望みなら」

「ベッドは」と、向こうから正志が声を上げた。「千鶴さんと鮎美ちゃんが使って下さい。僕と毛利君は床で寝ます」

雄一と千鶴と鮎美の三人は、ほとんど同時に正志のほうを見た。三人で顔を見合わせ、笑い出した。

「……どうして笑うんですか？　それが一番自然だと思いますけど」

笑いながら、雄一は正志に手を振った。

「いや、おかしくないさ。紳士的だ。じつに紳士的だよ」

「それに安全よね」と千鶴が付け加えるように言う。「婚約者としては、雄一さんを鮎美に近づけるチャンスを作りたくないわけでしょう？　アブナイものね、雄一さんって人は。実績があるし」

千鶴は、首をすくめるようにして雄一と鮎美と、そして正志を見比べた。正志が、ベッドの下から立ち上がった。

「変な言い方はしないで下さい。僕たちは冗談を言って笑っているような場合じゃないんだ」

「マジになってる」と千鶴が雄一に笑いかけた。「どう？　食後の余興に、あなたと正志君で、鮎美の争奪戦をやってみたら？」

「くだらない」

と鮎美が床からコップを取り上げた。それを流しに戻す。千鶴がいきなり立ち上がった。

「どういう意味？」

鮎美は取り合わず、正志の横へ行って毛布を一枚手に取った。

「鮎美、待ってよ。なにがくだらないの？」

ゆっくりと鮎美は千鶴に向き直った。

「べつに。そんなに千鶴がカッカするようなことじゃないわ」

「カッカするってなによ？　ずいぶん余裕があるのね」

「やめようよ、千鶴」

「どうせくだらないわ。あなたから見たら、あたしなんて、どっこもこっこもくだらないんでしょう」

「千鶴……」

「そうやって、あたしを見下すのをやめてよ！」

「見下してなんか――」

「嘘よ！　いつだって見下してるじゃないの。あたしが何か言うと、子供を見るみたいに憐れむような眼をして、いつも一段上にいるのよ」

「なに言ってるの。バカなこと言うんじゃないわ。そんなこと考えたこともない」

「バカなことじゃないわ！　あなたが雄一さんとああいうことにならなければ、咲子が死ぬことはなかったのよ。正志君の婚約者だって？　鮎美が正志君を守ってれば、あたしたちはこんな核シェルターの中なんかに閉じ込められなかったわ！　なにがバカなのよ！」

最後のほうは泣き声のようになり、千鶴は正志のほうへ駆け寄ると、毛布をひったくった。

「千鶴……」

「いやよ！」

千鶴は、鉄梯子を上り、吊りベッドの上へ潜り込むようにして隠れた。

雄一も鮎美も正志も、茫然として千鶴のベッドを眺めた。ベッドから、かすかにすすり泣きが聞こえてきた。

鮎美が雄一を振り返った。雄一は首を振った。

「ほっとけよ」

「………」

正志が硬い表情で鮎美を見つめていた。その目を雄一に向けてきた。雄一は溜め息をついた。

一番正直なのは千鶴かも知れない、と雄一は思った。千鶴の言葉には脈絡がなく、ただ叫び散らしているだけだった。しかし、本当はここにいる四人とも、千鶴と同じような気持ちを持っている。苛立ちは全員にある。もちろん、こういう状態に陥れたのは三田雅代だ。怒りは彼女に向けられている。しかし、誰も、雅代を攻撃する方法を知らなかった。あの母親は、地下三メートルに埋め込まれた鋼鉄のカプセルの中へ四人を閉じ込めた。それに対して抗議する手段さえ、どこにも見当たらなかった。

鮎美が千鶴と反対側のベッドに上がった。正志も毛布をかぶって横になった。

雄一は、まだ目が冴えていた。壁に背中を押しつけ、寝ている三人を眺めた。誰も眠っていないのはわかっていた。

何時だろう、とまた思った。

ずいぶん時間が過ぎたように思う。しかし、さほどではないのかも知れない。腕をつかみ、自分の脈拍に指を押しつけた。

一、二、三――。

脈拍を数え、途中で数を見失なってやめた。

くそお！

雄一は手を握りしめた。

どうして、こんなことになったのだ？

答えてくれるものは、なにもなかった。

10

別荘での最初の夜、ちょっとした問題が起こった。寝室の割り振りをどうするかということである。

建物には、寝室として使える部屋が三つあった。そもそもの寝室は二階にあるが、一階にも玄関脇に客間があり、もう一つ、リビングを挟んで六畳の和室がある。

「鮎美と正志君は、客間を使ってちょうだい」と咲子は、あたり前のように言った。「あたしと雄一は二階で寝《やす》むわ。千鶴は、どこかでお相手を調達して来るんでしょ？　和室を使って」

全員が、信じられないという顔で咲子を見返した。

「咲子、ちょっと待て」雄一が言った。「千鶴さんを一人にするのか？」

「だって、仕方ないでしょう？」

「何を言ってるんだ。そんなのは不自然だ」

「そうよ、咲子」と鮎美がうなずいた。「千鶴がかわいそうよ。それに、あたし、そういうつもりで来たんじゃないよ」

「…………」

咲子は、雄一と鮎美を見比べるようにした。ふっ、と鼻先で笑い、千鶴を見返した。

「いい友達をお持ちね」

「あたしなら……かまわないわ」千鶴が言った。「和室で寝るから」

「あ、そう。じゃ、そうしましょ。雄一——」と腕を取る咲子に、雄一は首を振った。

「だめだ。俺と正志君が一緒の部屋だ。君たち三人で好きな部屋を選べ」

「雄一、意地を張らなくていいのよ。それに、正志君だって、鮎美とがいいんでしょう？」

「あ……」と正志が慌てたように口籠《くちご》もった。「いえ、僕は、毛利君と一緒の部屋でいいです。そのほうが一番いい形じゃないでしょうか」

「咲子、それがいいよ」鮎美が笑い顔を作った。「三人で話をするのも久し振りじゃないの」

わかったわかった、というように咲子はうなずいた。

「じゃ、二階は女。雄一たちは一階を使って。客間でも和室でも」

部屋へ引き上げようという時、咲子が雄一のそばへ寄ってささやいた。

「ごめんね。千鶴を連れて来るんじゃなかったわ」

「いや、咲子……」

咲子は、すばやく雄一にキスをし、そのまま二階へ上がって行った。鮎美は、すでにその時、二階へ上がっており、雄一はキスを彼女に見られなかったことを幸運に思った。

千鶴のボーイフレンドが来ていたとしても、雄一は男と女を分けることを主張しただろう。一つには、鮎美のいる建物の中で、咲子と寝るのは抵抗があったし、一つは、鮎美と正志が一緒の部屋にいることを想像したくなかったからだ。

婚約してます——という正志の言葉が、雄一の耳にこびりついていた。

雄一と正志は和室のほうへ布団《ふとん》を敷くことにした。客間にはベッドが一つしかなかったからだ。

夜、小さな物音に、雄一は眼を覚ました。襖の閉まるのが見えた。正志の布団がカラになっている。

耳をすませた。ほとんど音は聞こえない。遠くに潮の寄せる音がする。

た。

どこへ行った？

気になり、雄一は寝床から身体を起こした。そのまま部屋の外に注意を集中してい

しばらくしてトイレで水を流す音が聞こえ、なんとなく安心した。布団に潜り込む。バカだな俺も、と自分が滑稽に思えた。

正志が部屋へ戻った時、雄一は正志の布団に背を向けていた。正志は、しばらくすると寝息を立てはじめた。

雄一のほうはそれで眼が冴えた。

枕元に置いた時計を引き寄せる。薄明かりにすかして見ると、三時が近かった。

正志を気にしながら、雄一はゆっくりと布団から出た。正志が完全に寝ているのを確かめ、静かに部屋を出た。

キッチンへ行く。冷蔵庫を開けて故障中だったのを思い出した。テーブルに載せて

あるアイスボックスを開け、中からビールの缶を一つ取り出した。それを持って、雄

一はリビングからバルコニーへ出た。

向こうで、はっと息を飲む音が聞こえ、誰かがこちらを振り返った。

「誰……？」

鮎美の声だった。

「ごめん」と雄一はバルコニーの階段を庭へ下りた。「君がいるとは知らなかった」

鮎美は、溜め息のようなものをつき、雄一に笑いかけた。薄い月明かりに、鮎美のパジャマの柄が見えた。雄一は、胸の高まりを意識した。

「眠れないの？」

近づいて行くと鮎美は肩をすくめた。

「あなたも？」

「座ろう」

雄一は庭に出ているデッキチェアを指差した。二人は並んで腰を下ろした。雄一は、ビールの缶を開けた。一口飲み、気づいて鮎美に差し出した。

「飲む？」

鮎美は首を振り、煙草に火をつけた。

「来なければよかった」

と鮎美は小さな声で言った。

「え？」

「咲子はああいう人なのよ。二階に上がっても、千鶴に厭味《いやみ》ばっかり」

「ああ、想像がつくよ」

しばらく、二人とも黙っていた。

喉元まで出かかっている言葉が、雄一にはなかなか言えなかった。その勇気をつけるために、ビールを一気に飲んだ。鮎美が煙草の火を消した。

「婚約……してるんだって？」

訊いた言葉が、喉のどこかに絡んだ。

「え……」

鮎美が雄一に向き合った。

「婚約してるんだろ、正志君と」

とたんに鮎美が吹き出した。

「なにそれ？　誰がそんなこと言ったの？」

「違うのか？　正志君はそう言ってたけど」

「ばかねえ。ああ、やだ」

鮎美は、笑いながら首を振った。笑っている鮎美を見ているうちに、雄一の頬もゆるんできた。

「親がね」と、鮎美は笑いを押さえて言った。「友達同士なの。あたしと正志君は、一つ違いで、いつも一緒に遊んだりしてたのよ。よくあるじゃないの、大きくなったら結婚しようねって」

「本気じゃないのか……」

「いやだなあ。あいつ、その気になってるわけ？　あぶないなあ」

「高校の時に婚約したって言ったよ、俺には」

「覚えてる。遊びに来た時、結婚する約束を小さい時にしたってことが話題に出たのよ。親も面白がって、そりゃあいい、なんてみんなで笑ったの。正志君が、じゃ正式に申し込もうって言ったから、あたしは、どうぞご随意に、って言ったのよ。冗談よ」

「ヤツは、冗談だとは思っていないよ」

「困った男だな」

「他に、恋人がいるの？」

「……あたし？」

と鮎美が雄一を見つめた。

「いるだろうな」

その返事が、なんとなく怖くなって、雄一の言葉は冗談めいた響きになった。

「いない」

ポツリと鮎美は言った。

妙な間があいた。

その空気に、雄一はある種の期待を持った。だめでもともと……わざと自分にそう言い聞かせた。

「じゃあ、俺が立候補してもかまわないわけだ」

「……………」

鮎美が雄一を見返した。黙ったまま、雄一の眼を見つめてくる。

「いけない？」

鮎美は、答えず自分の足下に視線を落とした。しばらく黙っていた。なにかを言わなければと、雄一は口を開きかけた。鮎美が先に言った。

「それ、冗談でしょ？」

「そんなんじゃないよ。本気だよ」

鮎美は、ゆっくりと首を振ってみせた。

「ばかにしないで。安く見られたもんだわ」

雄一は慌てた。

「いや、待ってくれ。ふざけて言ってるんじゃないし、そんなんじゃないぜ」

「あなたには、咲子がいるでしょ？」

「うんざりしてるんだ」

「またまた。言いつけるよ」

「かまわない。俺は、もう終わりにしようって言うためにここに来たんだ。君たちと一緒になるとは思わなかった。こういう計画だとは知らなかったんだ。いつだってそうなのさ。俺を無視してなんでも自分の思い通りにならなきゃ気がすまない。あいつにはうんざりしてるんだ」

「なにを言ってるのよ。別れ話を泊まり掛けでするって人がいるわけないでしょう。幻滅ね。素敵な人だって思ってたのに。彼女が寝ている脇で、他の女を口説《くど》く男だなんて思わなかった」

「いや、言い方がマズかったのかな。ほんとなんだ。俺は――」

鮎美が首を振り、立ち上がった。

「やめて。いいかげんにしてよ。おやすみなさい」

「あ……あの」

鮎美は振り切るようにしてバルコニーの階段を上って行った。雄一は、唇を嚙みながらリビングへ入って行く鮎美の後ろ姿を見つめていた。


もう一度、鮎美と二人だけの時を持ちたいと、雄一はそう考えていた。あのままにしてはおけなかった。咲子の存在が、これほどいまいましく思えたことはなかった。しかし、そのチャンスは、意外にも向こうからやってきた。

翌日、五人は海へ行った。

二台の車で海岸の近くへ乗りつけ、小路《こうじ》を磯へ下りた。咲子が雄一のそばへ寄ってきた。

「うまく時間を作るわ」

「だめだよ。みんながいるし、それに俺は——」

みなまで言わせず、咲子は雄一の口を手で塞《ふさ》いだ。

「大丈夫よ。鮎美たちだってうまくやってるのよ。鮎美、昨日、ベッドを抜け出したの。あなた、正志君がいなくなったのに気がつかなかったの？」

「……俺は、寝てた」

厭な気分だった。

「今夜、誘いに来て」

「だめだ。俺はいやだよ」

そう言い、さっさと咲子のそばを離れた。

五人は磯遊びをし、シュノーケリングのまねごとをやり、磯の間に出来た小さな砂浜に寝転がって背中を焦《や》いた。

「お腹が空いたわ」

咲子が言い、雄一が街までサンドイッチを仕入れに行くことになった。

「あ、あたしも行く」と鮎美が立ち上がった。「途中で別荘に寄って。バスタオルが足りないわ」

雄一は、平静を装った。

咲子のアルファロメオで、二人は海岸を離れた。鮎美は、赤いワンピースの水着に白いカッターシャツを引っ掛けていた。スタイルをほめると、見るな、と笑いながら雄一を睨みつけた。昨夜のことはなにもなかったような感じだった。

別荘に寄り、バスタオルを抱えて鮎美がリビングに下りて来た時、雄一は彼女の前に立った。

「……なに？」

鮎美は不安な表情になって後ずさりした。

「好きなんだ」

「………………」

鮎美は小さく首を振った。首を振りながら、ふっと口許《くちもと》をほころばせた。

「真面目に言ってるんだ」

雄一が一歩進み、鮎美は一歩後退した。雄一は、タオルを抱いた手を突き出すように上げ、そのタオルを雄一の胸に押しつけた。雄一は、なんとなくタオルを持たされた形になった。

「………………」

は安全なの」

「安全のためよ。こういう場合、あなたの両手がふさがっててくれたほうが、あたしは安全なの」

「……どういう？」

鮎美は、笑顔のまま首を振った。

「あなたが意を決して、あたしをレイプしようなんてことがないように、わかる？」

雄一は眼を見開いた。

「そんなこと、するつもりない……」

「ありがとう」

「好きだから……それを伝えたいと思っただけだ。昨日、君を怒らせてしまったし、俺が本気だってことを――」

鮎美は、頭をゆっくりと振りながら、階段に腰を下ろした。タオルを抱いたままで突っ立っている雄一を見上げた。

「怒ってなんかないわよ」

「…………」

「恋人になってくれって言われて、不愉快になる女の子なんていないわ。心配しないで。怒ってない」

「ほんとに？」

鮎美はうなずいた。

「ほんとに。でも、困った人ねえ。あたしにどうしろって言うの？」

「どうって……だから、つき合ってもらえないかって思って」

「つき合ってるじゃないの。昨日からずっとつき合ってるわ。そう思ってなかったの？」

「いや、そういうんじゃなくて」

「恋人として？」

「そう……」

鮎美は、微笑んだまま雄一の眼を見つめた。

咲子と同じ歳ということは、この鮎美も雄一より三つ下だということだ。なのに、雄一には、この鮎美が歳上に感じられた。

「俺……昨日、君を見た時から好きになった」

「キザねえ」

「本当なんだ。俺、真面目に言ってる」

「真面目に聞いてるわ。あなたが真面目に言ってくれてるのもわかる。とってもうれしいわ」

「じゃあ……！」

雄一は、鮎美のほうへまた一歩進んだ。鮎美が、手を上げた。

「待ってよ」

鮎美は溜め息をつき、階段から立ち上がった。そのままリビングのソファに行き、腰を下ろした。自分の隣を、ポンポン、と叩いた。

「すわって」

雄一は、言われるまま鮎美の横へ行き、腰を掛けた。

「あのね。あたしも雄一さんが好き」

雄一は息を吸い込んだ。鮎美は雄一を押しとどめるように小さく首を振った。

「待って。好きよ。だけどさ、こっちの事情だってわかってほしいの」

「事情？　でも……正志君とは婚約してるわけじゃないって」

鮎美は首を振った。

「そうじゃないわ。咲子よ」

「いや、だから、それはもう」

「終わったって言いたいのね。違うの。あたしのことよ」

「君の……」

「あたしは咲子の友達なのよ。わかる？　あたしと咲子が友達だってことは終わってないの」

「……ああ」

「女同士には、友情が成り立たないって思う？」

「いや、そんなことはない。わからないけど、男も女もおんなじだろうから……」

「もし、あなたの友達の彼女が、あなたにモーションをかけてきたとしたら、雄一さん、どうするの？」

「…………」

「簡単に、いただき、ってことになるの？」

雄一は、自分の腕の中にあるタオルを見つめた。

「咲子はあんな人だけど、雄一さんのことが好きなのよ。前に聞かされたわ。ずいぶん続いているんでしょう？　あなたと咲子」

「続いているって……いや、せいぜい二ヵ月ぐらいにしか」

「じゃあ、続いているのよ。咲子、一人の男の人に、そんなにもったことなんてないもの。あなたが好きだから、二ヵ月も続いてるのよ」

「待ってくれないか。咲子と君が友達だってことはわかるし、その友情をこわしたくないってこともわかる。でも、それは正直じゃない。俺は、君が好きなんだし、一番だいじなのはそのことなんだ。咲子が俺を好きだって言うけど、そうは思えない。俺は、あいつのアクセサリーみたいなものだ。そんなふうにしか男を見ることができないんだ。もう、うんざりしてるんだよ」

「それは、咲子が男性的な性格だからだわ」

「……男性的？」

「そうよ。そう思わなかったの？　女を自分の装飾品にしか考えていない男って、ずいぶんいるわ。咲子の考え方ってのは男性的なの」

「……そうかなあ。俺には、君のほうがよっぽど男性的に思える」

あはは、と鮎美は声を出して笑った。

「あたしは、女性的よ。自分で厭になるぐらい」

「…………」

雄一は、テーブルにタオルを置いた。鮎美に向き直り、その手を取った。

「タオルを置いていいとは言ってないわ」

手を引き寄せた。鮎美が首を振った。

「困らせないで」

軽くキスすると、鮎美は笑いながら雄一の手から逃れようとした。

「あたしと咲子の友情をこわすつもり？」

「そうだ」

雄一は鮎美を抱きしめた。

「サンドイッチを買いに行かなきゃ……」

　鮎美が言い、雄一はその唇をふさいだ。

11

　雄一は、寝ている三人を眺めていた。

　三人が眠っているのかどうかはわからなかった。部屋の明かりはついたままになっている。スイッチは流しの脇の壁についているが、明かりを消すことには恐怖があった。空調の低いモーターのうなりが、たえず聞こえている。正志が、鮎美のベッドの下の床で寝返りを打つのが見えた。雄一は床から立ち上がり、トイレへ行った。

　七枚の写真は貼られたままだ。そして「お前たちが殺した」という赤い文字――。

　小用を足し、雄一は、もう一度その赤いペンキの文字を見つめた。出ようとして、トイレのドアの下に薄汚れたタオルが、押し込まれたように丸めて捨てられているのに気づいた。雑巾《ぞうきん》代わりに使ったものだろう。タオルは半分ほどが茶色く変色したようになっていた。

　トイレから出て、天井のハッチを眺めた。鉄梯子を上ってハッチの把手に手を掛ける。ハッチはいささかのガタつきもなく、食い込んでいるように動こうとしなかった。

部屋へ戻った。

寝たほうがいい……と、雄一は自分に言いきかせた。眠気はまるでなかった。千鶴のベッドの下へ行き、あいているスペースに横になった。腹の上に毛布を掛けた。斜め上に寝ている鮎美を見上げた。

鮎美は、眼を開けていた。

黙ったまま、雄一を見つめている。雄一も見つめ返した。何かを訴えかけているような目だった。

どうした？

雄一は、声に出さず、唇だけを動かして訊いた。鮎美は、ただ首を振った。

――嘘だって言って。

咲子の声が、耳のそばでしたように思った。雄一は毛布を握りしめた。

決定的なトラブルは、最後の夜に起こった。

「千鶴、明日はあなた、正志君の車で帰ってね。あたしと雄一は、もう一日ここに残るから」

夕食を終えたばかりの夕方、咲子は突然、バルコニーでそんなことを言い出した。

夕方になっても部屋の中は蒸し暑く、全員がバルコニーで夕涼みをしていた時だった。

雄一は、驚いて咲子を見返した。

「残る？」

「そうよ。誰かさんのおかげで、せっかくのプランがみんなダメになっちゃったもの」

「待て。俺は、明日帰るよ」

「だめよ。帰らせない。悪かったと思ってるわ」

雄一は、千鶴のほうを見た。千鶴は、むっとした表情で、咲子を見つめている。

「悪かったとか、そういうことは一切ない。俺は楽しかったし、明日は帰る。メンバーとの約束だってある。バイトもあるんだ」

「休めばいいわ。そんないくらにもならないバイトなんか、無理して行くことないわよ」

「違うんだ。俺は帰ると言ってるんだ」

ふう、と咲子は息を吐き出し、表情を強張らせた。千鶴のほうへ向き直った。

「みなさい。完全にこの人を怒らせちゃったわ」

「咲子――」

と言う雄一の言葉を、咲子は首を振ってやめさせた。

椅子から千鶴が立ち上がった。

「はっきり言ってよ。どういう意味なの？」

「鈍感な人ねえ」

「あたしが来たのは、間違いだったって言うのね」

「そうなるわね、結局。ほんとにいるんだかどうかわからないけど、あなたのボーイフレンドの田舎が火事になったなんて、そんな嘘までついて邪魔をして、ずいぶん楽しんだんじゃない？」

千鶴が息を吸い込んだ。

「――それ、なによ？　嘘って、どういうことよ」

「わかるわよ。あなた、その茨城だか福島だかの男なんて、いやしないんでしょ、どうせ」

「何を言ってるの！　知りもしないクセに」

「知りたくもないわよ。あなたの作り話なんか」

雄一は、咲子の腕を押さえた。

「やめろ。咲子、何を言ってるんだ」

咲子は肩をすくめた。

「嘘なのよ。なにもかも。現地調達するなんて、笑っちゃうわ。そんなつもりもなけりゃ、男に声をかける勇気もない人が」

「おい、やめろって言ってるんだ」

「千鶴にはね、ボーイフレンドなんて無理なのよ」

「咲子、やめないか」

「あたしや鮎美がボーイフレンドの話をしてて、自分にはいないって言えないもんだから、さもモテるようなことを言って」

「やめろ！」

　雄一が声を上げ、咲子はようやく口を閉じた。後ろで鮎美が「千鶴――」と言い、雄一は立っている千鶴を見上げた。千鶴は、震える両手を握りしめ、眼を見開いて咲子を睨みつけている。その千鶴を咲子が笑顔で見返した。

「あら、何か気に障《さわ》るようなこと、あたし、言ったかしら？　ほんとのことしか言ってないつもりなんだけど」

「…………」

　いきなり、千鶴は、咲子に唾を吐きかけた。

「なにするのよ！」

　咲子が立ち上がった。千鶴は、そのまま身体をひねるようにしてリビングのほうへ歩きはじめた。

「待ちなさい、千鶴！」

千鶴が振り返った。眼に涙が浮かんでいた。

「帰る支度をするわ。これで失礼するわよ。電車、まだあるし。あたし帰るから、どうぞご自由にやってちょうだい。でも、あんたの雄一さんが、あんたの思い通り、抱いてくれるかどうか、知らないけどね」

「なにそれ？　雄一とあたしのことにまで口出ししないでほしいわね。ひとこと謝ってもらいたいわ」

「謝る必要なんてないわよ。あんたと同じように、あたしだってほんとのことしか言ってないもの。咲子、モテるものね。あたしと違ってさ。だけど、自分の男だって思ってる人が、あんたに飽き飽きして、他の人のところへ行っちゃってることも、あなたは知らないじゃないの」

雄一は、千鶴を見つめた。

ふっと咲子が笑った。

「他の人って、雄一があなたのことを好きになったとでも言うつもり？　今度はそんな馬鹿なこと空想してるの？」

「違うわよ。相手があたしだなんて畏れ多いわ。雄一さんは、とっくの昔にあなたから離れて、鮎美のものになってるってことを言ってるのよ」

「……なにを言ってるの？」

　咲子が、鮎美を振り返った。鮎美は、硬い表情をして千鶴を見つめていた。咲子は雄一に目を移した。雄一は黙っていた。

　ふたたび、千鶴に向き直った。

「ふざけないでよ！　デタラメばっかり並べて」

「デタラメ？」千鶴は、手の甲で頬の涙を拭き、ふん、と笑ってみせた。「じゃあ、訊くわ。咲子、昨日の夜、庭に出た？」

「……なによ、それ」

「庭に雄一さんがいたわ。女の人と抱き合ってた」

　咲子が、雄一を振り返った。千鶴はそのまま続けた。

「顔をぴったりとくっつけてね。最初は咲子かって思ったわ。でも、咲子はベッドで寝てた。鮎美は、ベッドにいなかった」

「正志君よ！」と咲子は、雄一を見つめたまま正志のほうへ指を上げた。「鮎美を抱いていたなら、正志君に決まってるじゃないの」

　正志は、硬直したようになって眼を見開いていた。

「正志君じゃないみたいね、残念だけど」千鶴が勝ち誇ったような声で言った。「それに、雄一さんと鮎美を見たのは昨日の夜だけじゃないわ。一昨日、海へ行った時も、二人で林の中へ入って行くのを見たもの。おててをつないじゃって」

咲子が、雄一の腕をつかんだ。咲子の耳で銀色のイヤリングが激しく揺れた。

「嘘でしょう？」

雄一は、何も言わなかった。

「嘘だって言って！　言いなさい！」

千鶴が笑い出した。

「まあ、可哀相だわ、咲子さん。きれいさっぱり捨てられちゃった」

咲子は、雄一の腕を強く揺すった。

「雄一！　嘘だって言ってよ」

「咲子、俺は――」

「やめて！」

咲子が耳をふさいだ。鮎美のほうへ突進するように向かって行った。慌てて、雄一は咲子を押さえた。

「鮎美、あなたが誘惑したのね！」

「違う」と雄一は咲子に自分のほうを向かせた。「誘ったのは俺だ。鮎美が好きなんだ」

突然、咲子の手が雄一の頬に飛んできた。

「聞きたくない！」

「咲子」と千鶴が乾いた声で言った。「これから、あたしと現地調達に行かない？ナンパの仕方、教えてよ。あんたなら、どんどん男が引っ掛かるんでしょう？」

「黙れ！」

咲子が、千鶴に向かって行った。いきなり、千鶴の頬に平手打ちをくわせた。千鶴の悲鳴が上がった。咲子は、何度も千鶴の頬を打ち続けた。雄一が止めに入ったが、今度は千鶴が咲子の頬を打った。咲子は雄一の手を振りほどき、千鶴につかみかかる。

二人の取っ組み合いになった。バルコニーの床に転がり、咲子が千鶴に馬乗りのような格好になった。

「馬鹿にして！　人をコケにして！」

叫びながら、咲子は千鶴の喉元を押さえ、顔を殴り続ける。

「やめろ！」

雄一が、むりやり咲子を千鶴から引き剝がした。つかみかかって来ようとする千鶴を、後ろから正志が押さえた。

「みんな、出て行け！」

咲子が叫んだ。

雄一の手を振りほどくと、リビングに駆け込んで行った。千鶴が、大きな泣き声を上げていた。正志を突き飛ばすようにして、千鶴はバルコニーから庭の向こうへ走って行った。その後を鮎美が追った。

雄一は、咲子が気になって建物の中へ入った。キッチンで身体を屈《かが》めている咲子が見えた。入って来た雄一を見て、咲子は逃げるように客間のほうへ走った。雄一の目の前で、客間のドアが激しく閉じた。

「咲子」

雄一は、ドアのノブに手を掛けた。ゆっくりとノブを回し、ドアを開けた。

「こっちへ来ないで！」

咲子がベッドの向こうで振り返った。タオルに包んだ何かを、咲子は手に持っていた。彼女の右の耳のイヤリングがなくなっていることに、雄一は気づいた。

「咲子、聞いてくれ」

「来ないで！」

咲子は、手に持ったタオルを、雄一にふりかざすようにした。その形で、タオルに何か棒のようなものが包まれているのが見てとれた。

「咲子。君には悪かったと思ってる。だけど俺は――」

「聞きたくない！」

咲子は、後ろを向いた。出窓の前に置かれた椅子のほうへ歩いた。

「あなたがこんなことをあたしにするなんて思わなかった。信じられない。あたしに恥をかかせて……どうして、そんなことするの！」

「…………」

恥をかかせて、か……と雄一は深呼吸をひとつした。そうなのだ。咲子にとってのショックは、雄一に裏切られたことではなく、人前で恥をかかされたことなのだ。

咲子の後ろ姿が、窓の外の光で縁取られているように見えた。出窓の下に背の低い揺り椅子が置かれている。窓敷居が棚として使われていて、そこに観葉植物の鉢が並べられている。鉢から垂れ下がった長い葉が、揺り椅子の背にかかっていた。

咲子は、鉢の隙間に、持っていたタオルを突き刺すようにして置いた。ゆっくりと雄一のほうを振り向き、置いたタオルを隠すように揺り椅子に腰を下ろした。鉢と咲子の頭が重なって見えた。

「こんなことされたの、はじめてだわ」

咲子が言った。

雄一はベッドを回り、咲子の前へ行ってベッドに腰を掛けた。

「あたしをだましていたのよ」

「いや、だますとか、そういうことじゃない」

「だましたじゃないの！」

咲子が椅子を前後に揺らしながら声を上げた。

「いや、咲子」

「あたしをこんなめにあわせて、絶対に後悔させてやる。思い知らせてやるから」

咲子は、恐ろしいような形相《ぎょうそう》になって雄一を睨みつけた。

「咲子、聞け。俺は――」

「いやよ！　誰がこのままにするものか。あたしは愛していたんだ。こんなに愛していたのに、あなたがしたことは、こういうことなんだ。抱くだけ抱いて、さんざんなぶりものにして、簡単に捨てるのよ」

「そうじゃない。俺は、鮎美を――」

「鮎美がなによ！　あの女が、あなたにいったい何をしたの？　あんな女のどこがいいの」

雄一は、首を振った。

不意に咲子が立ち上がった。まっすぐ雄一の前に歩いてきた。

「ねえ……嘘よね」

雄一の顔を両手で挟んだ。

「あなたは、あたしを愛しているわ。そうでしょう？　あたしを試しているのね。あたしがあなたをどれだけ愛しているか、それを試してる」

「いや、咲子……」

「あたしが悪かったわ。せっかくの夏休みを、台無しにしちゃった。二人きりを望んでいたのに、あなたは、そんなあたしに腹を立てたんでしょう？　もう、駄々をこねないで。許してあげるわ。あたしにだって悪いところがあったんだもの」

咲子は、雄一のTシャツに手を掛けた。顔を寄せてきた。

「脱いで。仲直り、ね？　もう、忘れましょう」

唇がゆっくりと雄一のそれに被《かぶ》さってきた。

「やめろ」

雄一は、咲子の手をつかんだ。え、と咲子が雄一から顔を離した。

「俺たちは終わりだ。終わったんだ」

「うそよ……」

雄一はベッドから立ち上がった。

「勘違いするな。試してはいないし、君を試す必要もない」

「雄一……いやよ！」

咲子は身体をぶつけるようにして、雄一に抱きついてきた。

「俺は、鮎美が好きなんだ！」

「違う。嘘よ。嘘をつかないで」

咲子は、伸び上がるようにして、雄一の唇を求めてきた。雄一は思い切り咲子を振りほどき、突き放した。

「思い上がるな！」

突き放されて、咲子はそのまま揺り椅子に腰を落とした。咲子の大きく開けた口から息を吸い込む音が聞こえた。椅子が激しく前後に揺れた。咲子は、目と口を大きく開けたまま、雄一を見つめた。

雄一は、そのまま部屋を出た。ドアを開け、最後にもう一言だけ言った。

「君とはもううんざりだ。俺は、鮎美が好きなんだ」

咲子は、驚いた表情のまま、雄一を凝視していた。雄一は、勢い良くドアを閉めた。

しかし、それが、咲子を見た最後になった——。

12

金属的な物音で目を覚ました。

首を回すと、足を縮め背中を丸めて寝ている正志が見えた。毛布は正志の足下でくしゃくしゃになっていた。自分も毛布を蹴飛ばしていることに気づいた。シェルターの中は寒くなかった。温度調節がなされているのだろうか、毛布を掛けているのが暑いぐらいに感じる。

雄一は身体を起こし、鮎美のベッドに目をやった。壁のほうを向いて寝ている。細い肩がベッドの端から覗いて見えた。

また金属音がして、雄一はドアのほうを振り返った。

「おはよう……ございます」

千鶴がドアの脇に立っていた。

「何時だ？」

と思わず訊いた。訊いて、それが無意味な質問であることに気づいた。起き上がり、千鶴のいるほうへ歩いた。

「七時ぐらいかしら、あたしの体内時計だと。さっき起きてから朝食を食べたから」

「案外、早起きだな——なにしてるんだ？」

雄一は千鶴の手元を覗き込んだ。

「これが、外れないかと思って」

千鶴は、ドアの左の壁に取りつけられている奇妙な装置をいじっていた。パイプの根元に水圧バルブのようなものがついている。そのバルブの脇からL型に折れ曲がったクランクが出ている。クラシックカーで見る始動用の手回しクランクみたいなものだ。千鶴は、そのクランクを握っていた。

「なんだろう、これは?」

「わからないの。回してみると抵抗があるんだけど、ファンが回るような音がしてるだけで、なにも起こらないの」

「いいかい?」

雄一は、千鶴と場所を変わった。

クランクを回してみる。なるほど、グイーンと手に力を感じる。回す手を離しても、クランクはしばらく惰性で回り続けた。確かにパイプの上のほうでファンが風を送るような音がしている。同時に、キリキリという金属同士のこすれ合うような音が、バルブの中から聞こえる。しかし、それ以外の変化は何もなかった。

ふと、気づいてドアを開け、ハッチの様子を見た。なんの変化も起こっていない。

「あたしも、これでハッチが開いてくれたらって思ったけど、そんな甘いモンじゃなかったみたい」

「のようだな。正体のわからない装置を下手にいじくると、危険もある。そっとしておいたほうがいいかも知れないな」

実際、この装置が何を動かしているのか、雄一には想像もつかなかった。機械でなんとかわかるのは、自動車とアンプぐらいのものだ。

「それより、その棒が外れたら、ハッチを開ける道具にならないかって……思ったんだけど」

「なるほど」

雄一はクランクが取りつけられている根元を覗き込んだ。太いボルトがクランクをバルブの腹に固定している。ボルトを指で挟み、ねじってみる。まるで歯が立たなかった。指に黒く油がついた。

「難しいな。あのオフクロさんは、徹底的にここを掃除してくれたらしい。道具類は一切なしだ」

クランクをもう一度握り、外れないものかと揺すってみた。多少、ゴツゴツしたあそびを感じるが、それで外れてくれるというものでもなかった。

「だめね――」

千鶴が、溜め息を吐き出した。

小さくうめくような声が聞こえ、雄一はベッドのほうを振り返った。ベッドの上から鮎美が顔を出した。雄一と千鶴を認め、梯子を伝って下りてきた。正志はまだ寝ている。

「ねえ」と千鶴が雄一の肘《ひじ》を突ついた。「これ見てごらんなさい」

千鶴は流しの下へ行き、段ボール箱の脇を指差した。カロリーメイトの空箱が五つ転がっている。

「昨日、あたしと雄一さんと鮎美で一つずつ食べたでしょ？　あたし、さっき一つ食べた」

言いながら、寝ている正志のほうに笑いを含んだ目を向けた。

「ああ、なるほど」

みんなが寝ている間に、正志も食事をしたらしい。誰も苦しむ様子を見せず、それで安全だと正志も悟ったのだろう。

雄一は、流しで汚れた手を洗った。ついでに顔を洗い、蛇口の下へ頭を入れ水をかぶった。コップに水を注ぎ、うがいをしてから一口飲んだ。

ふと、流しの上のタンクに目がいった。

水は……限りがあるんだろうか？

蛇口からポタポタと垂れている水を眺め、コックを締めなおした。

「あたしも、いい？」

鮎美が訊き、雄一は流しの前を開けた。

「ああっ！」

と後ろで正志が声を上げ、雄一は驚いて振り返った。

正志が床に起き上がり、周りを見回していた。眼を見開き、自分を見ている雄一たちを脅えたように見返した。

「どうした、正志？」

「………………」

正志は、ぶるぶると首を振った。自分の横の壁を見つめ、拳でその壁を叩いた。

「おい、正志」

「出してくれ！」

叫びながら、正志は鉄梯子を上った。ハッチを力一杯殴りつける。

「お願いだ！　ここから出してくれ！」

殴りつけた反動で、梯子から足をすべらせ、そのまま床に落ちた。雄一は、正志に駆け寄った。

「おい、大丈夫か？」

肩に手を掛けると、正志は雄一の足にしがみついた。

「出してくれ！　ここから出して……」

正志は、泣き声になって言った。

「………………」

ていた。

雄一は、鮎美と千鶴のほうを振り返った。鮎美も千鶴も、黙ったまま正志を見つめ
足にしがみついている正志の手を、雄一は剝がすようにして外した。

「いつ、出してもらえるんですか」

正志が雄一を見上げた。

雄一は、首を振った。

「僕は、いつまでここにいなきゃならないんですか」

「わからない。咲子のオフクロが決める」

「それはいつです？」

「知らない」

「平気なんですか！　それでも平気なんですか？」

「平気じゃないさ。お前だけじゃない」

「だったら、どうして、そんな顔をしてるんですか！」

雄一は、床に腰を下ろした。

「昨日《きのう》——と言っていいのかわからないが、みんなで助けを呼んだ。覚えてるだろう」

「…………」

「俺たちの声に応《こた》えてくれるものは何もなかった。ここは別荘の庭に作られたシェルターの中だ。地下三メートルに埋められたシェルターの中なんだ。周囲にある建物も、みんな別荘だ。今の時期に別荘を利用している人間なんてあまりいない。この周りは、ほとんど無人なんだ。たとえ人がいたとしても、俺たちの声は聞こえない。お前と同じように、俺も鮎美も千鶴も、みんなここを出たいと思っている。なんとかして出たいと思っている。でも、それはわめいて解決できるものじゃない」

「僕は、毛利君のように強くない……」

「俺だって強くない。お前だけが怖いんじゃない。みんな同じなんだ」

「死ぬだけですか……」

「正志」

「ここで、死ぬだけですか。僕は、いやだ！」

「………………」

正志は、顔をぐしゃぐしゃにしていた。子供のように泣きじゃくっている。

起きた途端に恐怖が正志を襲ったのだろう。自分の寝ていた場所を突然思い出し、それが急激に恐怖感をふくれ上がらせたのだ。

「――どうして、咲子さんのアレが」と、正志は声を震わせながら言った。「どうして、アレが人殺しなんですか？　どうして、あの人は、そんなことを言うんですか」

雄一は、溜め息をついた。

と、突然、正志は身体を起こした。「おい……」と呼び止める雄一を押し退けるようにして、正志はドアのほうへ駆け出した。雄一は、正志を追った。

正志はドアを飛び出し、トイレに駆け込んだ。壁に貼ってある写真に手を伸ばし、それを破り取った。七枚の写真を壁から剝がし、雄一のほうを振り向いた。写真を突き出す。

「見て下さい。これのどこが殺人なんですか？　事故だ。事故じゃないですか！」

雄一は、正志の眼を見つめながら写真を受け取った。正志の肩をつかみ、トイレから出した。部屋へ連れ出し、床に座らせた。剝がした七枚の写真を千鶴に渡し、流しへ行って水をコップに入れた。

「水だ」

言って、雄一は正志にコップを渡した。正志は、その水を見つめた。

「納得できることじゃないが、あのオフクロはそう思い込んでいる。もちろん、その意味は、咲子が死んだことに関しては、俺たちが殺したようなものだ、ということだろう」

「どうして……」

コップを見つめたまま、正志がつぶやいた。

「あの日、咲子と喧嘩をした。喧嘩の内容は警察にもオフクロにも説明してないが、でも、喧嘩をしたということは言った。咲子は、ああいう性格だ。頭に血が上って何をするかわからないような状態だった。車に乗って飛び出し、暗い崖の上を走った。ハンドルを切りそこねて、海に落ちた。そういう精神状態にさせたのが俺たちだと、あのオフクロは言ってるんだ」

「ちょっと……」

と後ろで千鶴が言った。雄一は振り向いた。

「おかしいわ……なんだか」

千鶴は、手の写真を眺めている。それは、海から引き上げられたアルファロメオの残骸だった。

「おかしいって、何が？」

「咲子は、崖の上に車を走らせて、ハンドルを切りそこなったんじゃないような気がするわ、あたし」

「……どういうこと？」

「だって、車、あそこに停まってたのよ。朝、海に落ちた車を見つける前に、あたしたちあそこの崖の上に、停まってたのを見たんだもの」

「それが、どうしておかしいんだ？」

「車があって——」と、千鶴は写真から眼を宙に上げた。「咲子は乗っていなかった。どこかに行ってたのよ、あの時。車の中はカラッポだったし、キーだって抜いてあった。あのあたり、捜し回ったけど、咲子はどこにもいなかったわ」

「…………」

「あの崖の上に車を走らせて来て、そのまま海に落っこちたのならわかるけど、咲子は、一度車をあそこに停めてたんだわ。てことは、あそこに停めて、どこかに行って、帰って来て、それから車を走らせた時、落ちたわけでしょう？」

「……うん」

雄一は、千鶴の言おうとしていることが、なんとなくわかってきた。その通りに思えた。はっきりしたものではないが、何か、その咲子の行動には、不自然なものがある。

咲子は、車を崖の上に置いて、どこへ行っていたのだろう？

「君らが、あそこでアルファロメオを見たのは、何時ごろだった？」

「ええと……」と千鶴は、鮎美のほうに目をやった。「暗かったわよね。二時か、三時か——そんな時間だっけ？」

「はっきり覚えてないわ」と鮎美は首を振った。「二時でも三時でも、同じでしょう」

「暗かったって、真っ暗？」

「鼻つままれてもわからないっていうんじゃないけど、曇ってたし、車のライトを消したら、かなり暗いわよね。あたしたち、正志君のライトと、懐中電灯で咲子を捜したんだもの。咲子の車の中にも懐中電灯があったから、それを使って」

「ちょっと、待て」と、雄一は眉をしかめた。「咲子の車の懐中電灯？」

「うん。正志君が、オープンカーの中を覗いて、あたしに渡してくれた」

「…………」

雄一は、妙な気持ちになった。

咲子は、暗い場所を嫌った。暗く寂しい崖の上。そこに車を停め、彼女は降りた。懐中電灯も持たず、どこへ行ったのか？　何をしに？　何のために？

「変だな……たしかに」

雄一は、つぶやいた。

13

水とカロリーメイトの食事をした。

味気ない食事だった。三人が食べている間、千鶴はずっとトイレから剝がしてきた写真を眺めていた。

「研究所に行かなきゃならない」

正志がポツリと言った。カロリーメイトの空き箱を眺めている。

「研究所?」

雄一が訊き返した。

「手伝いをしているんです。薬品を開発する手伝い」

「バイト?」

「まあ、それに近いですけど、お金にはなりません。就職口の確保です」

「ああ、卒業したらそこに入るのか」

「いや、院に残るつもりなんですけど、ゆくゆくは」

「大学院?」

「ええ」

「好きなんだな。勉強が」

「好きですよ。僕には合ってる。叱られちゃうな、休んだりしたら」

「叱られやしないよ。こういう事情だ。薬品開発の手伝いって、どんなことするんだ?」

「僕は下働きだから、動物の世話です」

「動物……? なんだ、それ」

「実験動物です。ラット、マウス、ウサギ、イヌ、サル――」

「ふうん、そういうの使うの？」

「人間で実験できないですからね。世話がけっこう大変なんです。できる限り無菌な状態にしなきゃいけないものもあるし」

雄一は、シェルターの中を見回した。

実験動物か……。

なんだか、自分がそういう動物になったような気がした。狭い空間に閉じ込められ、実験の結果を観察されている。水とカロリーメイトだけを与え、外界との接触をまったく絶った時、人間はどんな状態になるか。

観察？

ふと思った。三田雅代は、今、どうしているのだろうか？　あの母親の考えているのは、俺たちを閉じ込めることだけなのか？

鉄梯子の上を見る。銀色のハッチ。天井を伝っている太いパイプ。窓のない壁。どこかで、雅代は、俺たちのことを眺めているのではないか？

ばかばかしい……と、雄一は自分を笑った。外部から、この頑強なシェルターの中を、どうやって覗くというのだ。

「雄一さん」

と、向こうで千鶴が声をかけた。千鶴は、まだ写真を眺めている。二枚の写真を両手に持ち、それを比べるようにして見ていた。

「ちょっとこれ、見て」

千鶴は、写真から雄一のほうへ目を上げた。

「なんだ?」

「見て」

千鶴は二枚の写真をこちらへ向けた。雄一は腰を上げ、千鶴の座っている横へ行った。二枚の写真を受け取り、眺めた。

一枚は海から引き上げられたアルファロメオ。もう一枚は、咲子の全身が写っているものである。咲子はアルファロメオの前でポーズを取っていた。

「何か、気がつかない?」

千鶴が雄一を覗き込んだ。雄一の後ろに、鮎美と正志がやってきた。

「気がつかないって……何が?」

「車をよく見てよ」

千鶴は、写真を指差した。

写真を見比べる。

海から引き上げられたアルファロメオは、右前輪を失い、ボンネットをぐしゃぐし

やにつぶしている。写真の下の白い余白に、
　報道通信社
とスタンプが押されていた。新聞の写真をもらったものらしい。白黒の写真だった。

咲子が写っているほうのアルファロメオは、もちろんちゃんとした車の形をしている。こちらはカラー写真である。スパイダーという名前がつけられた真っ赤な流線型のスポーツカーで、スイッチを操作すればオープンカーになる。咲子は、オープンにして走ることを好んだ。写真のアルファロメオも、ルーフの幌は狭いリアシートの後ろへたたみ込まれていた。

雄一は、千鶴を見返した。

「わからない？」

「わからない。なんだ？」

「シートよ。シートの位置」

「………………」

シートの位置？

また写真に目を戻した。

「ドアの位置と比べてみて？　ほら、こっちとこっちじゃ、位置が違ってるでしょ

う」

写真を持ち直した。

千鶴が言っているのは、運転席のことである。写真は、どちらも車の左側から撮影されている。左ハンドルの車だから、運転席は手前だった。

「ああ……そうだな。そう言えば」

海から引き上げられたほうの運転席は、カラーのものよりもシートが後ろに下がっていた。

「変だと思わない？」

雄一は千鶴を見つめ、眉を寄せた。

「変って……」

じれったい、というように千鶴は白黒の写真を指で叩いた。

「この車を咲子が運転していたんだとしたら、シートの位置は同じところになきゃいけないはずだわ」

「…………」

雄一は、写真に目を返した。突然、以前の記憶が甦《よみがえ》った。

咲子とドライブに行った時のことだ。

喉が渇いて、ドライブインに入った。出発しようという時になって、咲子が運転を代わってくれと言った。雄一が運転席に着き、ハンドルを握って、やたら狭いことに気づいた。シートの位置を後ろへずらし「足の長さの差だな」と言い、咲子に太股をつねられた。

そう、たしかにあの時、雄一はシートの位置を直した。いや、あの時だけではなく、咲子のアルファロメオに乗る時、雄一はいつもシートの位置を自分の身体に合わせていた――。

「わかった?」と千鶴が言った。「この車を運転してたのは、咲子じゃないわ」

「いや、しかし……」

雄一は、後ろの二人を振り返った。

正志は、食い入るように雄一の手の写真を見つめていた。雄一と目が合い、正志はゴクリと唾を飲み込んだ。

「落ちた時にずれたのよ」と鮎美が言った。「発想は面白いけど、考えすぎだわ」

「落ちた時に――」

千鶴が、戸惑ったような目で雄一を見た。その目を写真に落とした。

雄一は、崖から落ちるアルファロメオを想像した。真っ赤なアルファロメオが、スローモーションのように海に向かって落ちて行く。一瞬の後、運転席から咲子の身体が放り出され、アルファロメオは海面に激突した――。

いや……と、雄一は写真を握り直した。

「鮎美」雄一は首を振った。「違うな。そうじゃない」

「違う……って？」

「落ちた時にずれたんじゃない。これは、落ちる前からこの位置にセットされてたんだ」

鮎美が、目を細めて雄一を見つめた。

「どうして、そんなことが言い切れるの？」

「写真を見ればわかる。車は前の部分がつぶれている。つまり、車は頭から海に落ちたんだ。もし、落ちた時の衝撃でシートがずれたとすれば、逆に前のほうへずれるよ。後ろにはずれない」

「………」

鮎美は、信じられないという表情で雄一を見返した。

「でも、じゃあ……そんなこと」

「咲子以外の誰かが運転してたんだわ」と千鶴が言葉を強めた。「咲子は、あそこに誰かと一緒に行ったのよ」

「――誰だって言うんですか」

正志が、いくぶん震える声で言った。

「ひとつだけ確かなことがあるわ。咲子よりも身体の大きな人よ」

「誰ですか、それは……」

千鶴は、正志を見つめ、そして雄一を見つめた。

「冗談じゃない！」と正志が声を上げた。「どうかしてるんだ。咲子さん以外の人なんて、いるわけないじゃないか。シートの位置なんて、そんなのくだらないですよ」

「べつに、正志君だって言ってるわけじゃないわ」

「あたり前ですよ！　あれは、事故じゃないか。警察だって事故だという結論を出したんですよ。自殺でもない、殺人でもない。あれは事故だって」

「警察は、シートの位置に気づかなかったのよ。咲子の死体が発見されたのは、二ヵ月も後だったし、とても見られないような状態になってたって聞いたわ。シートの位置なんて、誰も注意してなかったんだわ」

雄一は、千鶴の手の写真に目をやった。

事故……。

あの崖で、何があったのだ？

「千鶴」と鮎美が言った。「誰か、他の人と咲子が一緒にいたとしたらどうなるの？」

「どうって、変だと思わない？」

「変かも知れない。だけど、それにどんな意味があるの？　こんなこと、話してたって無意味よ」

「無意味？」

「その写真を警察へ持って行ける？　あたしたちは、ここに閉じ込められてるのよ。もし、咲子があの崖に違う人と行ったたってことになったとしても、それがあたしたちをどう救ってくれるの？　ここからどうやって出るかってことが、今のあたしたちにとっては一番大切なことじゃないの」

「どうやって！」と千鶴が声を上げた。「どうやったら出られるの？　逃げ道なんて、どこにもないじゃないの！」

「なんとかして出るのよ。まさか、あなたあきらめたわけじゃないでしょ？」

「ばか言わないで！」千鶴の声が、うわずったように響いた。「どこが無意味なのよ！　あたしたちがここに閉じ込められたのは、咲子が死んだからなんでしょう？　その咲子が死んだ時、そこに誰かがいたかも知れないのよ。それがどうして無意味？　咲子のお母さんが無意味だって考えると思うの？」

千鶴は鮎美を睨み、その目を雄一のほうへ向けてきた。

雄一は、眉をしかめた。頭が混乱していた。どういう意味があるのか、と考えた。咲子は、あの崖に誰かと一緒に行った。あそこに、別の誰かがいた――それは、どういう意味なのか？

手の写真を眺めた。アルファロメオのシートが、やけに黒々として見えた。

14

雄一が写真を返すと、千鶴は七枚の写真を床の上に拡げた。一枚一枚取り上げては、食い入るようにその写真を見つめる。なんのつもりか、時々、写真の位置を入れ替える。写真から顔を遠ざけ、眼を細めるように眺め、次の瞬間、何かを発見したかのように、突然、写真に眼を近づけたりしている。彼女の呼吸が、雄一にもはっきり聞こえた。まるで出土品に取り組んでいる考古学者のようにも見えた。

雄一も、鮎美も、正志も、そんな千鶴をただ眺めていた。誰も、口を開かなかった。正体のつかめない戸惑いが雄一の内にあった。

シートの位置――。

それが一体なんだというのか？

たかが、ほんの少しシートがズレていただけのことだ。神経が参っているんだ、と雄一は思った。この異常な状況が、全員の神経を参らせている。そう考えることにした。

音がほしい……と、雄一はシェルターの中を見渡した。バンドの仲間のことを考えた。怒っているかも知れない。練習を休んだ。サボったと思っているだろう。部屋に電話を掛けたかも知れない。「ステージをどうすんだよ、バカヤロウ」そう言っているのが聞こえる。核シェルターの中に閉じ込められたなんて、誰が思うだろう。音がほしい。

指で床を叩いてみる。ほんの少しこもってはいるが、コツコツという音が指の先から床に伝わる。

ワン、トゥー、スリー、フォア。ワン、トゥー、ワン、トゥー――。

リズムを刻み、テンポを上げた。頭の中でギターがコードをカッティングしはじめた。

いいぞ……。

ベースをダブらせ、リフを口の中で響かせた。ディッ、ディリ、ディディッ、ディッ、ディッ。ダダム。ディロロ、ディロロ、ディリドゥーン――。

ワン・フレーズ演《や》ってやめた。

なんだか、よけいむなしくなったような感じだった。

「なんだ、おしまい？」

鮎美が、部屋の向こうで言った。雄一は顔を上げ、首を振った。

「くだらない」

「短すぎるからよ。続けてみれば？」

　雄一は肩をすくめた。

「ほら」

　と鮎美が自分の膝を叩いてリズムをとった。雄一は笑い、鮎美に合わせて床を叩きはじめた。

「やめてよ！」

　千鶴が手の写真を放り出して声を上げた。雄一と鮎美は手を止め、千鶴を見返した。

「それは、なんなの？　リサイタルの練習？」

　雄一は笑いながら首を振った。

「それもいいな。リサイタル・イン・ザ・シェルターか」

「信じられない」と千鶴は雄一を睨みつけた。「あなたたちの神経、どうかしてるんじゃないの？」

「言えてるね」と雄一はうなずいた。「たぶんその通りだよ」

「…………」

　千鶴が口を閉ざし、部屋の中に沈黙が戻った。正志が立ち上がり、ドアを出てトイレへ行った。鮎美がベッドのほうへ行き鉄梯子を上った。ハッチのレバーハンドルを握って動かそうと試みている。雄一は、なんとなくその鮎美の腰のラインを眺めた。

正志がズボンのベルトを直しながら戻ってきた。

「…………」

雄一は、そのベルトに目がいった。

「正志」

言いながら雄一は立ち上がった。

「ちょっと、そのベルトを外してくれ」

「え？」

正志が眼を丸くした。

「君がベルトをしてるのに、今、気がついた。そいつを外してくれ。俺は、ベルトをしてないんだ」

「ど……どうして？」

雄一は正志のベルトに手をかけた。

「ちょ、ちょっと待って下さい。何するんですか？」

「道具がほしいんだ。これ外しても、パンツが落ちるようなことないだろ」

「道具？」

雄一は、正志のバックルの留め金を外し、ベルトを抜き取った。正志が慌ててズボンを押さえた。

そのまま、雄一は鉄梯子のところへ行った。

「鮎美、ちょっと下りてくれ」

鮎美と入れ替わるようにして、ベルトを持ったまま梯子を上った。三人が下へ集まった。

ハッチを観察した。銀色の四角いハッチ。しっかりと天井にはめ込まれている。レバーハンドルが手前についている。蹴飛ばしてみてもびくともしないハンドルだ。ハンドルの反対側——奥の縁は二つの蝶番《ちようつがい》でとめられている。大型のがっしりした蝶番である。その取りつけ方からすると、このハッチは下へ向かって開くようになっているようだった。

蝶番を指でなぞってみる。

軸を抜けば、こいつが外れるのではないか……。

正志のベルトを持ち直した。バックルのフレームの縁を、蝶番の軸の隙間へねじ込ませる。隙間は狭く、うまくやらないとバックルのほうが曲がってしまう。前後にバックルをスライドさせながら、ゆっくりと軸ピンを浮かせる。ほんの少し、軸が動いた。

雄一の下で、誰かが唾を飲み込む音がした。

バックルフレームが軸に差し込まれると、雄一は、バックルを握り直した。徐々にそいつをねじっていく。少しずつ、軸ピンが浮いていくのが見える。

「お願い……」

鮎美がささやくように言った。それは、全員の気持ちだった。

軸ピンは、ゆっくりだが、しかし確実に抜けていく。バックルがほぼ直角に回り切った。しかし、軸はまだ抜け切れていない。一センチ余りが軸管の中に残っている。

雄一は、その軸をそのままにして、もう一枚の蝶番のほうへ作業を移した。同じようにバックルのフレームを差し込み、ねじりを加える。全員の視線が、ハッチの蝶番に注がれていた。

やがて、両方の蝶番の軸が、あと一センチ余りを残して抜けた。

「正志、ベッドに上がって、向こうからハッチを押さえていてくれ」

「わかった」

正志が雄一の脇を上り、ベッドに上がった。軸が外れた途端にハッチ全体が落ちるのを防ぐために、両手でハッチを押さえる。

雄一は、バックルを持ち替え、今度はそれをノミの代わりにした。フレームの縁で、浮いた軸ピンの頭を、下側から突く。軸が、また少しずつ移動しはじめた。

正志が、時折、胸につめ込んだ息を吐き出す。

確実に軸は抜け続けた。そして、最後の一瞬、ピンが蝶番から床の上へ落ちて行った。

「……抜けた！」

正志が、感動の声を上げた。

「もう一本だ」

正志が、ハッチを支える両手に力を加え、雄一はもう一つの蝶番に取り掛かる。雄一も、片手はハッチ全体を押さえていた。軸ピンが、ほんの少しずつ抜けていく。

「危ないから、下をどいてろ」

雄一は、鮎美と千鶴に声を掛けた。二人が後ろへ下がった。

「いくぞ」

最後に雄一は声を掛けた。正志が、手に力をこめる。

バックルを叩きつけると、軸ピンが床の上へ落ちた。とっさにベルトを捨て、雄一は、ハッチを押さえた。

「…………」

ハッチを押さえたまま、雄一と正志は顔を見合わせた。

ハッチには、なんの変化もなかった。押さえている両手にかかるはずの重みは、まったくない――。

「どうしたの？」

下から千鶴が訊いた。

その言葉にかまわず、正志がレバーハンドルをつかんだ。雄一は、ハッチを押さえ続ける。

「このお……！」

正志は、顔中を真っ赤にしてハンドルを引っ張り続けた。

しかし――。

ハッチは、まるで動いてくれなかった。蝶番を外したのである。どんな鍵が掛かったドアであろうと、蝶番を外せば、ガタつきが出る。それが、何の変化もない。

どういうことなんだ？

雄一は、茫然として銀色のハッチを眺めた。正志が、ベッドの上に顔を埋めた。雄一は梯子を下りた。

梯子の下に、正志のベルトと外したばかりの二本の軸ピンが落ちていた。その軸ピンを雄一は手の上に載せた。二本のピンが触れ合って、カチン、と音を立てた。

雄一は梯子の上を見上げた。

15

「あの崖の上に……」

と、千鶴がつぶやくような声で言った。

なんとなく四人は、部屋の隅にかたまっていた。流しの反対側の壁に、四人は並んで背中を押しつけている。

蝶番の軸が抜けてから、ずいぶん長い時間が経っていた。雄一と千鶴はカロリーメイトを一箱ずつ食べ、鮎美は水だけですませた。正志は、水もカロリーメイトも口にしなかった。

「崖の上に」と千鶴は繰り返した。「咲子が他の人と一緒に行ったとしたら——その人がアルファロメオを運転していたんだとしたら、なんだか様子が違ってくるわ」

「どう違ってくる？」

雄一は、流しをぼんやりと見つめたまま訊き返した。

「咲子が死んだことには、別の人間の意志が働いていたんじゃないかって……」

「千鶴、やめようよ」と鮎美が言った。「あたし、考えたくないわ。思い出したくない」

「そうさせようとしてるのかも知れませんね」

と正志が言った。

「そうさせる？」

「咲子さんのお母さんですよ。ここに閉じ込めて、写真を突きつけて、赤いペンキであんなことを書いて……いやでも考えが、咲子さんのほうへ行ってしまう」

「でも、それに何の意味があるの？　あたしたちが、咲子を殺したのは自分たちだって認めて、許して下さいってお願いすれば、あの人はここから出してくれるの？　認めるも認めないもないでしょう？　あの人は、そうだって決めつけているんだもの」

「…………」

「ちょっと思ったんだが」と雄一は誰にともなく言った。「今、鮎美の言ったことだけど、咲子のオフクロは、どこかで俺たちのことを見てるんじゃないか？」

「見てる？」

正志が訊き返し、三人が雄一を見た。

「いや、妄想かも知れない。見てるというか、俺たちの話を聞いているというか、そんな気がして仕方ないんだ」

「でも……」と正志が周りを見回した。「どこから？　どうやって？」

雄一は首をすくめた。

「だから、妄想かも知れないんだけどね。どこかにマイクかなにかが仕掛けてあってさ、たとえば」と天井を指差した。「あのパイプの中とかさ。俺たちのことを、あのオフクロは、ずっと監視してるんじゃないかって、そんな気がしてしょうがないんだよ」

「どうして、そんなこと……」

と千鶴が脅えたような口調で言った。

「だから、今、話していたことだよ。警察は、咲子は事故で死んだと言ってる。だけど、三田雅代は俺たちが殺したと信じている。たぶん、ずっとそれを主張してたんじゃないかな。でも、認められなかった。警察に任せられないと思ったんじゃないかね。ここへ閉じ込めて、咲子のことしか考えられないような状態を作ってやれば、俺たちが咲子を殺したことを認めるって、あの人はそう考えたんじゃないか。認めるかどうか、それをどこかで見つめてる。あるいは聞いている。そんな気がする」

鮎美が、突然、立ち上がった。天井に向かって大声を出した。

「おばさん！　聞いてるんですか？　ここから出して下さい。お願いですから。ここから出たら、話し合いをします。約束します。あなたがあたしたちにしたことを、警察に訴えたりしません。ほんとです。ここから出して！　こんなことをしても、何もならないでしょう？　話し合いのチャンスも下さらないんですか？　どうして、こんなことをする必要があるんですか。おばさん！」

最後のほうは叫び声のようになっていた。しばらく鮎美は、天井を見つめていた。立った時と同じように、彼女はいきなり腰を下ろした。

「返事はしてくれないみたいね」

千鶴が立ち、部屋の中央へ行って上を見上げた。

「出して！　ここから出して！　こんなのひどいじゃないの。あたしたちが何をしたって言うの？　おばさん！　おばさんったら！　何か言ってよ。あたしたちは、みんな咲子の友達なのよ。みんな咲子が好きだったのよ。わかってよ。出してよ！　出して……」

千鶴は床に腰を落とした。両手に顔を埋めた。

「みんなに訊くわ」と鮎美が視線を前方の壁に向けたままで言った。「この中に、咲子を殺した人がいるの？」

雄一は、鮎美を見た。鮎美も、雄一を見返した。彼女の頬が、強張っているように見えた。

「雄一さん、あなた、咲子を殺した？」

「いや、殺してない」

一瞬、鮎美は眼を閉じた。口許に、微笑みのようなものが浮かんだ。正志のほうへ向き直った。

「正志君、あなたは？」

「殺してなんかいません。殺すわけがないです」

「千鶴？」

「なんの儀式なのか知らないけど」と千鶴は両手に顔を埋めたままで答えた。「殺してないわ。咲子があたしを侮辱《ぶじょく》した時、ナイフでもあったら、殺したかもしれないけど」

「あたしも殺してない。この中の誰も、咲子を殺してはいない——」

「だけど」と千鶴が顔を上げた。「誰かが殺したのかも知れないんだわ」

「千鶴……」

「この中の誰かが嘘をついてるってことだってあるのよ。そうでしょう？」

「やめなさい、千鶴」

「人殺しが全員自首するわけじゃないわ。あの崖の上には、咲子の他に誰かがいた。それが、あなたたち三人の中の誰かかも知れないじゃないの」

「三人？」雄一は、千鶴を見返した。「君だけは、容疑の外か」

「そうよ。あたしにとってそれがただ一つの真実だもの。咲子のお母さんは間違ってるわ。あたしが殺したんじゃない。あなたたち三人の中の誰かが殺したのよ。あたしじゃないわ」

「ひとつ訊いてもいいか？」

と雄一は千鶴を覗き込んだ。

「…………」

「全員が、ただ一つの真実を持ってる。自分が殺したのではない。となると、どうなる？」

「そんなこと、有り得ないわ」

「いや、有り得るさ。俺たちの中の誰でもない、他の人間が、あの崖にいたっていうことだ」

「…………」

千鶴が雄一を見返した。

「他の人間？」

「シートの位置がずれていた。でも、それは、そこに座っていた人物を示してはいない。咲子以外の誰かだという可能性があるってだけのことだ。シートだけで、あれが事故でなかったと言うのは、ちょっと結論を出すのが早すぎるような気もするけど、もし、あれが事故じゃなかったとして、アルファロメオの運転席に誰かが座っていたとしても、それはこの四人の中の誰かだとは言えないよ」

「他の人なんて考えられないわ」

「どうして？」

「咲子が、知らない人を車に乗せる？　シートが後ろにずれてたってことは、男の人よ。咲子、夜中に出て行ったのよ。夜中に知らない男を車に乗せて、しかも、その人に運転までさせるなんて、そんなこと信じられないわ」

「あのう」と正志が口を挟んだ。「咲子さんの意志で運転席に座らせたんじゃないかも知れませんよ」

千鶴が正志を見た。

「……どういうこと？」

「否応《いやおう》なくってこともあるんじゃないですか？」

「否応なく――」

「ええ。僕たちが崖の上でアルファロメオを見た時、咲子さんは乗っていませんでしたよね。あの時、咲子さんは誰かとどこかにいたのかも知れない。夏休みで、僕たちと同じように遊びに来てる連中がいろいろいたでしょう？　そういう連中にむりやりってことだって、あると思うんですけど」

「待ってよ、正志君。いい？　咲子は車に乗ってたのよ。女が一人で歩いてて、それで暴漢に襲われるとか、そういうのならわかるけど、車に乗って走ってる女をどうやって襲うの？　そんなことできないわ」

「いや、たとえば、道を訊くとか、そういう格好をして……」

「馬鹿なこと言わないで。あなた咲子の性格、知ってるでしょう？　たとえ訊かれたって咲子は道なんか教えないし、あの人はそんな抜けてもいないわ。それに夜道なのよ。咲子、あの時は頭に来てたわ。誰かが道端で手を上げてたって、あの人が車を停めるもんですか」

「…………」

千鶴の言葉はもっともだった。

雄一にも、咲子が見知らぬ男を簡単に車に乗せるとは思えない。見知らぬ男にそういうチャンスを与えるような隙も作らない女だ。

ただ、今の正志の言葉で、雄一はもう一つの疑問点を思い出した。

咲子は、なぜあの崖の上へ行き、そして懐中電灯も持たずに車から離れたのか？

千鶴が立ち上がった。流しへ行き、水を一杯飲んだ。流しにコップを戻すと、こちらを振り向いた。

「あの崖で何があったのか知らないけど、でも、結局、咲子は車と一緒に崖の下に落ちたのよ。車を運転していたのは咲子じゃなかった。あたしは免許を持ってないわ。あなたたちは、みんな免許を持ってる」

雄一は首を振った。

「免許を持ってる人間は俺たち三人だけじゃない。それに、咲子と一緒に崖の上へ行った人間が、車を運転できるヤツとはかぎらないぜ」

「だって……」

「聞けよ。シートを細工するってことも有り得るだろう？　そこに乗っていたのが、免許を持っている奴だと思わせるためにね。まあ、たとえばだよ」と雄一は千鶴を見た。「その細工した本人が、シートがずれているということに着目し、それを主張することだって考えられるじゃないか」

千鶴が眼を見開いた。

「あたしそんなことしないわ！」

「わかってるよ」と雄一はうなずいた。「シートがずれていたっていうだけのことで、そこにいた人間を特定できないってことを言いたいだけさ」

「話をそらさないでちょうだい！」

「そらしてはいない」

千鶴は雄一を見つめた。

「咲子が殺されたんだとしたら、咲子を殺す動機を持っているのは、雄一さん、あなたと鮎美だわ」

隣で鮎美が溜め息をついた。

「言うと思った」

「自覚はあるみたいね」

「あるわよ。咲子が、怒り狂った原因ぐらい、千鶴に言われなくてもわかってる。でも、常識で考えてよ。どこの誰が、あんなことで咲子を殺そうなんて考えるの？　人が人を好きになったり嫌いになったり、そんなことで殺人が起こるんだったら、世の中、生き残れるのは感情を持ってない人間だけになっちゃうわ」

「ごまかさないでよ。好きになったり嫌いになったり、邪魔になったりっていう動機で、すごくたくさんの人が殺されてるわ。大昔からよ」

「そういう人たちのことを話してるんじゃないでしょう？　あたしたちの話よ。たとえば、千鶴、あたしが咲子を殺すと思う？」

千鶴は鮎美と雄一を見比べるようにした。

「……わからない。だけど、動機はあるわよ。それはたしかでしょう？」

「動機なら、千鶴にだってあるじゃないの」

「あたし？」

千鶴が驚きの表情で鮎美を見返した。

「そうよ。さっき、あなた、自分で言ってたでしょ。もしナイフがあれば殺してたかも知れないって」

「……………」

「あの夜、咲子と取っ組み合いの喧嘩をやったのは、あたしや雄一さんじゃなくて、あなたなのよ」

千鶴は激しく首を振った。

「あたし、咲子を殺してなんかないわ！」

鮎美がうなずいた。

「あたしや雄一さんも殺してない。ね？　無意味だと思わない？　もうやめましょうよ、こんなこと」

千鶴は、また鮎美と雄一を見比べた。そして、雄一に向かって真っ直ぐ歩いて来た。

「雄一さん、前から訊きたいと思っていたことがあるの」

「なんだ？」

千鶴は両手を腰にあて、首を傾げるようにして雄一の顔を覗き込んだ。

「雄一さん、あの夜、街へ行って何してたの？」

「何……って？」

「あなた、別荘を飛び出して行ったわ」

「ああ」

「あなたが飛び出して行って、しばらくしてから咲子がアルファロメオで出て行った。そして、あなたから電話が掛かってきたわ。ディジーにいるって」

「それが？」

「咲子は、あなたを追って行ったんでしょう？」

「知らない。たぶん、違うと思うね」

「嘘よ」

「…………」

雄一は、千鶴を見返した。

「咲子は、あなたを追って行ったんだわ。あの後、あたしたち、正志君の車で街に咲子や雄一さんを捜しに行ったんだもの。その時、ディジーのウエイターが、あなたのこと話してくれたわ。雄一さんは、女の人と口論してたって。咲子がいたのよ」

「違うよ。あれは咲子じゃない」

「嘘よ。じゃあ、誰なの？」

「知らない。あそこにいた客だ。俺は、別荘を出てから、咲子に会っていない」

千鶴は黙って雄一を見つめた。

雄一は首を振った。

16

なにもかもが腹立たしかったのだ。

咲子が言ったすべての言葉に腹が立っていた。その咲子に千鶴が告げた俗悪な言葉にも腹が立っている。そしてなによりも、咲子みたいな女に、いいようにされ続けていた自分に腹が立った。

咲子を振り切り、客間を飛び出した雄一は、そのまま別荘から走り出た。

「雄一さん」

と庭の向こうで鮎美が呼んだように思ったが、振り返らずに道へ出た。こんな気持ちのままで、鮎美と向かい合いたくなかった。

坂道を歩いて下った。街へ向かったことに、さほどの意識はなかった。足の勢いが、たまたまそちらへ向いていただけだ。

車ならほんの少しの距離が、歩くと三十分以上かかった。国道が海に沿って続いている。山側を見上げると大きなホテルや保養所があちこちに建っている。すぐに、ごちゃごちゃとした温泉街に出る。

夕暮れ時だった。土産物屋を覗く浴衣《ゆかた》姿の客たちが、あちらこちら目につく。雄一は足を駅の北側へ向けた。小さな街だが、北と南では街並みの表情が違う。南は古く、歩いている温泉客の年齢層も高い。北は最近になって拡げられた地域だった。

街中を歩き回り、ゲームセンターにはいって面白くもないテレビゲームをやった。くずした百円玉がなくなり、その店を出た。喉が渇いていた。

駅前の広場から一本入ったところにあるスナックへ、雄一は足を入れた。ディジーという名前の店で、その前日、雄一はみんなと一緒にそこでスパゲティを食べた。

カウンターに着き、ビールを頼むと、背の高いシャンパングラスみたいなものに注いで寄越した。

「なに、これ？」

訊くと、マインブロイだと答えた。グラスのことを訊いたのだが、突っ返すのも煩わしく、そいつを一口飲んだ。うまいとは思えなかった。

――許してあげるわ。

と咲子は言った。そう、つねにそうだった。咲子は許す側であり、雄一は許してもらう側だった。気紛《きまぐ》れの許しを得ることには、もううんざりだった。

咲子に紹介されるという形で鮎美と知り合ったことに、雄一は後悔に似たような気持ちを味わっていた。咲子も正志も千鶴もいない場所で、鮎美だけと出逢いたかった。罪の意識など感じる必要はないと思いながら、この三日間、雄一と鮎美は密会のようにして二人の時間を作ってきた。咲子の存在が、そうさせたのだ。そのことが、鮎美にまでもうしろめたさのような気持ちを伝えた。

──許してあげるわ。

ふざけるな！　と雄一はグラスの中のビールを見つめて思った。

自分がいままで、何度、咲子に「愛している」と言ったのかと考えた。その数だけ間違いをおかした。その言葉を口にするたびに、咲子は、あの勝ち誇ったような笑顔で、雄一に許しを与えてきたのだ。

「十分でいいって言ってるのよ」

苛立ったような女の声が、不意に耳についた。目を上げると、カウンターの向こうで、派手な化粧をした女がピンクの受話器に向かって言っていた。気忙しく煙草をふかし、こめかみのあたりを揉むようにして話している。

「それじゃ、まるであたしが馬鹿みたいじゃないの。なんのためにここまで来たの？　四時間もよ。もう、ここに四時間いるのよ」

雄一は自分のグラスに目を戻した。空になっていた。もう一杯注いでくれるようにと、グラスを持ち上げてみせた。

鮎美を呼ぶべきだと思った。

別荘に鮎美を残してきた。咲子と一緒では、厭な思いをさせるだけだ。ボーイフレンドを連れて来なかったというだけのことで、千鶴にあれだけあたりちらした咲子である。自分のものだと思っていた男の心を奪い取った鮎美に、咲子がどんな不快な仕打ちをするかわかったものではない。

時計を見た。別荘を飛び出してから、二時間近くが経っている。

電話を掛けて、鮎美に来るように言おう。そして、このまま東京へ帰ることだ。もう咲子と顔を合わせる必要はない。

雄一は、ピンク電話に目を上げた。女は、まだ話していた。

「あたしにそこへ行ってほしくないんなら、あなたが来てよ。いやよ。帰りの電車賃なんて持ってきてない」

店の中を見渡した。電話はその一本だけのようだった。女の電話が終わるのを待つことにした。

「あ、そう。いいわ。迷惑だったわね」

女が、乱暴に受話器を置いた。置いたまま、その上に手を乗せている。

雄一は、椅子から下りた。

「いいですか？」

訊くと、女は、え？　と雄一を見返した。

「あ、電話？　ごめんなさい。どうぞ」

女が場所をあけ、雄一は受話器を取り上げた。受話器には、女の手のぬくもりが残っていた。別荘の番号を回した。

「――はい」

出たのは千鶴の声だった。

「鮎美を出してくれないか」

雄一は、そう言った。

「あ、雄一さん？　どこにいるの？　咲子も一緒？」

「いや」

「咲子、そこにいるんでしょう？　そこどこなの？」

「いないよ。どこだっていいだろう。鮎美を出してくれ」

「咲子も出て行ったの。あなたを追いかけて行ったんだわ。車、あなたが使っているんじゃないでしょう？」

「車？」

「咲子のアルファロメオよ。車で出て行ったの」

雄一は、千鶴の言葉にいらついた。

「知らないよ。どこに行こうといいだろう。鮎美を出してくれ。話がしたいんだ」

「ねえ、雄一さん。あの……今は、ちょっとやめといたほうがいいと思うの。咲子、ずいぶん気が立ってたし……」

「そんなの関係ない」

「あたしのこと、怒ってる？」

「君のこと？」

「ごめんなさい……悪かったわ。口がすべっちゃったの。あなたと鮎美のこと、言うつもりなんてなかったの。ほんとよ、咲子にあんなふうに言われて、つい……」

「嘘つけ」

「嘘じゃない。ほんとよ」

「君は、面白がってたじゃないか」

「そんなことない。ごめんなさい、あたし――」

「鮎美を出してくれ。いるんだろ、そこに」

「バルコニーに出てるわ」

「呼んでくれ」

「そっとしておいたほうがいいと思うの。彼女も、苦しんでるみたいだし」

「出せと言ってるんだ！」

「雄一さん……」

「正志がいるのか、そこに」

「いないわ。出てる。みんなメチャクチャになっちゃったわ」

「ぜんぶ、俺のせいか」

「そんなこと言ってないわ、そんなこと……」

千鶴の言葉に泣き声が混じった。

「鮎美を呼んでくれ」

受話器が置かれ、千鶴がバルコニーに行く気配《けはい》がした。間もなく、震えを帯びた鮎美の声が聞こえた。

「雄一さん……」

「鮎美、大丈夫か？」

「ええ、大丈夫。心配ないわ」

「すぐ、そこを出ろ」

「え？」

「俺と一緒に帰るんだ」

「今、あなた、どこなの？」

「ディジー――」

「ディジーにいる」

「鮎美、東京に帰ろう」

鮎美が、声をひそめるようにした。

「雄一さん、大丈夫なのよ。心配しないで」

「君をそこに置いてきたのが間違いだった。すぐそこを出て、こっちへ来てくれ。君と話がしたいんだ」

「わかってる。でも、今はだめよ」

「だめ？　どうして？　俺、もうそんなところにいたくないんだよ」

「ええ。でも、大丈夫なの。ね？　ほんとに大丈夫だから」

「鮎美」

「今はだめ。もうちょっと待って」

「俺、もうそこには帰らないぜ」

「………………」

「荷物をまとめて、出て来てくれ。俺と帰るんだ」

「雄一さん、お願い」

「なぜだ？　正志のことか？」

「ちがう。でも、咲子のこと、ちゃんとしとかなくちゃ」

「ちゃんと？　ちゃんとなんてなるわけがない。もう、終わったんだ。みんな、終わったんだよ」

「大丈夫なの。うまくいくわ。みんなうまくいくから」

「君には、わかってないんだ」

「わかってる。でも、今は、まだ少し様子をみたほうがいいから」

「そんな必要はない」

「雄一さん」

「……そこに、千鶴がいるんだな」

「ええ」

「俺が迎えに行ったほうがいいか？」

「あとで電話して」

「なに？」

「また、あとで電話して」

電話は、いきなり切れた。

雄一は、音の切れた受話器を見つめた。ゆっくりとそれを戻し、席へ戻った。隣の椅子にさっきまで電話を掛けていた女が座っていた。

——咲子のこと、ちゃんとしとかなくちゃ。

いまさら、どうなるというのだ。咲子は、話し合いで、ああそうですかと身を退《ひ》くような女ではない。むろん、咲子は鮎美にとって高校時代からの友達だ。友人を失いたくないという気持ちもわからなくはない。でも、咲子は、違うのだ。そういう女ではない。

ビールの残りを飲み、別荘へ戻るべきだろうか、と雄一は考えた。鮎美は、事態を一人で修復しようとしている。なんだか自分が卑怯者《ひきょうもの》になったような気がした。しかし、咲子と顔を合わせるのは気が進まなかった。顔を合わせれば、また同じことの繰り返しになる。

「ふられたの？」

隣で女が言った。それが自分に向けられた言葉だとは、すぐに気がつかなかった。ぼんやりと、隣の女を見た。

「あたしもなのよ。あなた、学生？」

「…………」

女は、煙草の箱を雄一に差し出した。雄一は首を振った。

「学生でしょう？　ちがった？　あたしも、ついこの前まで学生してたの。五年前じゃ、ついこの前とは言わないか」

女は低い声で、ははは、と笑った。

雄一は、女を眺めた。とても、五年前まで学生だったとは思えなかった。薄汚い雰囲気を持った女だった。濃い化粧が、薄汚さをさらに強調している。大きな胸が不似合いなピンクのブラウスを突き上げ、乳首の形をはっきりと見せていた。電話の相手の男が彼女を捨てた理由が、なんとなくわかるように思えた。

「おごるわ。あたしと飲んで」

女が言い、雄一は、結構です、と首を振った。しかし、女は雄一のグラスにビールを注がせた。

17

「考えればすぐにわかることよ」と千鶴は、雄一の前に腰を下ろした。「常識的に考えて、咲子は、あなたを追って行ったんだわ」

雄一は溜め息をついた。

「そうかも知れないが、俺は、あの後、咲子に会ってない。咲子はディジーに現れなかったし、ウエイターが話したという女は咲子じゃない」

「客の女をナンパしたって言うの？」

「ナンパしたんじゃない。向こうが話し掛けてきたんだ」

「モテること」と千鶴は大袈裟に口を曲げてみせた。「そんなの信じられないわ。あなたは咲子と会ってたのよ。そして口喧嘩をした」

「違う」

「あのねえ」千鶴は、雄一の顔を覗き込んだ。「車を乗り回したって、そんなに広い場所じゃないわ。海へ出るか、街へ出るか、それしかないじゃないの。何時間も掛けて捜し回らなきゃならないようなところじゃないわ」

「街には店だっていろいろあるさ」

「でも、結局、あなたはディジーに行ったんでしょう？　あなたが行く店なんて限られてるわよ。どう考えたって雄一さんが小料理屋へ入るわけないんだもの」

「期待に添えなくてもうしわけないんだが、でも咲子はディジーに来なかった」

「千鶴」と鮎美が隣で口を開いた。「あなた、雄一さんが咲子を殺したとか、そういうことを考えてるの？」

「そこまで言ってない。でも、咲子がアルファロメオに男を乗せるとしたら、真っ先に考えられるのは雄一さんよ。雄一さんなら、咲子だって安心して運転を任せる」

「シートがずれてたってこと？　そんなの強引よ。あなたは、ただ、咲子の事故を違う格好に仕立てようとしてるだけじゃないの」

千鶴は、雄一を見つめながらゆっくりと首を振った。

「ちがうわ。もう一つあるもの」

「もう一つ？」

「雄一さんに訊きたかったことが、もう一つあるの」

「なんだ」

「あたしと鮎美と正志君と三人で、街にあなたを捜しに行ったわ。あなたは駅前にいた。噴水のところで、上半身、裸になってたわよね、あなた」

「……何が言いたいんだ？」

「鮎美だって、正志君だって見てるわ。あの時、あなたは噴水の水で、夜の夜中に、Tシャツを洗ってたのよ。シャツについた血を」

「おい、待ってくれ」

雄一は手を上げた。雄一が言う前に、鮎美が千鶴を睨みつけた。

「千鶴、いいかげんになさい。あれはタバスコじゃないの。血だなんて、なにを馬鹿なこと言ってるの？」

「馬鹿なこと？」千鶴は鮎美を見返した。「タバスコだって言ったのは、雄一さん自身なのよ。あなた、それがほんとにタバスコだって確かめたの？」

「確かめる？　へんなこと言うのねえ。どうして確かめる必要があるの？　疑うことしかできないの？」

雄一が口を挟んだ。

「タバスコだ。血じゃないよ」

「あの……」と黙っていた正志が言った。「公平な考え方からすると、それがタバスコだったか、あるいは血だったかという結論をここで出すのは不可能だと思います」

鮎美が正志を振り返った。

「なんてことを言うの？　あなたまで」

「だって、千鶴さんの言う通りですよ。実際、毛利君が洗い落とそうとしていたものが何であったかを確かめた人はいないんですから。あの時点では、毛利君がタバスコだと言えば、ああそうですかと思うのが普通ですからね」

「二対二ね」

と千鶴が言った。

鮎美は、正志と千鶴を見比べた。

「なにが二対二よ。ばかばかしいと思わない？　こんなこと。くだらないったらありゃしない」

「あたしは、くだらないとは思わない。咲子は雄一さんを追って別荘を出て行った。雄一さんはディジーで女の人と口論をしていた。アルファロメオのシートがずれていた。雄一さんはTシャツについた赤いシミを洗い落としていた」

「やめなさい！」

鮎美が叫んだ。正志が慌てたように、鮎美に首を振った。

「いや、鮎美ちゃん、僕は、べつにあれが血だってことを言ってるんじゃなくて――」

「黙んなさい、正志君も。咲子のオフクロさんの思うツボじゃないの。千鶴、あんたは本気であたしたちの中に咲子を殺した人間がいるなんて考えてるの？　可哀相な人ね」

千鶴の頬が痙攣したように強張った。

「いつも、それなのね」

「それって？」

「可哀相な人？　あたしが？　鮎美は、いつもあたしを可哀相な人、くだらない人、つまらない人にしか見てないわ」

「千鶴……またなの？」

鮎美が溜め息をついた。千鶴が首を振った。

「あたしは、可哀相でも、くだらなくもない。可哀相なのは、ごらんなさいよ」と千鶴は正志のほうを振り返った。「この人だわ。婚約者が、必死で雄一さんのことを庇《かば》ってるのよ」

「わからない人ね、あなたも。誰も庇ってなんかいないわ。あたしは、こういう話をすること自体が咲子のオフクロさんの思うツボだって言ってるのよ」

雄一は、鮎美の肩を押さえた。鮎美に首を振って見せた。

「証明しなければならないとは思わないが」と雄一は、千鶴を見返した。「証明する方法もわからない。あのTシャツを、今、着ていないのが残念だ。シミはまだ残っている。あれから、あのTシャツは着てない。警察に渡して、その必要があるなら検査してもらうことだってできる。ただ、ここに閉じ込められていたのでは、それもできないけどね。気の毒だけど、あれはタバスコだ。君が信用するかしないかは問題じゃない。咲子は、あの店に来なかったし、あれ以降、俺は咲子に会っていない。むろん、車にも乗っていない」

千鶴は眼を閉じ、首を振った。

あたしの知っている店にいかない？　とカウンターで隣合わせた女は言った。

「もう、この店、あきちゃった。違うところに行こ？」

「いえ、俺はいいです」

雄一は、グラスを見つめたまま言った。

「冷たくしないでよ。あんた、いい横顔してる。あんたみたいな横顔、好きだわ。ねえ、あたし見て？」

雄一は女を見た。

「お願いですから、構わないで下さい」

「その気持ち、わかるわ。あたしもそういう気持ちだもの。構わないで下さい。いいセリフね。似合うわよ、そういうセリフ」

女は酔っていた。雄一の膝に手を載せ、その手を、くふふ、という笑いとともに上へ移動させた。雄一は、女の手を払った。

「やめろ」

「……なにそれ？」

女が雄一を見据えた。眼を細め、雄一の顔を覗き込む。一瞬の後、ふっと笑顔に戻った。

「強がるんじゃないわ。あんたの電話聞いてたのよ。彼女、来ないわ。いくら待っても来ないの。あたしもおんなじ。あの人は来ない。なぐさめが必要な時ってあるわ。あたし、あんたをなぐさめてあげる」

女は、また雄一の膝に手を置いた。雄一は、女の手を払い、スカートから出した足を、雄一のそれに絡ませるようになすりつけた。足をはねのけた。

「やめろと言ってるんだ」

雄一は、声を抑えて、女を睨みつけた。

女が背筋を伸ばした。

「馬鹿にしないでよ！」

突然、女は声を上げた。店の中の視線が、雄一と女に集まった。

「なんだと思ってるの、あんた。女にふられたからって、あたしにあたることないだろ！」

「うるさい。どこかに消えろ」

「なんですって？」

女は、いきなりカウンターの上に乗っていたタバスコの小壜《こびん》を取り上げた。それを、雄一に向かって投げつけた。

「なにを偉そうに。ふざけんじゃないよ！」

女は、伝票をひっつかむと、そのまま店を出て行った。

雄一は、床に転がったタバスコの小壜を拾い上げた。壜の口が開いており、雄一のTシャツの胸にオレンジ色のタバスコがべっとりとついていた。紙ナプキンで拭き取ったが、タバスコはシミになって残った。

雄一は、もう一度、別荘へ電話を掛けた。しかし、今度は誰も電話に出なかった。三十分ほど待ち、もう一度掛けてみた。しかし、やはり別荘の電話には誰も出なかった。

雄一は、ディジーを出た。

街の中をしばらく歩いた。夜がふけてきて、あちこちの店がシャッターを下ろしはじめた。

駅前まで戻り、雄一は改札口を眺めながら、どうするかと考えた。鮎美と連絡が取りたかった。連絡さえつけば、鮎美を呼んで、一緒に電車で東京へ帰る。

どこへ行ったのだ……。

駅前の電話ボックスを眺めた。駅へ入って行く人が雄一の胸を見ているのに気づいた。タバスコのシミがそのままになっていた。

駅前広場の中央に噴水があった。噴水はもう止まっていた。雄一はTシャツを脱ぎ、池の水でシャツのシミを洗った。シミはなかなか落ちてくれなかった。

車が後ろで停まり、ドアの開く音がした。振り返った。

「雄一さん！」

降りてきたのは、鮎美だった。続いて、正志と千鶴が車の窓から顔を出した。鮎美は、雄一に駆け寄り、いきなり彼に抱きついた。

「鮎美……」

雄一は、鮎美を抱き取った。鮎美は顔を上げ、雄一の眼を覗き込んだ。

「咲子が、どこかへ行ったまま帰ってこないの」

「…………」

車から千鶴が首を出して訊いた。

「一緒じゃなかったの?」

雄一は首を振った。

18

正志のベルトをフルに利用することにした。ベルトをハッチのレバーハンドルにひっかけ、それを力一杯引く。

ハッチの蝶番は、すでに軸を失っている。何かが、この上でハッチを固定しているのだ。気密ドアの場合は、一本の針金だった。ただし、ドアの封印は最初から破られることを考慮してあったと思われる。あのドアを破らなければ、トイレの写真を見ることはできないからだ。

「おそらく」と正志は、ドアの封印について解説口調で言った。「咲子さんのお母さんがシェルターから安全に脱出する時のためのものだと思うんです。ハッチは二ヵ所ありますが、それを考えると、お母さんが脱出経路として使用したのは、ドアの側のハッチですね。地上へ出てから、なんらかの方法でハッチを開閉できなくするわけですけど、その作業の最中に、もし僕たちの誰かが目を覚ました場合を考慮したんだと思うんですよ。ドアのカンヌキに針金を巻きつけて、それをハンダ付けするなら、ほとんど時間はかからない。ハッチは、完璧にシールドしなきゃならないはずですから、時間もかかります。その時間を確保するための針金だったと思います」

「だったら」と鮎美が言った。「ドア側のハッチのほうが壊しやすくない？　あっちは細工したばっかりなわけでしょ」

正志は首を振った。

「いえ、残念ながら、ドア側のハッチは開閉がスライド式になってます。ベッド側は、ハッチが下へ垂れ下がるように開く構造になってるけど、ドア側のものはスライド式です。見ればわかりますけど、壁にしっかりとはめこまれていて、こじ開けるのもかなり難しいですね。やはり比較的、ベッド側のほうが可能性は高いと言えるんじゃないでしょうか」

可能性が高いのかどうかは知らないが、ハッチにほどこされている細工は、針金一本といったなまやさしいものでないことは確かだった。にもかかわらず、ベルトを引っ張っているうちに、レバーハンドルのほうが曲がってきた。ハッチ自体は動く気配さえ見せないのである。

雄一と正志が、交替でベルトを引っ張る作業を続けた。雄一が百回引っ張り、正志が交替して百回引く。それを延々と繰り返す。途中から、鮎美や千鶴も、その作業に加勢した。

「なんとなく、ガタついてきているような気もするんですけど……」

正志が梯子の下で、ベルトを引きながら言った。

「ちょっと」

と雄一は梯子を上った。ハッチの表面に手をあて、押してみる。

「ああ、そんな感じだ――」

ほんの少しだが、ハッチと天井の間にあそびが生じている。

「よし、続けよう」

交替すると、正志は流しの下へ行き、カロリーメイトの箱を取り出した。

「誰か、食べる人いますか？」

千鶴が、くすっと笑った。

「とたんに元気が出てきたわ、この人」

正志は、真面目な顔でうなずいた。

「こんなものでも、食べておいたほうが、力にはなりますから」

「あたし、半分でいいんだけど……鮎美、半分ずつ食べない？」

「もらうわ」

「こんな栄養食ばっかり食べてたら」と千鶴は、自分のウエストを両手で絞るようにした。「かえって太っちゃうんじゃないかしら」

「今のうちだ」と雄一はベルトを引っ張りながら言った。「そのカロリーメイトがあるうちだけだよ」

「…………」

向こうで、千鶴と正志が顔を見合わせた。正志が、突然、床に座り込んだ。段ボール箱の中のカロリーメイトを数えはじめた。

「横に二列、縦に四列。それが八段——一つの箱に六十四個だ」

「全部で百二十八個」

と千鶴がつけ加えた。

「これまでに……」正志は床に散らばっている空箱をかき集める。「十個食べてる。一日分でしょうか……？」

「どのぐらい経ったのか、見当がつかないわ。寝たのは一回よ」

「一日分が十個、いや、一人が一食一箱として、一日は四人で十二箱……」

正志は、言って目を上げた。

「十日分」

千鶴はそう言い、自分の手の中のカロリーメイトを眺めた。

「ようするに」と雄一は、ベルトを引く手を休めずに言った。「あと九日のうちに、どうあってもここを脱出しなきゃいけないということさ。逆に言えば、少なくとも十日間は、あのオフクロは扉を開けてくれるつもりはないってことだろうな」

「いやよ！」千鶴がカロリーメイトの箱を壁に叩きつけた。「あたし、そんなのいやよ！　どうして、あたしまでこんな目にあわなきゃならないの？　あたし、何もしてないわ！」

千鶴は、叫びながら雄一のほうに向き直った。

「あなただけが閉じ込められりゃいいのよ！」

「千鶴！」鮎美が声を上げた。「まだそんなこと言ってるの？　いいかげんになさい」

「雄一さんが咲子を殺したんだ！　みんなあいつなんだ！」

いきなり、鮎美の手が千鶴の頬に飛んだ。

「黙りなさい！」

「なにすんのよ！」

「たくさんよ、もう。いつまでも同じことばっかり繰り返して」

千鶴が、鮎美を睨みつけた。

「そうね、鮎美は、言わば共犯者だものね」

「……千鶴」

「そうじゃないの。雄一さんが咲子を殺したのは、あなたと仲良くするのに邪魔だったからじゃない。正志君」と千鶴は後ろを振り返った。「あなたどうして黙ってるの？　鮎美は婚約者なんでしょう？　ほっておくの？」

「いや……僕は」

と正志は唾を飲み込み、鮎美のほうを向いた。

「ボクはなによ？」

「僕は、べつに……あれはもう終わったことだから」

「終わってないじゃないの！」と千鶴が両手を振り上げた。「終わってるなら、あたしたちはこんなところに閉じ込められてないわ！」

雄一はベルトを放した。千鶴のほうへ進んだ。

「おい。そんなに俺を人殺しにしたいのか？」

「ほんとのことじゃないの」

「じゃあ、言ってくれ。俺が、どうやって咲子を殺したんだ？」

「さっきから言ってるじゃないの。咲子はあなたを追って行った。あなたはディジーで——」

「女と口喧嘩してたって言うんだろ。シートがずれてて、Tシャツを洗ってた。それは聞かせてもらった。だからさ、その先だよ。どんなふうに、俺は咲子を殺したんだ？」

「だから……」と千鶴は雄一を睨んだ。「咲子と喧嘩になって、絞め殺したのよ」

「絞め殺した？　咲子は崖から落ちて死んだんだぜ」

「じゃあ、崖に連れて行って、車と一緒に突き落としたんだわ」

「君は、落ちる前のアルファロメオを見てるんだったな」

「……見たわよ」

「その時は、どうしてたんだ？　俺と咲子は」

「どこかで……あたしたちが行ってしまうのを待ってたのよ」

「咲子は、その間、俺に殺されるのを待ってたって言うのか？」

「あなたに押さえつけられてたから、助けを呼べなかったんだわ！」

「お前さんたちが行ってしまってから、俺は咲子を車に乗せたんだな？」

「そうよ！」

「アルファロメオに乗せて、車ごと崖から突き落とした」

「そうよ！」

「じゃあ、俺はどうして、お前さんたちよりも早く、駅前に行ってることができたんだ？」

「………」

意味が理解できなかったのか、千鶴は顔をしかめて雄一を見返した。

「車ならほんのちょっとの距離だ。でも、別荘から街までは、歩くと三十分以上かかる。反対側の崖からとなったら、もっとかかる。君らは正志の車で移動してたんだろう？　崖から街まで車で来たんじゃなかったか？　君は、崖の上でアルファロメオを見て、それから街へ向かった。俺は、君らが去った後、咲子をアルファロメオに乗せ、突き落とし、それから猛烈なスピードで君らの車を追い越し、そして駅前に行ってTシャツを洗ったというんだな？」

「……車で、街に行ったのよ」

「車って、どの車だ？　アルファロメオは崖の下へ落ちてるんだぜ」

「じゃあ……バイクよ。そうだわ、正志君が持ってきてたバイクがあったじゃないの」

「千鶴、だめよ」と鮎美が横から口を出した。「バイクは別荘に置いてあったわ。正志君が、まず一人で咲子と雄一さんをバイクで捜しに行ったでしょう？　帰ってきて、それからみんなで捜しに出たんじゃないの。あの時、バイクは別荘にあった。雄一さんと一緒に別荘へ戻った時も、バイクはちゃんと庭に置いてあったわ」

「待って」と千鶴は唇を噛んだ。「そうじゃない。街へ行って、すぐに駅前に行ったわけじゃないもの。雄一さんがディジーにいると思って、まずお店のほうに行ったのよ。駅前の噴水のところを通ったのは、もっと後だったんだから」

「だけど、そんなに時間はかかってない。雄一さんが崖から急いで街まで出てきたとしたって、四十分や五十分はかかってるはずでしょう？　あたしたちが、崖を離れてから駅前に行くまでは、せいぜい二十分ぐらいしかかかってないもの。ディジーで店員さんに話を聞いた時間をいれたってそんなものよ」

「…………」

千鶴は、鮎美と雄一を見比べた。

「時間をずらしてみようか？」と鮎美は言った。「駅前で会った後だったら、雄一さんが咲子を殺せる？　だけど、それが違うってことは、千鶴だってよく知ってるわね。朝、みんなで崖に行って咲子の車が落ちているのを見つけるまで、あたしたちはずっと一緒にいたんだもの。あの夜は、誰も眠らなかった。みんなで咲子が戻るのを別荘で待っていた。千鶴、事故なのよ。そうでしょう？」

「でも、シートが……」

「そんなの意味ないわ。落ちた時にずれたのよ」

「だって、頭から落ちたなら、後ろにずれることはないって」

「そういうことだってあるかも知れないわ。前のほうへずれて、その時にストッパーかなにかが壊れて、車を引き上げた時に、今度は後ろへずれた――そんなことだったかも知れないでしょう？　もちろん、咲子が車を置いて、どこに行ったのかよくわからない部分もあるわ。でも、咲子が死んでしまった今となっては、それを訊くこともできないじゃないの。あなたが言う通り、事故ではなくて、咲子は殺されたのかも知れない。でも、あたしたち以外の誰かってことだってあり得るのよ。雄一さんが殺したなんてことを考えるのはよして。だって雄一さんであるわけがないんだもの」

千鶴は、そのまま壁のほうへ歩いて行った。そこにしゃがみ込んだ。

雄一は鮎美に笑いかけようとした。その笑いを途中で引っ込めた。チラリと一瞥《いちべつ》を寄越した鮎美の眼に、雄一に対する怒りのようなものを感じたからだ。

鮎美は、そのまま梯子の下へ行き、ベルトをつかんだ。

19

まるで気にならなかったと言えば嘘になる。

確かに、その時の雄一は、咲子などもうどうでもいいという気持ちだった。彼女と顔を合わせる気にはなれなかったし、鮎美と東京へ帰ろうと本気で考えていた。ただ、咲子が別荘を飛び出してから、何時間経っても戻らないという鮎美たちの言葉が、雄一を戸惑わせた。

咲子は、かなり衝動的な行動をとる女だった。感情を抑えることができず、自分の思い通りにならないことがあったりすると、やることに歯止めが効かなくなる。だから、最も可能性が高かったのは、先に一人で東京へ帰ってしまったということだった。咲子が帰って来ないと聞いて、雄一が最初に思ったのは、そのことだった。

しかし、崖の上に車があったというのがよくわからなかった。

「アルファロメオを置きっぱなしにして、咲子、どこかへ行っちゃってるのよ」

千鶴は、不安そうな声で、そう言った。実際、千鶴は不安だったのだろう。夕食の後で起こった咲子と千鶴の大喧嘩が、すべてを狂わせはじめた直接の原因だったからだ。

「別荘に戻ってみようよ。もう帰って来てるかも知れないわ」

千鶴が言い、雄一も複雑な気持ちのまま、正志の車に乗り込んだ。別荘へ戻るのは、やはり気が進まなかった。しかし、鮎美も戻ると言うのに、雄一だけが電車に乗るわけにはいかなかった。

別荘へ戻っても、咲子は帰っていなかった。四人は、リビングに腰を下ろし、ほとんど会話のない重い時間を過ごした。

「あそこに、まだ車、あるかしら」

千鶴が、落ち着かない眼を泳がせながら言った。

「もう、あそこにはいないよね」

誰も、彼女の言葉に答えず、千鶴は自分でそれに結論を出した。

雄一は、正志が自分のことを見つめているのに気づいていた。正志もまた、今度のことでは被害者だった。彼は、雄一と鮎美の関係を、千鶴と咲子のやりとりの中ではじめて知らされたのだ。

——婚約してます。

正志は、雄一にそう言った。鮎美は、それを冗談としてしか受け取っていなかったが、正志のほうは本気だったようだ。千鶴の言葉は、彼にかなりのショックを与えただろう。あれから、正志は、雄一に一言も口をきかなかった。

沈黙に耐え切れなくなったように、千鶴がソファを立った。キッチンへ行き、カウンターの下を覗いた。

「あら……誰か、アイスボックス開けっぱなしにしてたのね。氷が融けて、全部水になっちゃってる」

ほら、と千鶴がアイスボックスを持ち上げて見せた。誰も、なにも言わなかった。

「アイスピックはどこにいったんだろ？　誰か、知らない？」

千鶴は、故障したままの冷蔵庫を開け、わざとらしく溜め息をついて閉めた。

「あったかいビール、飲む人」

答えはなく、千鶴は、ビールの缶を二本、両手に持って戻ってきた。テーブルに一本を置き、一本を開けた。泡が缶から溢れ出し、床にこぼれた。千鶴は、テーブルの上のティシュ・ペーパーを取って、こぼれたビールを拭いた。ひと口飲み、三人を見渡した。

「トランプやる？」

反応はなかった。

「レコードでもかけようか」千鶴は、唇を噛んだ。「ねえ、お願いよ。誰か、何か言って」

「帰ったんだよ」

と雄一が言った。

「え？」

「東京へ先に帰ったのさ。ここで待ってても、しょうがない」

「でも、ここの鍵、彼女が持ってるんじゃないの？　このまま、開けっぱなしにして帰るわけにいかないわ」

雄一は、首をすくめた。

「ねえ、ごめんなさい」と、千鶴は半分泣き声のようになって言った。「あんなこと言うつもりじゃなかったわ。鮎美と雄一さんのことは、気がついてたけど、黙ってるつもりだったのよ。でも……咲子があんなふうに言って……だって、あたし……」

「気にしてないわ、千鶴」

と鮎美が煙草に火をつけながら首を振った。

また言葉が途切れた。

雄一は時計を見た。四時が近い、もうすぐ夜が明ける。

「咲子の言った通りなの」と千鶴がビールを飲んで言った。「あたし、ボーイフレンドなんて、いないのよ」

雄一は、ぼんやりと千鶴を見返した。

「学校で、誰かを誘おうと思ったんだけど、それもとうとうできなくて、そのまま約束の日になっちゃった。あたし、咲子に断るつもりだったの。前の日に電話を掛けて。咲子、出掛けてていなかったんだ。来るんじゃなかった。普通に楽しめるって思ったんだもの。そりゃ、咲子がどういう性格してるかってことぐらいわかってたけど、鮎美もいるんだし、鮎美の彼氏って見てみたい気がしたし、幼馴染みだってことしか知らなかったでしょう」

言いながら、千鶴は正志のほうへ目をやった。正志は、相変わらず雄一を見つめていた。

「馬鹿だったわ。来るんじゃなかった。あたしっていつもこうね。いつだって後悔するの。後悔するようなことしかやってないんだ」

「千鶴、いいわよ、もう」

鮎美が言った。

雄一は、正志のほうへ顎を上げた。

「俺に、言いたいことがあるんだろう?」

「……………」

正志は、黙ったまま見つめている。

「言えよ。それとも、殴りたいと思ってるのかな。殴ってくれてもいい。殴り返しはしないよ」

「僕は、人を殴ったりしたこと、ありません」

「そうか。安心したよ。おそらく君に殴られると覚悟していたからね」

「どうして、殴られると思っていたんですか?」

「君も、鮎美のことが好きなんだと思っていたからさ。さほどじゃないことがわかって安心したよ」

「僕は鮎美ちゃんが好きです」

「そうかなあ」

「毛利君のような、うわついたやり方を、僕はしない。ただそれだけです」

「うわついた……なるほどね。そう見える?」

「見えます」

「じゃあ、うわついているのかも知れないな。だけど、うわついている俺のほうを、鮎美は好きになってくれた」

「それは違います」

「違う？」

「ええ、一時的なことです。鮎美ちゃんは、僕が好きなんだ」

雄一は、思わず微笑んだ。鮎美のほうを見た。鮎美はソファに身体を沈め、額に片手をやっていた。ソファの肘掛けに垂らしたもう一方の手の指から、煙草の煙がまっすぐに上っていた。

「自信があるんだね」

「ええ」

「わかった」

鮎美が、なにも言ってくれないのが、雄一にとっては少し不満だった。あたしは雄一さんが好きなんだ、と正志に言ってほしかった。しかし、この雰囲気のなかでそれを言わせるのは、酷かも知れなかった。

夜明けが近かった。

窓の外の空が、青みを帯びはじめている。咲子はまだ戻らなかった。

「ねえ、もう一度、あの崖のとこ、行ってみない?」

千鶴が、言った。

20

ハッチへの攻撃は、繰り返し繰り返し行なわれた。

ハッチ全体のガタつきは、少しずつではあったが大きくなってきている。ただ、レバーハンドルとベルトのほうが問題だった。ハンドルは根元のあたりからかなりの角度で曲がっている。引っ張り続けているために、もうベルトが引っ掛かっているのがやっとという状態だった。すぐに外れてしまう。そのベルトのほうも、バックルを縫いつけてあるあたりからほころびはじめ、ハッチが外れるよりもかなり早い時点で切れそうな気配になってきている。ベルトを掛ける位置をずらせたり、いろいろやってはみるのだが、この作業も敗色が濃くなってきていた。全員がそれを知っていたが、口に出して言う者は誰もいなかった。

四人は、交替で黙々と作業を続けた。休んでいる三人にも会話はない。全員が話すことにさえ、疲れを感じはじめていた。

時折、誰かが水を飲み、時折、誰かがトイレへ行った。誰が決めたわけではないが、カロリーメイトは、一箱を開けると、それを四人で食べるのがきまりのようになった。まだ残りの箱はだいぶあるが、空箱の増えていくスピードが、いくらかでも目立たない方法を全員が選んだ。

雄一がトイレから出てきた時、ドアの前に鮎美が立っていた。

雄一は鮎美を見つめ、鮎美も雄一を見つめた。肩に手を伸ばした。鮎美は首を振り、その雄一の手をかわした。

「どうして？」

鮎美は黙ったまま、ただ首を振った。

「気持ちが変わったのか？」

くるりと背を向け、鮎美はドアのほうへ行きかけた。その肩を、雄一は押さえた。引き寄せ、鮎美を背後から抱きしめた。鮎美は、じっとしていた。白い首筋に、雄一は唇を寄せた。

「やめて」

全身を震わせるようにして、鮎美は雄一の手を振りほどいた。そのまま振り返りもせず、ドアのほうへ進んだ。そのドアの向こうから、正志が鮎美の前に立った。

「なにをされたんですか？」

正志が鮎美に訊いた。鮎美は、正志を突き飛ばすようにして、部屋へ戻った。正志が雄一を見据えた。

「鮎美ちゃんになにをしたんです?」

雄一は、息を吐き出しながら首を振った。

「俺のところへ戻れって言っただけだよ」

「そういうことは、やめて下さい」

「どうしてだ?」

「鮎美ちゃんと僕は婚約しているんです」

ふん、と雄一は正志に笑顔を向けた。

「だけど、鮎美が好きなのは俺だよ」

「毛利君が、勝手にそう思い込んでいるだけだ」

「ちがうね。いいか?」と雄一は正志を睨みつけた。「どういう約束をしたのか知らないが、俺は今だって鮎美が好きだし、それは三ヵ月前と変わっていない。鮎美も同じことだ。婚約してようが俺の知ったこっちゃないね。お前の指図は受けない」

正志の眼が、敵意を剝き出しにしていた。

「ほう、俺を殴るつもりになったか」

「殴る必要はありません。僕は、そういうのは好きじゃない」

「人を殴ったことがないんだったな」

「ありません」

「人は殴らないが、ネズミやウサギやイヌは殺すわけだ」

「ネズミ？」

「世話をしてるんだろう？　ゆくゆくは殺すために」

正志は、軽蔑するような目で雄一を眺めた。

「毛利君の言っていることには、まるで関連性がない」

「暴力を否定するようなことを言いながら、お前だって充分、暴力を振るってるってことを言ってるんだよ。俺が鮎美を抱いたのが気に食わないというのなら、殴ればいいだろ。それが普通の感覚なんだ」

「実験動物と人間をいっしょくたにする感覚のほうが、僕には理解できない。殴って解決できることはなにもありません。僕が毛利君を殴ったら、それまでのことをみんな帳消しにできますか？　それはなんの解決にもならない」

「なるかならないか、やってみればいいだろう」

「意味がない」

「意味……！」

雄一は、正志の胸を押し、部屋へ戻った。正志が後ろからそれに続いた。鮎美はベッドの下で膝を抱えていた。目は壁の一点を睨みつけていた。千鶴は、その横に座り、雄一と正志を見つめていた。

部屋の中央で、雄一は正志を振り返った。

「意味だ？　俺たちのやってることに、最初から意味なんてものはありゃしないんだよ。意味のあるものなんて、どこにある？　頭の中でひねくり回したものが意味か？　それは単に安心したいってだけのことだよ。自分がやってることの無意味さを、ちょっとでも救ってやりたいから、その不安を軽くするために意味のあるような理屈をひねり出してるだけのことじゃないか。ほんとに大切なことに意味なんかないよ。面白い、くだらねえ、好きだ、嫌いだ、うれしい、かなしい、そういう感覚があるだけだ。感覚に意味なんかつけないでもらいたいね」

「乱暴な考え方だ」

「乱暴？　あのな、お前さんの実験室で、乱暴な考え方を持ってるのはどっちだ？　殺されるネズミのほうか？　それとも殺すお前さんか？　ネズミは生きてるんだ。ネズミ自身は、生きてるだけで、自分に意味なんかつけちゃいないよ。そいつに乱暴に意味をつけてるのは、お前なんだ」

「何を言ってるのか、よくわかりませんね」

「ああ、わからんだろうさ。俺にだって、自分が何を言ってるのかわからないんだ！」

雄一は、ベッド側とこちら側の境にある床の段差を腹立ちまぎれに蹴りつけた。その段に張られていた蹴込み板が、ガタン、と大きな音を立てた。

「…………」

雄一は思わず自分の足下を見た。音に、全員が雄一を眺めた。

雄一は膝をつき、その音を立てた蹴込み板を覗き込んだ。高さが二十センチほどの板である。その板が、蹴った場所を中心にして五十センチほどの幅で斜めに外れかけていた。よく見ると、板は固定されたものではなく、床にスライドさせるような溝が切ってある。拳を作り、板を叩いた。板がまた音を立て、向こう側へ倒れた。床の下に黒い穴があいていた——。

千鶴と鮎美が、こちら側へ降りてきた。正志も後ろから床下を覗き込んでいる。

「そこ、なに？」

千鶴が訊いた。

「わからない……なにか物をしまっておくための場所みたいだな」

「何か、入ってる？」

「暗くて向こうがよく見えないんだ。ちょっと待て」

雄一は、蹴込み板を全部外してみることにした。その意図を察し、三人も向こう側の板を外しはじめた。

板は、足で蹴ると比較的簡単に外れた。

ベッド側の床下全体に、黒い空間が作られていた。見たところ、なにも入っていない。

「ねえ、あれなに？」

千鶴が穴のやや奥を指差した。壁に白っぽい箱のようなものが張りつけられているように見えた。

雄一は千鶴と場所を代わり、床に腹這いになった。手を伸ばしてその箱に触れてみる。プラスチックの感触がした。表面にギザギザと平行に刻みが入っている。手前に四角い突起があった。突起を押してみた。

ビィーッ、と突然、ブザーのような音が小さく響き、雄一は驚いて手を引っ込めた。

「なに……？」

千鶴が、震える声で言った。

雄一は、腹這いになったまま、床下に頭を突っ込んだ。

「気をつけて」

後ろで鮎美が言った。

ゆっくりと雄一はプラスチックの箱に向かって身体を進めた。

「これは……」

雄一は、恐る恐るその箱に手を触れた。そんな場所には、まったく似つかわしくないものが、壁に取りつけられていた。

「これは、インタホンだ！」

「インタホン？」

後ろで正志が声を上げた。

「そうか――」

雄一は、その灰色のインタホンを見つめた。四角い突起はボタンで、そこだけが赤いプラスチックになっている。マイクとスピーカーの部分は縦に格子《こうし》が入っている。

雄一は、ボタンを押した。ブザーの音が、スピーカーの奥で鳴っている。

「もしもし！　三田さん！　そこにいるんでしょう？　返事をして下さい！　三田さん！」

スピーカーからの音に耳をすませた。何も聞こえない。

「三田さん！　お願いします。答えて下さい。そこで聞いているんですね？　ここから出して下さい。話し合いをしましょう。こんなことをしても、何もなりませんよ。頼みますから、ここから出してください。三田さん！」

スピーカーは、音を立てなかった。

「代わって」

鮎美が、雄一の足を叩いた。雄一が這い出すと、今度は鮎美が床下に潜り込んだ。

恐らくそこに口を近づけなくても、雅代には四人の声が届いているはずだった。しかし、そこに直接訴えかける対象があるのと壁に向かって声を上げるのとではまるで違う。

「おばさん！　お願いです。ここから出して下さい。お願いよ。いままでのあたしたちの話、みんな聞いてたでしょう？　警察の人やおばさんに言わなかったことがあるけど、でも、殺してないわ。咲子は事故で死んだのよ！　ねえ、おばさん。助けて。ここから出して！」

鮎美は、叫び続けた。

四人は、入れ替わり立ち替わり、インタホンに向かって叫び声を上げた。しかし、雅代からの返答は、一切なかった。

喉の嗄《か》れと、脱力感だけが、四人の中に残った。

21

雄一は、ハッチへの攻撃を再開した。喋ることは、もうなにもなかった。

ベルトは数度引っ張ると、すぐにレバーハンドルから外れてしまう。力を込めてハンドルに結び、また引く。ベルトを使うことが歯痒《はがゆ》くなってきて、鉄梯子に上り、直接手でハンドルをつかんで、がむしゃらに引っ張った。右手がだるくなってくると、身体の向きを変え、左手でハンドルをつかんだ。手が痛くなって梯子を降りると、無言で正志が交替した。

正志のあとは鮎美が、鮎美のあとは千鶴がそれを続けた。ハッチからはねかえってくる小さなガタつきの手応えだけが、四人をそうさせていた。

千鶴と交替した鮎美が、流しへ行った。水を出し、顔を洗いはじめた。後ろの髪を片手で持ち上げ、首にも水を掛けた。

「雄一さん」

と鮎美は、首を洗いながら声を掛けた。雄一は、顔を上げた。

「ハンカチ、持ってたでしょう。貸してもらえる?」

「いいよ」

雄一は、ポケットからハンカチを出し、流しの鮎美に手渡した。

「そう言えば、タオルがあったな……」

雄一は、それを思い出した。トイレの床に汚れたタオルが捨てられていた。汚れているが、洗えば役には立つかも知れない。

トイレへ行った。トイレのドアの陰に、半分ほど茶色に変色したタオルが丸めて細長く押しつぶしたようになっている。雄一は、そのタオルに手を伸ばした。

「…………」

丸められたタオルの中に、何か硬いものの感触がした。

タオルの端を二本の指でつまんで持ち上げた。何か光る小さなものが、床のどこかへ弾《はじ》け飛んだ。同時に、タオルにくるまれていた細長い錐《きり》状の棒が、トイレの床に落ちて音を立てた。

「なんだ、これ？」

思わず声に出して言った。向こうから、どうしたの、と鮎美が言った。

タオルから転げ落ちたものには、見覚えがあった。

「アイスピックだ――」

柄の部分が白い陶器でできている。そこに赤くバラの絵が描かれている。刃は十五センチほどの長さがあった。

どうして、こんなものが――？

雄一は、アイスピックを取り上げ、トイレの床を眺め回した。タオルからべつの何かが飛んだように思ったからだ。

「どうかしたの？」

鮎美がトイレを覗きに来た。手には、雄一のハンカチを持っている。雄一は、顔をしかめながら、タオルとアイスピックを持ってトイレから出た。部屋へ戻る。

「こんなものが、トイレにあった」

雄一は、床の上に、タオルとアイスピックを並べて置いた。全員がその周りに集まった。

「アイスピックじゃないの」

千鶴が怪訝《けげん》な声で言った。

「道具として使えますね」

と正志が言い、雄一はうなずいた。

「確かにそうなんだが……それより、こんなものが、どうしてトイレの床にあったんだろう」

「気がつかなかったわ」

千鶴が、アイスピックの上にしゃがみ込んだ。

「このタオルにくるまっていたんだ。ドアの下の隙間に雑巾《ぞうきん》みたいなものがあったと思って、取りに行ったんだが……」

鮎美が、雄一の横で腰を屈めるようにして、覗き込んだ。

「これを、ハッチの間に差し込んだら、こじあけることできるんじゃない？」

「ちょっと待って」と千鶴が、雄一を見上げた。「雄一さんの言う通りだわ。どうして、これ、ここにあるの？」

「よくわからない」

「これ、あの時に使ってたアイスピックよね」

「……だと思う」

雄一はうなずいた。

千鶴の言う、あの時、とは別荘で咲子と過ごした四日間のことである。冷蔵庫が壊れていたために、街から氷の固まりを買って来て使っていた。飲み物に入れるのも、割って使ったほうが感じが出るからと、みんな喜んで氷を割った。その時に使っていたのが、このアイスピックだ。バラの絵のついたアイスピック——。

「どうして、ここにあるの？」

また千鶴が訊いた。立っている三人を見上げ、眺め回す。

雄一は、床にあぐらをかいた。アイスピックを手に取る。

「どうしてって……」

と正志も雄一の横へ腰を下ろした。鮎美も座り、なんとなく全員が円陣を作ったような具合になった。

「ここは、別荘の地下にあるシェルターですから。あったって、おかしくないんじゃないですか？」

「おかしいわよ。だって、これ、あの時に使ってて、なくなったものよ」

「なくなった……」

　正志が、雄一の手元から目を上げた。

「そうよ。思い出したわ。雄一さんを駅前の噴水で拾って、別荘に帰って来て、咲子の帰りを待ってたでしょう？　あの時、アイスボックスを見たら、これがなくなってたのよ。蓋が開きっぱなしになってて」

「うん」と雄一はアイスピックを見つめたまま、うなずいた。「確かに、そうだ。俺も覚えてる。千鶴が飲もうとしたビールがあったまってたよ」

「どうして、それが、ここにあるのよ？」

「………」

　なんとなく四人は、顔を見合わせた。千鶴も、鮎美も、正志も、不安気な顔をしていた。理由のわからない不安が、雄一の中にもある。

　正志が、タオルに手を伸ばした。全体に色が変わっているが、もとは白いタオルだったらしい。白いタオルが、真ん中のところだけ、不自然に茶色く変色している。真ん中の部分はほとんど黒く見える。それが周辺へいくにしたがって茶色になっていた。

タオルをつかもうとした正志の手が、不意に止まった。手に震えのようなものが走り、彼は、弾かれたようにその手を引っ込めた。

「いやだ……！」

千鶴が、座ったまま、ほんの少し後ずさりした。

「これ……これ、血だわ！」

「まさか――」と鮎美が、強く首を振りながら言った。「嘘よ！」

「血じゃなかったら、なんなのよ。血じゃないの。正志君、血なんでしょう？　そうでしょう？」

「……いや、その、はっきりとは」

正志は、唾を飲み込みながら、必死で首を振った。

雄一はタオルの茶色いシミから、アイスピックに目を戻した。

血――？

あ、と鮎美が声を上げた。雄一を見つめ、その目を床の向こうへやった。全員が、鮎美の視線を辿る。床下のインタホンを鮎美は見つめていた。

「あなたが置いたのね！」鮎美は、インタホンに向かって叫んだ。「なんのつもりなの？　こんなこと、どうして、こんなことするの！」

「ああ、そういうことか」と正志もインタホンを見つめながら言った。「楽しんでるんです。半分は楽しんでるんですよ。僕たちが、脅えて、苦しむのを想像して喜んでるんだ」

雄一はアイスピックを眺めた。

雅代が、これを、トイレに――？

ゆっくりと雄一は手のアイスピックをタオルの上へ置いた。

「いや、なんだか変だぜ」

「変？」

鮎美が雄一を見返した。

「これ、あのオフクロが、置いたんだろうか……」

「だって、それ以外に考えられる？」

雄一は首を振った。

「わからない。しかし、鮎美も言ったけど、これは道具になるぜ」

「…………」

「このシェルターの中には、何もないんだ。ドアを壊せるような道具がなにもない。脱出のチャンスを封じるために、あの人はそういう可能性があるものを、まるで置いてない。だけど、これは道具にも武器にもなる」

「いや」と正志が首を傾げた。「こんなものじゃ、なんの役にも立たないと考えてるんじゃないですか？　実際、あれだけ続けてるのに、ハッチはまだあんな状態だ」

　雄一は正志に向き直った。

「ちょっと考えてみてくれ。どうも妙な気がする。君は、これをあの人が置いたと言うわけだな」

「……だって、それしか」

「なんのためだ？」

「なんのって……」

「ものごとの意味を考えるのは得意だろう？　このアイスピックとタオルを、あのオフクロは、どういう目的でトイレに置いたんだ？」

「脅し、じゃないんですか？」

「写真やペンキの文字と同じように？」

「ええ」

　雄一は鮎美に目を移した。

「君も、そう思う？」

「……何を言おうとしてるの？」

「いや、俺にも、はっきりとはわからないんだ。でも、おかしいじゃないか。千鶴、君は、どう思う？」

「何がおかしいの？　おかしいのはあなたじゃない？」

雄一は、また正志に目を返した。

「脅しだと言ったな」

「ええ」

「これが、どういう脅しになる？」

「……だって、タオルに血がついてて」

「血のついたタオルにアイスピックがくるまってた。どうしてそれが俺たちに脅しの役目をするんだ？　咲子は、アルファロメオと一緒に、崖から落ちて死んだんだぜ」

「…………」

「このアイスピックが、咲子を殺したのか？　殺したのは崖だろう？　崖とアルファロメオが凶器だ。それはトイレの壁に貼ってあった。あの写真に、凶器は写ってる。それ以上の脅しが、どうして俺たちに必要なんだ？」

「そんなこと、僕に訊かれても……」

「こいつは」と雄一はアイスピックを指差した。「あの時使ってたヤツに間違いないな」

目を上げると、千鶴が怪訝な表情でうなずいた。

「あのアイスピックよ。こんなの、ざらにあるわけじゃないもの。もともと、バラは咲子のお母さんの趣味なのよ。椅子にもクッションにもカップにも、バラがあった……でも、雄一さん、あなた何を言ってるの？」

雄一は、首を振った。自分でも、よくわからなかった。自分の言おうとしていることがよくわからない。ただ、何か得体の知れないものが胸の中につかえている。

「心理的な圧迫を加えようとしてるんじゃないですか？」

と正志が言った。

「心理的な圧迫？」

「血には、そういう効果があるでしょう。実際、僕たちは……いや、毛利君はわからないけど、少なくとも僕はタオルについた血なんて好きじゃない」

「俺だって好きじゃないさ。だけど、そんなことなのかな？　これをあのオフクロがやったんだとすると、何か筋が通らないような気がしてならない」

「筋を通す必要があるの？」

と鮎美が言った。

「ないか？」

「だって、じゃあ、どうしてペンキの色が赤なの？　雄一さん、考えすぎだわ。参ってるのよ」

「うん。たしかに参ってる。でも、それなら、どうしてアイスピックなんだ？　なぜ、タオルにアイスピックを組み合わせる必要がある？　どこから、そんな発想が出てきたんだ？」

「…………」

自分の中で首をもたげてくる迷いを、雄一は必死で否定した。

あれは事故だ。咲子は事故で死んだんだ――。

千鶴が、ふと顔を上げた。

「ねえ、これを咲子のお母さんが置いたんじゃないとすると……どういうことになるの？」

雄一は答えなかった。鮎美も、正志も黙っていた。

ある記憶が、雄一をとらえていた。それは、咲子の手の中にあった――。

22

咲子と千鶴が喧嘩をやったその直後である。

その喧嘩を、雄一たちは必死になって抑えた。雄一は咲子を押さえ、千鶴は正志に押さえられた。咲子は雄一の手を振りほどくと、

「みんな、出て行け！」

と叫び、バルコニーからリビングへ駆け込んで行った。それを雄一は、追った。

追って来た雄一を見て、咲子は逃げるようにキッチンから客間へ入って行った。雄一が客間に入った時、咲子はタオルに包んだ何かを手に持ったまま、ベッドの向こうで振り返った。

雄一が近づこうとすると、

「来ないで！」

と咲子はその手に持ったタオルを雄一のほうへふりかざすようにしたのである。タオルに、棒状の何かが包まれていたのを、雄一は見た。そのタオルに包んだものを、咲子は出窓の鉢の間に差し込み、それを隠すようにしてその前の揺り椅子に腰掛けた。

タオルに包まれていた棒状のもの――。

雄一は、床の上のアイスピックを見つめた。

「ねえ、雄一さん、答えて」と千鶴が、苛立ったような声で言った。「これを咲子のお母さんが置いたんじゃないなら、どういうことになるの？」

「あの日」と雄一は声を落として言った。「俺、こいつを見た」

「………」

　三人が、雄一を凝視した。

「雄一さん……」と鮎美が、震えを含んだ声で言った。「何を、言ってるの……？」

　雄一は鮎美を見返した。

「俺、これを咲子が持っているのを見たんだ。タオルに包んだアイスピック。いや、それがアイスピックだったのかどうか、たしかじゃない。でも、あれがそうだったんだ」

「咲子が……なんの話？」

　鮎美は、雄一の言葉の意味を量りかねたように眉をしかめた。

「咲子と千鶴が喧嘩した後、咲子は客間に飛び込んだ。その前に、あいつはキッチンに寄って行ったんだ。キッチンで何かを持って、それから客間へ入った。俺は、あいつを追って部屋へ入った。あいつの手にタオルがあった。棒のようなものをタオルでくるんで持っていた。アイスボックスが開けっぱなしになってたよな。あの時、咲子はアイスピックを持って行ったんだと思うんだ」

「………」

「そのあと、どうしたの？」

　と千鶴が訊いた。

「いや、わからない。俺は、結局、咲子と言い合いみたいなことになって、部屋を飛び出したからね。そのあと、咲子があのアイスピックをどうしたかは、わからない」

「てことは……どういうことなの？」

雄一は首を振った。

「ただ、わかるのは、あの時に咲子が持っていたものが、今、ここにあるってことだ」

「咲子が、ここに持って来たってことになるの？」

「それが妙だと思うんだよ。咲子は、あのあと別荘を飛び出して行ったんだろ？　そして、帰って来なかった。とすると、咲子は、別荘を飛び出す前に、一度、このシェルターに寄ったことになる」

「そんなばかな……！」と正志が、声を上げた。「そんなこと考えられないですよ」

「どうして？」

「だって……」

と正志は言葉を濁らせた。

「そういうことにならないか？　でないと、このアイスピックがここにある説明がつかない」

「つきますよ。これは咲子さんのお母さんが置いたんです。咲子さんは、毛利君を追

い掛けて別荘を出て行ったんでしょう？　ここに寄る必要なんてどこにもないし、まして
アイスピックをここへ置いて行くなんて、それこそ意味がない」

「あたしも、そうだと思う」と鮎美が言った。「これは咲子のお母さんが置いたのよ」

「じゃあ、訊くが」と雄一は鮎美に向き直った。「それまでの間、つまり、咲子のオフクロがこいつをここへ置くまでの間、このタオルとアイスピックはどこにあったんだ？」

「そんなこと……知らないわ」

鮎美は、恐れるように雄一を見た。

「あのオフクロがここに置いたと言うが、どうしてあの人は、咲子がアイスピックをタオルで包んでいたのを知っていたんだろう？　知ってるわけないんだぜ。知っていなければ、タオルにくるんだアイスピックなんてものが出てくると思うか？　俺は、いままでこれを忘れていた。今、思い出したばかりなんだ。警察にも、もちろんあの人にも話した覚えはない。知るはずのないオフクロが、どうして、こんなものをこのトイレに置くことができるんだ？」

「………」

「こいつは、あの人が置いたものじゃないような気が、俺にはする。これは、トイレのドアの下の隙間に、押し込まれるようにしてあった。トイレのドアを開けた時、そ

こにあったタオルが、ドアに押されてああいう格好になったんだろう。それを、あの人も気がつかなかった。目に止まったかも知れないが、汚れたタオルの一枚、どうとは思わなかったのかも知れない。咲子のオフクロは、この存在を知らなかったんじゃないかと思うんだ。脅しというけれども、こんな脅しはないよ。それだったらもっと目立つように直接的にやるさ。写真はトイレの壁一杯に貼ってあった。ペンキの文字だってドアを開けた途端に目に飛び込んでくる。あの人だって、咲子が崖から落ちて死んだことを知ってる。だからこそ、壁の写真はそればっかりなんだ。崖とアイスピックには、なんの関わりもない」

雄一の腕を、鮎美がつかんだ。

「雄一さん……あなた、自分が何を言ってるのか、わかってるの？　どうしようって言うの？」

雄一は、ゆっくり首を振った。

「俺には、なにもかもがわからなくなってきた。もし、俺が感じているように、このアイスピックをここに置いたのが三田雅代じゃなかったとしたら、それはいったい誰なんだ？　咲子か？　咲子がなんのために、そんなことをする？　どうして、タオルには血がしみ込んでいるんだ？　これは誰の血だ？」

「………」

鮎美は、雄一の腕を放した。

「はっきり、言いましょうよ」と、千鶴が言った。「雄一さんの言ってることは、わかったわ。あたしだけじゃない。鮎美も、正志君もわかってる。ただ、言いたくないのよね。そんなこと、考えてもいなかったことだもの」

「千鶴……」

鮎美が言いかけ、千鶴は鮎美に首を振った。

「タオルについているのは、咲子の血よ。そう考えるのが、一番いいみたい」

「…………」

「つまり、ここにあるのは、正真正銘の凶器だわ。咲子は、事故じゃなかったのよ。咲子を殺した犯人が、事故に見せ掛けてアルファロメオと一緒に、崖から突き落としたんだわ。雄一さん、そうでしょう？」

雄一は、大きく息を吸い込んだ。言葉にはならなかった。

「警察は」と鮎美が言った。「事故だって結論を出したのよ」

その鮎美を、千鶴が見返した。

「警察だって、間違うことはあるわ」

「信じられない」

「咲子が発見されたのは、崖から落ちて二ヵ月も後だったわ。新聞で読んだだけど、見分けがつかないぐらいひどい状態だったって。咲子の死因が、墜落の時のものか、それともアイスピックで刺されてか、もう判断できるようなものじゃなかったと思うわ」

鮎美は大きく溜め息をついた。

「ひどい話ね。咲子も災難よ。死んだあとまで、これだけいじくられて。可哀相」

その鮎美の言葉に、全員が黙った。

鮎美は、ゆっくりと雄一に目を上げた。

「雄一さん、この中の誰かが、咲子を殺したの？」

「………」

「もし、このアイスピックで咲子が殺されたんだとしたら、その犯人は、この四人の中の誰かってことになる。そうでしょう？　咲子は、アイスピックを持ったまま車で飛び出したのかも知れないわね。そして、どこかで殺された。そのアイスピックで刺されて。そういうこと？　そうなると、第三者が犯人ってことは、まずあり得ないわ」

雄一は、鮎美の瞳を覗き込んだ。悲しそうな眼をしていた。

「そうでしょう？　第三者が犯人なら、このシェルターに凶器を隠すなんてことは、考えられないもの。そんな必要はどこにもないし、第一、その人がシェルターのことを知ってるとは思えない。あの時、このシェルターのことを知っていたのは、咲子を除けば、この四人だけなのよ。つまり、この中の誰かが、咲子を殺したってことになる。あなたは、それが誰だって思ってるの？　あなた自身？」

「…………」

雄一は首を振った。

鮎美は千鶴を見た。

「じゃあ、あなた？」

「あたしじゃないわ」

鮎美は正志に目を移した。

「あなた？」

正志は、大きく首を振った。

「だとすると、残っているのは、あたし？」

「君じゃない」

と雄一は言った。

「どうして？　どうしてそんなことが言えるの？　もちろん、あたしじゃない。でも、あたしも違うってことになると、全員が否定したことになるわね。でも、この中の誰か、なんでしょう？　あたしである確率も四分の一はあるわ。あなたである可能性も四分の一」

「…………」

「あたしは、雄一さんが犯人でないことを願うわよ。正志君じゃないことも、千鶴でないことも願ってる。もちろん、あたしでないこともね。ねえ、教えて」と鮎美は、三人を見渡した。「あたしたちは、これから、ここで何をするの？　この中にいる犯人を追いつめていくわけ？　そして、その犯人がわかったら、それからどうするの？　裁判？　それとも、あのインタホンに向かって、こいつが犯人だってわめくの？　この犯人だけを処刑してくれって？」

「…………」

「あたしは、そういうことをしたくない」

鮎美は口を閉ざした。

しばらくの間、誰も口を開かなかった。

千鶴が、床から腰を上げた。流しへ行き、コップに水を満たして、それを一気に飲んだ。それからゆっくりと三人のほうを向いた。

「あたしは、やっぱりいやよ」

三人が顔を上げた。

「鮎美の気持ちもわかる。あたしだってこの中に犯人がいるなんて、思いたくないわ。でも、自分が犯人の四分の一だなんてのは、もっといやよ。咲子のお母さんが壁に書いたのが、そのままになっちゃうじゃないの。この中に犯人がいるんなら、そいつは卑怯よ。ここまできて、どうして自分が犯人だって、自分が咲子を殺したって名乗らないの？　そいつは、四分の一にしておきたいヤツなのよ。自分のやったことを、みんなにおっかぶせようとしてるんだわ。そうでしょう？　あたし、そんなのいや。そういうヤツのために四分の一になってあげたくない。あたしは、いやよ」

「こうしたら、どうですか」と正志が言った。「多数決で決めるんです」

「多数決？」

　と鮎美が正志を見返した。

「ええ。もうこの問題に触れないことにするか、犯人を追求するか、賛成の多いほうにしたらどうですか？」

　鮎美が微笑んだ。

「とってもいい考えね。その多数決をやって、犯人を追求することに反対した者は、次に、その反対理由を問いつめられることになるのね。犯人だから、それに反対したんじゃないかって、さしずめ、まず、それはあたしね」

「そんなこと……」

　正志が口を噤《つぐ》んだ。鮎美は、千鶴を見た。

「いいわ。やろうよ。どうせ、ここまできたら、あとに退くことはできない。時間は、まだまだたっぷりあるみたいだものね。話題があったほうが、退屈はしないわ。どういう形になったところで、気持ちにしこりが残るんでしょう？」

「俺の提案も聞いてもらえるかな」と雄一は三人を見回した。「ここらで、一度、休憩をいれないか？　食事でもして、いったん眠るのはどうだろうね。今、何時なのかさっぱり見当がつかなくなっちまったが、俺の感覚だと夜だ。みんなが起きてからはじめよう。どうだ？」

「いいわ」と千鶴がうなずいた。「一番、いい提案だわ」

23

疲れていたが、なかなか眠りにはつけなかった。

つけっぱなしの蛍光灯のせいもあるだろう。光の変化のなさが、眠りを妨げ、また時間の感覚を失わせているのかも知れなかった。

俺たちの捜索は行なわれているのだろうか？

捜しているはずだ、と雄一は思う。四人の男と女が行方不明になっているのである。独り暮らしの雄一は別としても、他の三人は家に家族を持っている。鮎美は、誰も彼女を捜さないと言っていた。しかし、女だ。まるっきりのほったらかしということがあるだろうか。少なくとも千鶴と正志の家族は心配しているに違いない。どれだけの時間が経過しているのか見当がつかないが、二日以上経っていることは間違いあるまい。捜索が始められているのが当然だ。

それぞれが持っている後ろめたさのために、四人のうち誰も、三田雅代に会うことを告げて出た者はいない。だから、家族なり警察なりが、三田邸に着目するには時間が必要かも知れない。

しかし——とも、雄一は思う。

警察には、ここにいる四人の記録があるはずだ。毛利雄一、影山鮎美、成瀬正志、波多野千鶴。四人の名前は、三ヵ月前の三田咲子の事故につながっている。四人が同時に行方不明になって、警察に想像できることは、三田咲子の事故以外にあるまい。

警察は、三田の屋敷を訪れる。

雅代は、今、どこにいるのだろう?

ふと、それを考えた。

雄一が寝そべっているこの床下に、インタホンが取りつけられている。あのインタホンは、どこへ雄一たちの声を送っているのか?

別荘の中だ、と雄一は一人うなずいた。

インタホンからのコードを、まさか東京まで引っ張ることはできまい。無線装置をつないで、東京で受信するといった手段もあるかも知れないが、あまり現実的ではない。

雄一は毛布を払い、起き上がった。ステップを下り、床下を覗く。腹這いになって床下へ潜り込んだ。

灰色のプラスチック・カバーで覆われたインタホン。その下側からコードが出ている。コードを指で押さえながら辿ってみる。コードは、床下の奥へ向かって続いている。腹這いのまま前進し、一メートルほど進んでコードの行き着く先を発見した。黒いプラスチック・カバーのローゼットだった——電話線の屋内端子である。

なるほど、と雄一はうなずいた。

このローゼットに来ている電話線は、別荘内のものから分岐しているに違いない。とすると、その分岐点にインタホンのもう一方が接続されていることになる。ここで雄一たちがしている会話は、そこに届いているというわけだろう。

三田雅代は、もとからあった配線を利用して、盗聴装置を取りつけたというわけだ。

雄一は、床下から這いだした。

「どうしたの？」

ベッドの上から、鮎美が声を掛けた。

見上げると、全員が雄一を眺めていた。

「なんでもない」と雄一は首を振った。「インタホンのコードがどこに続いているのかを、見てみただけだ」

「どこに続いているの？」

「電話の配線を利用してるらしい。たぶん、別荘のどこかに、このインタホンの親分が設置されてるんだ」

「毛利君、ちょっと」

と、正志が床の上へ座り、小声で手招きした。雄一は、正志のそばへ行った。上から、鮎美と千鶴が下を覗き込む。

「僕、考えたんですけど」ささやき声で言う。「あのコードを切断したらどうでしょう？」

「切断？」

正志はうなずいた。

「そうすれば、まず、僕たちの会話は、咲子さんのお母さんに届きません」

「聞かせないわけか」

「ええ。それと、不安にさせることができませんか？」

「不安に？」

「ええ。インタホンから音が出てこなくなったら、このシェルターの中の状況がまったくわからなくなるわけですよね。そうしたら、不安になって、様子を見に来るんじゃないでしょうか」

「どうかなあ……」

雄一は、言いながら吊りベッドの上の二人を見上げた。二人は黙っていた。

「だめですか？」

「いや、一つの手かも知れないが、危険も大きいぜ」

「危険……」

「ああ。そうだろう？　俺たちが現在、外と接触を持てる唯一の通路が、あのインタホンだ。向こうからの応答がないから、実際、どうなっているのかまったくわからないが、でもあのインタホンが俺たちと三田雅代をつないでいることは、まず間違いない。それを切断するということは、ほとんど一つしかない助かるチャンスを捨てることになるかも知れないんだぜ」

「……………」

「不安になってハッチを開ける可能性もある。しかし、開けない可能性だってある。開けてもらえなかったら、もう、俺たちと外をつなぐものはどこにもなくなってしまうんだ。その賭けをやる度胸があるか？」

正志が、眼を閉じた。

「俺たちは、三田雅代の意図を知らないんだ。彼女は、ここへ俺たちを閉じ込めた。しかし、食料と水だけは用意してあった。食料は十日分ある。一週間分ぐらいに考えてくれているのかも知れないし、あるいは二十日分と考えているのかも知れない。とにかく、俺たちを餓死させようという意志はいまのところないらしい。もちろん、だからって、こんなところに何日もいるのはごめんだが、殺されるよりはマシだろう。俺は、あのインタホンは、そのままにしておいたほうが、何かのチャンスが残されるように思うんだけどね」

「賛成」

と上で鮎美が言った。

千鶴のほうへ目を転じると、千鶴も小さくうなずいた。

「わかった」

正志はうなずき、そのまま床に寝そべった。上の二人は、頭を引っ込めた。

雄一は、毛布を枕がわりに丸め、頭の下にあてた。ぼんやりとベッドの下側を眺める。千鶴の身体が、ベッドに張られたキャンバスを丸くふくらませていた。

しかし、そのチャンスがくるのだろうか――。

雅代がハッチを開けてくれるとしたら、それはどういう時だろう？

雄一は、自分に問い掛け、自分で首を振った。

そう、それこそ、さっきまで四人で話し合っていたことだ。雅代がハッチを開けることがあるなら、それは、咲子の死の真相が明らかになった時だろう。雅代は、それを俺たち自身に突き止めさせようとしている。

咲子は殺された——。

この四人の中に犯人がいる。雄一にとってみれば、三人だ。自分でないことだけは、はっきりしている。

正志か、千鶴か、鮎美か——。

思えば、自分だけが蚊帳《かや》の外にいた。別荘を飛び出し、その後、咲子と他の三人がどうなったのかを、雄一は知らない。聞かされたのは、咲子が飛び出したまま帰らない、ということだけである。そして、雄一が見た時、咲子のアルファロメオは、崖の下へ転落していた。

——あたしは、雄一さんが犯人でないことを願うわ。

鮎美は、そう言った。その逆のことを雄一は願っている。いや、そうであるはずがない。鮎美が、咲子を殺したなどということは想像すらできない。第一、そんなことをする必要はどこにもないのだ。

――あたしと咲子は友達なのよ。

鮎美は、雄一にそう言った。友達であることを終わらせる気持ちはないのだと、彼女は繰り返し言ったのだ。その鮎美が咲子を殺すはずがない。

では、正志か？

雄一は、向こうに寝ている正志を眺めた。正志はこちらに背中を向けていた。

この男は、咲子にアイスピックを突き刺せるような人間ではない。

――人を殴ったことはありません。

そう正志は言った。おそらく、あれは本当だろう。殴ることのできない男が、殺せるとは思えない。

千鶴か？

雄一は、首を振った。

それも考えられなかった。だいたい、千鶴は、四人の中で、一番真相の解明に積極的になっている。彼女が咲子を殺したのだとすれば、四分の一になるのはゴメンだ、などと主張するとは思えない。

では、誰だ？

血のついたタオルにくるまれていたアイスピック。咲子は、あれを持っていた。誰が、咲子の持っていたアイスピックを、このシェルターに運んだのか？　咲子自身でないことは、間違いない。ここに持ち込まれた時、タオルにはすでに血がしみ込んでいたのだ。ここへアイスピックを隠した人間が犯人だ。

鮎美の言う通り、それができるのは雄一も含めて、ここにいる四人しかいない。このシェルターの存在は、三田の家族を除けば、おそらくこの四人しか知らないのだ。四人とも、シェルターの入口が別荘裏の物置小屋の床にあり、その鍵が隅の棚に掛けてあったことも知っていた。

誰なのだ?

雄一は眼を閉じた。まだ、眠るまでには時間がかかりそうだった。

24

悲鳴が雄一の眼を覚ました。

「なにするの!」

はね起きた。正志が鉄梯子に上っているのが見えた。眼を見開き、千鶴のベッドを見つめている。悲鳴は千鶴が上げたものだった。

「どうした!」

雄一は、梯子の下へ駆け寄った。

「この人……」

と、千鶴が正志に指を上げた。正志は、唾を飲み込むような具合に、必死で首を振っている。その手がアイスピックを握っているのに気づいた。

「……この人、あたしを」

「違う、僕は、ただ――」

雄一は、正志と千鶴を見比べた。

「僕は、ハッチが開かないかと思って、それで……」

「ハッチ――」

千鶴は、正志から彼の頭の上のハッチに目をやった。その目を、正志の手のアイスピックに向けた。目を閉じ、胸の前で握りしめていた毛布を下ろした。

「おどかさないでよ。あたし、また、殺されるのかと思ったわ」

「そんなこと……ごめんなさい。驚かすつもりはなかったんです」

雄一は、ふう、と息を吐き出した。目を返すと、鮎美がベッドの上で肩をすくめてみせた。

「それに、寝てる女の子を覗き込んだりするのは、あまり感心しないわよ」

「いえ、覗いてなんかいません。ほんとにすみません」

「嘘おっしゃい。見てたじゃないの。どいてくれる？　下りるわ」

「あ……はい」

正志が梯子を下りた。続いて千鶴が、そして結局、鮎美もベッドから下りてきた。

「どうした？　やらないのか？」

アイスピックを握ったまま、顔をしかめている正志に、雄一は言った。ハッチのほうを目で示すと、正志は首を振った。

「僕は、覗いたりなんて、してませんでした」

雄一は、笑いながら正志の肩を叩いた。

「千鶴の照れ隠しだよ。真に受けてるのか、お前。それに、女の子の寝姿を眺めるのは、さほど悪いことじゃないぜ。ずっと眺めているだけでいられるかどうかは、別だけどな」

「ほんとに、覗いてません！」

雄一は、また笑い、千鶴や鮎美に続いて流しのほうへ行った。

「かわいそうよ」

と鮎美が笑いを含んだ眼で、雄一に言った。

三人は交替で顔を洗った。見ると、正志は梯子に上り、ハッチの隙間にアイスピックの先を差し込んでいた。

「どうだ？　うまくいきそうか？」

声を掛けると、正志は梯子の上で首を振った。

「だめです。アイスピックのほうが折れそうだ」

「あまりむりやりにやるなよ。そいつは証拠品でもあるんだから」

正志は、ハッチの隙間を何度かアイスピックで突き、あきらめたように下りてきた。そのまま床にしゃがみ込み、床に眼を寄せている。床の上を、指でなぞった。

「どうした？」

「え？　いや……」

正志は、三人のところへやってきた。床に拡げられたままのタオルの上にアイスピックを置き、流しへ手を洗いに行った。

雄一は、正志の行動が気になって、梯子の下へ行った。正志が見ていたあたりの床を見つめる。白っぽい粉が、薄く床に落ちていた。そこに正志の指の跡が一筋ついている。

雄一は、粉を指につけてみた。眼の前へその指を寄せ、指先についた粉を眺めた。粒の不揃いな白い粉。親指と人差指をこすり合わせてみると、大きな粒が砕けて散った。

雄一は、ハッチを見上げた。

梯子を上り、ハッチのレバーハンドルをつかんだ。つかんだまま、揺すってみる。

軸を失った蝶番のあたりから、白い粉がほんの少し、筋を引くようにして床へ落ちた。

「食事にしない？」

後ろで、千鶴が呼んだ。

雄一は、ああ、と答え、梯子を下りた。下りてから、もう一度ハッチを見上げた。

かわりばえのしないカロリーメイトの食事を終え、四人はなんとなく床のあちこちに散らばって座った。アイスピックを遠巻きにしたような感じになった。

「煙草がほしい」

鮎美が言った。自分の親指をくわえ、吸うような表情を作った。

誰かが口を開くのを、全員が待っているような雰囲気だった。鮎美が、その役目を引き受けた。

「はじめましょうよ」

「何からはじめる？」

雄一が訊いた。

「何からでもいいわ。ルールがあるの？」

「嘘は言わないこと」

と千鶴が言い、それに鮎美が付け加えた。

「犯人以外はね」

千鶴が肩をすくめた。

「やっぱりさ」と雄一は言った。「俺たちの目の前にある、この証拠品からはじめるべきなのかな？」

「そうね」と千鶴。「犯人は、このアイスピックに近づくことのできた人間よ」

正志が顔を上げた。

「そんなのは、誰にだって言えますよ。アイスピックはアイスボックスの中に入ってたんですから。誰だって近づけた」

「いや」と雄一は首を振った。「俺が言ってるのは、そういうことじゃない。そのアイスピックは咲子が持っていたんだ。咲子は、アイスピックをタオルでくるんで持っていた」

「それは何のため？」

と鮎美が訊いた。

「わからない。想像でしかないが、あの時、咲子はかなり興奮していた。千鶴と取っ組み合いをやって、そのすぐあとだ。アイスピックを隠すように持っていたということは、それで何かをやろうとしていたんだと思う」

「何を？」

「自分の苛立った気持ちを、それで解消できるようなこと……」

千鶴が、覗き込むように雄一を見た。

「雄一さんが言いたいのは、殺意を持っていたのは、あたしたちの中の誰かじゃなくて、咲子のほうだったたってこと？」

「かも知れない」

「とすると、犯人は、咲子が殺したいと思うほどに憎んでいた人物ね。あなたと、鮎美だわ。咲子は、雄一さんを鮎美に奪われて、それで逆上したんだもの」

「あら」と鮎美が見返した。「千鶴、あなたは安全圏？」

「あたし？　ああ、あたしと喧嘩したんだものね。そうね、直接咲子と取っ組み合いしたのは、あたしか」

「ということは、動機関係で圏外にあるのは、正志君だけということになるわね」

雄一は、あの時の状況を思い出した。

咲子は、客間に雄一が入って来たのを見て、タオルでくるんだアイスピックをふりかざすようにしたのだ。それを振り上げながら、叫んだ。

――来ないで！

「いや」と雄一が言った。「たしかに動機はないが、状況によっては、正志もまったくの安全圏とは言えないな」

正志が眼を見開いた。

「どうして……？」

「俺や鮎美や千鶴の場合、咲子はアイスピックをふりかざして向かってくるかも知れない。格好としては、それが咲子の手から奪い取られて、逆襲されたということになる。君の場合、咲子が向かって行く可能性は少ないかも知れないが、咲子がそのアイスピックを持っていたのを見たかも知れない」

「え？　僕は、見ていません」

「いや、待てよ。咲子が手にしているアイスピックを見て、君は彼女がなにをしようとしているのかを悟った。それで咲子の気を鎮めようと近づいた。ところが、逆上していた咲子は、うるさい、と君にアイスピックの先を向けた」

「嘘です！　そんなことはなかった。嘘だ」

「いやいや」と雄一は正志に手を上げた。「可能性ということで言っただけだ。そういうことだってあり得るという話だよ」

「あり得ませんよ、そんなこと。毛利君の言ってることはメチャクチャです」

「だいぶ絞れたじゃない？」と鮎美。「これで、アイスピックを持った咲子を逆襲できるチャンスを持っているのは、この四人全員だってことになったわけよ」

「鮎美ちゃんまで……そんなこと」

正志が非難するような眼を鮎美に向けた。

うーん、と千鶴がうなった。

「チャンスからいくのは無理みたいねえ。どうやったらいいのかしら」

「こうしないか」と雄一は三人を見渡した。

「あの喧嘩の後の一人一人の行動を検討しよう。俺は、すぐに別荘を飛び出しちまったから、あの後のことをよく知らないんだ」

「いいわ。ただ、言っておくけど」と千鶴が雄一を睨んだ。「一人だけで行動したことについては、証拠にならないわよ。二人以上の証言がある場合に限り、正しいということにしなきゃ」

雄一は、わかったわかった、とうなずいてみせた。

「まあ、その点からいくと、俺はまったく不利だけどね。ずっと一人で行動してたからな」

「そうよ。あなたは一人で別荘を出て行った。その後を咲子が追った。アイスピックをアルファロメオの助手席に載せてね」

「千鶴、待ちなさいよ」と鮎美が口を挟んだ。「まず、一人一人の行動を聞くことでしょう？　想像を働かせるのは、その後よ」

「いいわ」と千鶴は肩をすくめた。「じゃあ、雄一さんのから聞くわ」

雄一は、ありがとう、と鮎美に言った。

「どこからはじめるべきかな」

「当然、別荘から出たところから」

「そうだな。咲子を追って客間に行ったが、あいつはどうしようもなく荒れていた。それで、どうでもいいという気持ちで別荘を出たんだ」

「どうして出たの？」

「面白くなかったからさ。なにもかも面白くなかった。一人になりたい気持ちもあったし、自分を落ち着けようとも思った。誰も別荘の前庭にはいなかった。だからそのまま道へ出たんだ」

「あたし」と鮎美が言った。「あなたが出て行くのを見たわ。声を掛けたのよ」

「うん。聞こえたような気もする。よくわからない。とにかくむしゃくしゃしてた。山道を下って、ただ歩いた。国道に出て、街に入った。日が暮れかかっていた。駅のほうまで歩いて、ゲームセンターに入った」

「ゲームセンター？」

「ああ。さほどやりたいと思ったわけじゃないが、そこで千円だけゲームをやった。そこを出て、ディジーに行った。カウンターでビールを飲んで、別荘に電話を入れた」

「なんのために？」

と千鶴が訊いた。

「正直に言うよ。俺は、もう別荘へ戻る気がしなかった。鮎美に電話して、一緒に帰ろうと言うつもりだった。実際、そう言った」

「ええ」と鮎美がうなずいた。「そう言ってたわ」

「電話にはまず君が出たね」と雄一は千鶴を見た。千鶴がうなずいた。「君と少し話をして、その時に、俺は咲子が別荘を飛び出したことを聞かされた。正志もいないと言ってた。電話を鮎美と代わってもらって、一緒に帰ろうと言った。鮎美は、咲子とのことを、ちゃんとしてからにすべきだと言った。その通りかも知れなかったが、その時の俺は、そんなことはどうでもいい感じだった。ただ、鮎美は、あとでまた電話するようにと俺に言って、電話を切った」

鮎美がうなずいた。

「あなたは、興奮してたわ。だからすぐに咲子に会わせないほうがいいと思ったの。あたしがなんとか咲子と話をしようと思ってたのよ。自信はなかったけど」

「電話の後、俺の横に座っていた妙な女が話し掛けてきた。その女は、話の様子からすると男に逢いに来てふられたみたいだった。俺がむしゃくしゃしてるのを見て、同類だと思ったんだろう。話し相手が欲しかったんだろうな。でも、俺にはただうるさいだけだった。だから女に、あっちに行け、と言った。すると女は、わけのわからないことを言って俺にタバスコの壜を投げつけ、店を出て行った。それから、三十分おきぐらいに別荘へ電話を入れたが、誰も電話には出なかった。どうしようかと思いながら駅前の噴水でシャツを洗っていたら、君らが車でやって来たんだ。そのあとのことは、みんなと一緒だったから、言う必要もないだろう」

千鶴は、しばらく雄一の顔を見つめていた。一つうなずき、口を開いた。

「じゃあ、あたしね。都合がいいと言われるかも知れないけど、あたしの場合、たいてい誰かと一緒にいたわ。咲子があたしを殴って、あたしもやり返して、結局、取っ組み合いみたいなことになったわ。それは、みんながいたわね。まあ、実は、その時の気持ちは雄一さんとおんなじ。もう、こんなところにいられるものかって思った。くやしいけど涙が出てきて、それで庭のほうへ行った。鮎美と正志君があたしを捕まえにきたわ」

「捕まえにじゃない」と鮎美が訂正した。「心配だったのよ」

「そうね。だけど、頭にきてたし、鮎美や正志君を振り切って、庭から林のほうへ行ったんだと思うわ」

「そうよ。どんどん行っちゃうんだもの。正志君がようやく押さえてくれたのよ」

「二人にいろんなことを言われたわ。だけどほとんど覚えてない。鮎美は、途中でどこかへ行ったわ」

「別荘から雄一さんが出て行くのが見えたの。それであたし、そっちも心配になって、正志君に千鶴のことを頼んで追い掛けたのよ」

「俺を？」と雄一は鮎美を見返した。「俺を追っかけて来てたの？」

「そうよ。あなたの足が速すぎて、追いつけなかったわ。だから、バイクか車で追い掛けようと思って、一度別荘のほうに引き返したのよ。別荘に帰ったら、正志君がどうしたのかって訊いて、わけを話したの。じゃあ、僕が追い掛けるからって、君は千鶴さんを見ててくれって」

正志が、鮎美にうなずいた。

「待ってよ」と千鶴が口を入れた。「あたしの番じゃなかったの？」

「あ、ごめん。でも、ほとんど一緒にいたんだから、同じことでしょう？」

「まあ、そうね。あたしは、雄一さんが出て行ったのを知らなかったし、鮎美や正志君が追い掛けたのも気がつかなかったけど、そういうことよ。しばらく林の中を歩き回った。正志君が、戻ろうって言って、あたりも暗くなりはじめてたし、戻ったの。あたし、リビングに入ったけど、咲子はいなかった。鮎美も、雄一さんもいなかった。あたし、荷作りするからって正志君に言って、二階の寝室に上がったの。ああそうね、その時には、あたしも一人になったわけだわ。荷物をスーツケースに詰めていたら、鮎美がやってきた。帰るわ、みたいなことを言うと、鮎美が待ちなさいってあたしを引き止めた。こういうのはいやだからって。必死になって言ったわ。そんな言い合いを鮎美としてたら、表で車の音が聞こえたの。鮎美と二人で二階から下りて、庭を見たら、アルファロメオが出て行った後だったのよ。どうなってるのかよくわからなかった。とにかく、咲子は出て行っちゃうし、雄一さんもいない。正志君もいないし、別荘にはあたしと鮎美だけよ。帰ろうと思ってたんだけど、なんとなく不安になってしまって、そんなところに雄一さんから電話が掛かってきたの。正志君がバイクで戻って来たのは、それから少ししてから。三人で、咲子と雄一さんはどうしたんだろうって話をしてたの」

千鶴は、溜め息をついた。

「しばらくして、捜しに行ったほうがいいんじゃないかってことになったのよ。雄一さんがデイジーから電話を掛けてきてたから、街にいるんだろうって、あたしは言ったんだけど、正志君がアルファロメオとすれ違わなかったって言うのよね。正志君は街のほうに行ったんだって。咲子がアルファロメオで街に向かったんだとしたら、すれ違うはずだって。だから、逆の道から行ってみようってことになったの。もうだいぶ暗くなってて、怖かったけど、あの崖の近くを通ったら、崖の先のほうに赤いものが見えたのよ。それで、行ってみたの。アルファロメオだった。車だけあって咲子はいなかった。そのあたりを懐中電灯で捜し回ったんだけど、どこにもいないの。しばらく、そこにいたと思うわ。正志君が、街へ行ってみようって言い出した。咲子が帰ってくるかも知れないから、あそこで待ってればとも思ったんだけど、なんとなく怖かったし、それに咲子がいるような気配はどこにもなかったし、それで街へ行った。ディジーに行って訊いてみたら、たしかに雄一さんみたいな人はいたけど、女の人と喧嘩して出て行ったって言うのよね。それで駅前まで戻ったら、あなたがTシャツを洗っていたんだわ」

雄一は、順を追って、頭の中で状況を整理してみた。どうも、合点のいかないところがあった。鮎美のほうを向いた。

「君は、ほとんど千鶴と一緒にいたわけだ」

「そうよ」

「つまり、君は、別荘を出た僕を追い掛けた。ただ、追いつかなかったから、別荘に引き返した」

「ええ、正志君がいたわ。それで車のキーを貸してって言ったの。どうするんだって正志君が訊いたから、あなたが山道を下りて行ったことを話したのよ。そしたら、僕が行くからって」

正志がうなずいた。

「僕も正直に言わなくちゃいけないですね。ほんとのことを言うと、鮎美ちゃんにキーを渡したくなかったんです。毛利君のことは、どうでもよかった」

「だろうな」

と雄一はうなずいた。

「ええ。鮎美ちゃんに毛利君を追い掛けるようなことはさせたくなかったんです。だから、僕が行くと言った。それと、もう暗くなってきてました。女性が出て行くのは心配でもあったから。千鶴さんは荷物をまとめるって言って二階に上がったままみたいだし、千鶴さんのことは、やっぱり女同士のほうが都合もいいだろうから、鮎美ちゃんには彼女を頼んだんです。まあ、追っ掛けるって言った手前、出掛けなきゃしょうがないし、でも、車で行くほどの気持ちがしなかったから、バイクで行きました。車で行って、毛利君を見つけたら、なんとなく乗せなきゃならなくなるでしょう？いやだったんですよ。一応、それでも街のほうへ行きました。僕にも、毛利君に言いたいことがありましたから。ただ、毛利君には追いつかなかった。街まで行くとも思わなかったんです。歩くとずいぶん距離がありますからね。どこか途中で脇道に入ったんだろうと思って、あちこち入ってみたんです。結局、見つからなくって、別荘へ戻りました。そしたら、咲子さんも出て行ったって聞いたんです。あとは、千鶴さんや鮎美ちゃんと一緒でしたから」

雄一は、三人を見渡した。

一応、これで全員の行動が出たことになる。ただ、雄一には、決定的に妙に思える点が一つあった。

咲子の存在の欠如である。

雄一が別荘を出てから、咲子がアルファロメオで飛び出して行くまで、誰の行動の中にも、咲子は登場してこなかった——。

25

「繰り返しになるが」雄一は、三人を見渡した。「確認しておきたいんだ。咲子を最後に見たのは、いつだ？」

「バルコニーですよ」正志が言った。「千鶴さんと喧嘩をして、リビングのほうへ駆け込んで行った。その時です」

「君も？」

と雄一は鮎美に訊く。

鮎美はうなずいた。

「あたしも、そうね」

千鶴が訊かれる前に答えた。

雄一は頭を掻いた。千鶴を見返した。

「咲子が、アルファロメオで出て行ったのは、それからどのぐらい後なんだ？」

「そうねえ……」千鶴は眉を寄せ、鮎美のほうへ視線を移した。「どのぐらいかしら？　けっこう時間経ってたわね」

「よく覚えてない」と鮎美。「時計なんか見てなかったし。暗くなってたことはたしかだと思う」

雄一は、デイジーで時計を見たのを思い出した。電話を掛けようと思った時、別荘を出てから二時間近く経っていた記憶がある。

「俺が電話を掛けたよな。その時はもう出た後だったわけだな」

「そう」

「電話のどのぐらい前だ？」

「そうねえ、三十分ぐらい前かしら」

とすると、咲子が飛び出したのは、雄一が最後に客間で見た時から一時間半ほど後だったことになる。

雄一は、額のあたりをごしごしとこすった。

「どう考えるべきなのかなあ……」

「どうって、何を？」

鮎美が訊き返した。

「咲子のことさ。電話の三十分ぐらい前だったとすると、咲子は一時間半ぐらいの間、何をやっていたんだろう」

「何……って」

「だって、そうだろ？　喧嘩をやってその後、あいつはアイスピック持って客間に飛び込んだ。俺が別荘を出た時には、あいつ、客間にいたんだぜ。君たちの誰も、その後で咲子に会ってないんだろう？　一時間半だ。そんな長い時間、あいつ、どこで何をやってたんだ？　君らの誰とも顔を合わさずにさ」

「……客間にいたんじゃない？」

「ずっと？」

「違うの？」

「わからん」

「ちょっと、いい？」と、千鶴が口を入れた。「その一時間半が、どうして問題なの？　あたしは問題なのはむしろそのあとだと思うんだけど」

「飛び出した後ってことか？」

「そうよ。咲子はアイスピックを車に載せて出て行ったわ。彼女が殺されたのは、その後なんだもの」

雄一は顔をしかめた。

「うんざりしてくるな。また繰り返すのか？　俺を追い掛けたって言うんだろ？」

「ううん、違う。それもあるけど、追い掛けたかどうか、それは別の問題で、大切なのは、咲子が飛び出した後、別荘の外に出ていた人に彼女を殺すチャンスがあったということよ」

「あ……」

と正志が声を上げた。千鶴を見つめ、大きく首を振った。

「僕だって言うんですか？　僕も外にいたってことを言ってるんでしょう？」

「そうよ」と千鶴はうなずいた。「あなたは鮎美に代わって雄一さんを追い掛けて行ったわ」

「違います。僕は咲子さんを殺したりしない。そんな理由がないじゃないですか」

「理由があるかないかってのは、もうカタがついたことよ。アイスピックを持っていたのは咲子のほうだもの。あたしたちは、全員、容疑者。解明していかなきゃならないのは、誰が、咲子と会うチャンスがあったかってことだわ。あなたにはあった」

「いや、僕は会っていません」

「すれ違わなかったって、あなた言ったわね。だけど、それはあなた一人の言葉よ。

あなたがバイクで出たその後で、咲子は別荘を出て行ったわ。あたし、やっぱり咲子は雄一さんを追って行ったんだと思う。だから街へ向かったのよ」

「違いますよ。僕は――」

「ちょっと待ってよ。あたしの言うことをちゃんと聞いてちょうだい。否定するのは結構だけど、そんなに頻繁にやられたら、話にならないわ」

「正志君」と鮎美がうなずいた。「千鶴の言う通りだわ。まず聞きましょうよ」

正志が下を向き、千鶴は、どうも、と鮎美に礼を言った。

「あたし、こう思うの。咲子はね、客間にいたわけでしょ？　客間は玄関の脇にあるし、庭で誰かが話してる声なんかだったら聞こえるわ。鮎美が帰って来て、正志君にキーを貸してって言ったわね。雄一さんが街のほうへ下りて行ったからって。それを正志君が引き止めた。自分が行くから鮎美ちゃんはあたしのほうの面倒をみてやれってね。それで正志君はバイクに乗って出て行き、鮎美は二階にいるあたしのところへやってきた。それを、咲子は客間から聞いていたのよ。雄一さんが街のほうへ行ったって言うのを聞いて、咲子も車に乗ったんだわ。一方、正志君は、あまりその気がなく坂をタラタラと下りてた。後ろからアルファロメオがやって来た。正志君はそれに気づいて手を上げ、咲子の車を停めた」

千鶴は、言って正志を見返した。正志がゆっくりと顔を上げた。

「どうぞ」

「反論してもいいですか？」

「時間的にはそうかも知れないですね。でも、僕は咲子さんに会っていません。あちこちの脇道にそれたりしてたから、もしかしたらその間に追い抜かれるようなことはあったかも知れない。でも、僕は会っていません」

千鶴が溜め息をついた。

「水掛け論ね。こういうんだと。ただ、あたしは、嘘をついているのは、正志君か雄一さんのどちらかだと思う。あたしと鮎美でないことは確かよ。あたしたちは、ずっと別荘にいたんだもの」

「ちょっといいか？」と雄一が言った。「そう限定するのは、早いような気がするんだがね」

千鶴が雄一を見返した。

「早い……？　どういう意味？」

「君は、咲子が殺されたのは、別荘の外だと決めて掛かってるみたいだからさ」

千鶴は眼を見開いた。

「……だって、そうじゃないの。咲子がアルファロメオで出て行って――」

「君は、それを見たのか？」

「え？」

「君は、アルファロメオが出て行くのを見たのか？」

千鶴は鮎美を見た。鮎美は雄一を見つめていた。

「鮎美、君はどうだ？　アルファロメオが出て行ったのを見たのか？」

「あたしは……音を聞いたわ」

「音だけ？」

「……そう」

「千鶴、君の話でも、そうだったな。君と鮎美は、二階でエンジンの音を聞いた。それで下りてみたら、アルファロメオが出て行ったあとだった。そうだろう？」

「うん……でも」

「出て行ったあと、というより、庭を見たら、アルファロメオがなかったということなんだろう？」

「………」

「つまり、咲子が出て行ったところは、誰も見ていないわけだ」

「ねえ」と千鶴は恐れるようにして雄一を見つめた。「それ、どういうこと？」

雄一はひとつうなずいた。

「どうも、おかしいと思うんだよ。誰も、咲子を見ていない。あの時の咲子は興奮状態にあった。俺が飛び出した時もそうだ。あいつの神経は、尖りっぱなしの状態になっていた。それが一時間半も、客間の中でじっとしてたなんて、どうも俺には考えられない。あいつは自分のむしゃくしゃした気持ちを、誰かにぶつけたいと考えていたはずなんだ。だから、俺を追い掛けるというのはわかる。でも、俺を追い掛けて来るなら、そんな一時間半も経ってからじゃないと思うんだ」

「……………」

「考えておくべきことが、もう一つある。アイスピックだ」

全員の目が床の上のアイスピックに注がれた。

「咲子は、あれで殺された。血液検査をやったわけじゃないから、そう結論するのは問題かも知れないが、状況から判断して、そう考えるのが一番妥当だろう。とすると、逆にあの崖はなんだったのかってことになる」

「事故に見せ掛けるために……」

と正志が、小声で言った。

「そういうことだ。咲子を殺した時、アルファロメオがどこにあったのかということは問題じゃない。一番、俺たちが問題にしなきゃならないのは、咲子がいつ、どこで殺されたのかってことだよ。アイスピックで殺されたんだとしたら、それは、べつに別荘の外である必要はないんだからね」

「………」

千鶴が唾を飲み込んだ。

「別荘で……殺されたって言うの？」

「その可能性はないか？」

「でも、だって……」

「アルファロメオは、咲子の死体を処分するために使われたんだ。アイスピックが咲子を殺したんなら、あの車が崖から落ちた最後の瞬間、咲子はすでに死んでいたはずだからね。では、咲子の死体は、いつアルファロメオに積まれたのか？　いいか？　こういうことも充分に考えられる。別荘をアルファロメオが走り出て行った時、すでにその車に咲子の死体が載せられていた」

「そんなこと……」

「そうです」と正志がうなずいた。「充分に考えられることですよ。要するに、ということは、犯人は別荘にいた人間だということになるわけです」

ふう、と鮎美が息を吐き出した。

「あたしにも、咲子を殺すチャンスを作ってもらえたわけね。とにかく、みんな一人でいた時間を持ってるわ。その時間がポイントね。あたしだと……雄一さんを追い掛けた時間がそうね。あたしは雄一さんを追い掛けないで、咲子を殺していたってこともあり得るわけでしょう？」

「まあ、そうだ」と雄一はうなずいた。「千鶴がやったように想像をふくらませてみれば、鮎美は俺を見掛けて別荘のほうへ戻って来た。すると俺を追い掛ける咲子に行き当たった。咲子の手にアイスピックが握られていた」

「あたしは、何をするつもりだって咲子につめ寄るわけね。すると咲子は逆にあたしにアイスピックを向けてきた。揉み合いのようなことになって、あたしは咲子の手からアイスピックを奪い、咲子を刺した——そういう展開？」

「になるかな」と言いながら千鶴のほうへ雄一は目を向けた。「千鶴にも、おなじような展開が考えられる」

「あたし？」と千鶴が眼を剝いた。「あたしにはチャンスが……」

「ないか？　そんなことはないだろう。君は正志と一緒に別荘へ戻って来た。荷物をまとめると言って、君は二階へ上がった。ところが、その二階に咲子がいた。咲子の荷物だって二階に置いてあったんだからね。そこで、バルコニーで行なわれた喧嘩が再開された。ただ違っていたのは、今度はアイスピックがあった」

「だけど！」と千鶴が声を上げた。「あたしや鮎美は違うわ」

「なぜだ？」

「だってアルファロメオが出て行った時、あたしたちは別荘の中にいたのよ。別荘の中にいたあたしたちがアルファロメオを運転できるわけがないでしょう？　それができるとしたら、あなたか正志君だけよ」

雄一は、ゆっくりと正志のほうを向いた。正志は、大きく息を吸い込み、ぶるぶると首を振った。

「僕じゃありません。僕は、アルファロメオを運転していない」

雄一は肩をすくめた。

鮎美が笑い出した。

「失敗みたいね、千鶴。堂々めぐりだわ、お前だ、いや僕じゃない。あなたただ、あたしじゃない。立証なんてできないわ。このゲームは失敗よ」

「ゲームじゃないわ！　これは遊びじゃない！」

「あたしだって遊びだとは思ってないわよ。でも、いくらやってみても、同じことじゃないの。咲子が、いつ、どこで殺されたのか、それもわからないのよ。別荘の中だったのか、外だったのか。アルファロメオを運転して別荘を出たのは咲子自身だったのか、それとも犯人か、それだってわからないじゃない。証拠なんてなにもないんだもの」

「だけど……」と千鶴は、タオルの上に転がったアイスピックを見つめながらつぶやいた。「だけど、誰かが咲子を殺したのよ」

雄一は床から立ち上がった。ベッドのほうへ歩き、その下でゴロリと横になった。

自分の床の下にあるインタホンのことを考えた。

雅代は、今のやりとりを聞いているだろうか？　どんな気持ちで聞いているのだろう。あんたは、誰が犯人だと思っているんだ？

――お前たちが殺した。

トイレの壁の赤い文字を思い浮かべた。

結局、そういうことなのか？

雄一は、小さく溜め息をついた。

26

ふと、首を上げた。

鉄梯子の上を見上げる。銀色のハッチ。床に落ちた粉……。

そろそろと身体を起こし、雄一は梯子を上った。ベッドのフレームにつかまりながら、ハッチのレバーハンドルを力一杯、揺すってみる。また、白っぽい粉が、ほんの少し蝶番のあたりから落ちた。

ハッチのガタつきは、以前に比べれば大きくなってきている。表面を拳で叩いてみると、ガンガン、とハッチが微動するのが見える。

蝶番が壊れているにもかかわらず、ハッチが外れないということは——雄一は、床に落ちた白い粉を見下ろしながら思った。このハッチは、上でなにか別のものによって固定されているのだ。粉は、その固定しているものから落ちている。

どうも、梯子の上での作業というのはやりにくかった。ベッドのフレームを握りなおし、ハッチを足で蹴り上げようとして、まてよ……と、雄一はベッドを見返した。フレームを握りしめる。

これがあった……。

「おい、正志」と、雄一は声を上げた。「ちょっと手を貸してくれ」

言いながら、雄一はベッドのフレームを揺すってみた。吊りベッドだから、簡単に上下に動く。フレームの向こう側が壁に固定され、こちら側は二本の布のバンドで天井から吊られている。

「どうしたんです？」

「このベッドを外したいんだ」

「ベッドを外す？」

「ああ、こんなに大きな道具を見落としていた」

「あ」

正志もそれに気づき、眼を見開いた。フレームを吊っているバンドを外しはじめると、正志も、もう一方のバンドをゆるめはじめた。留め金具を起こすと、バンドはフレームから簡単に外れた。

「よし、やるぞ！」

雄一は正志に声を掛け、フレームを両手に握りながら、力一杯引っ張った。見ていた鮎美と千鶴も二人のところへ駆け寄り、一緒に手をかける。

「まともにただ引っ張ったってだめだ。ねじるようにやらなきゃ。いいか？　そっちのほうへ引くからな」

「わかったわ」

「せえの！」

全員でベッドのフレームを引っ張る。フレームの根元で、ビチッ、という音がした。

「うまいぞ、せえの！」

ガクンと、フレームが動き、その勢いで全員が重なり合うようにして床に倒れた。壁から、フレームが外れて四人の身体の上に乗っていた。

あはは、と鮎美が笑い出した。眼に涙が浮かんでいる。

「痛いわよ、正志君、あたしの足をクッションにしないで」

「あ、ごめんなさい」

全員の口から笑い声が立った。

「ようし、やるぞ！」

雄一は、フレームを両手でつかみ、ハッチを見上げた。

全員がほとんど同時に立ち上がる。雄一は、ハッチの下へ行き、フレームの下のほうをしっかりと握りしめた。

「危ないぞ。後ろへさがっててくれよ」

そう言い、ハッチめがけてベッドのフレームを突き上げた。

ガン、という大きな音がシェルター中に響き渡った。フレームがあたったあたりのハッチが、ほんの少しへこんでいる。白い粉が、雄一の頭に降ってきた。

「僕もやります」

正志が、フレームの反対側を持ちに来た。二人で力を合わせ、ハッチを突き上げる。五回、十回……次第に、ハッチの動きが目に見えてきた。隙間から落ちる白い粉の量が増えていく。

後ろで鮎美と千鶴が声を揃え、そーれ！　と掛け声をかける。それに合わせ、雄一と正志はフレームをハッチに叩きつけた。

二十数回、それを繰り返した時だった——。

ガキン、とこれまでにないような大きな音が鳴り響き、ハッチがずれたように動いた。白い埃があたり一面に舞い上がった。

「大丈夫？」

鮎美が、咳込みながら声を上げた。

「……………」

雄一と正志は、目の前の埃を手で払いながら上を眺めていた。

ハッチが斜めに傾いて揺れている。なにかに吊られているような揺れである。二、三センチほど開いたハッチと天井の隙間から、黒い穴が覗いている。ハッチは、落ちることなく、ぶらぶらと揺れ続けていた。

雄一は、少し後ろへ下がり、ベッドのフレームを持ち替えた。それをハッチと天井の隙間へ差し込む。力を加えながらフレームを押し込み、そして押し上げた。

ギギギギ、と金属のこすれ合うような音がして、手にもその振動が伝わってくる。

「落ちるぞ、さがれ！」

雄一は、三人に声を掛けた。

次の瞬間、ギン！　という大きな音とともに、フレームに反撥していた力が消え、同時に、派手な音を立てて、ハッチが床に落下した。

「……………」

もうもうとした白い埃の中で、雄一は天井に開いた穴を見つめた。

それは、穴ではなかった――。

「コンクリートだ……」

正志が、隣で気の抜けたような声を出した。

穴は、完全にコンクリートで塞がれていた。灰色のコンクリートが中央だけ割れ、そこから針金が数本、垂れ下がっている。

三田雅代のやったことが、おぼろげに見えた。雅代は、ハッチの上面につけられた手すりとその上の通路管にある手すりとを針金でしばりつけて固定し、さらにそこにコンクリートを流し込んでいたのだ。

コンクリートの埃を避けて、四人はいったん流しのほうへ離れた。誰も、口をきかなかった。千鶴が、つづけざまに咳込んだ。鮎美が背中をさすってやった。

千鶴が顔を上げた時、その頬に涙が筋を作っていた。

27

アイスピックが役に立つことになった。

鉄梯子に上り、穴を塞いでいるコンクリートをアイスピックで削る。やってみると、想像していたよりコンクリートは削りやすかった。おそらく、土木工事に雅代が不慣れだったからだろう。セメントと砂と砂利の混合が適切でなかったためか、あるいはコンクリートを流し込んだ時の不手際か、突いてみるとあちこちに気泡のような小さい空間ができている。もちろん、削りやすいとは言っても、造作なくというわけにはいかなかった。アイスピックの先でコンクリートの表面を数度突いてやると、小石ほどの大きさの固まりが落ちるといった程度なのだ。しかし、びくともしないかに見えたハッチと格闘している状態と比べれば、これは格段の違いだった。

最初は、ベッドのフレームでコンクリートを壊すことも試みたが、穴の口径がフレームよりも小さく、アイスピックに頼る以外に方法はなかった。

作業は、針金の通った中央の部分を拡げることから開始された。

「映画の主人公になったような気分だわ」と離れたところで作業を眺めている鮎美が言った。「捕虜収容所が舞台。あたしたちは脱走の穴を掘っている」

「その通りだな。ここは完璧な捕虜収容所だよ」

「映画だと、脱走は必ず成功して終わるのよ」

「そう願いたいね。はやくエンド・マークを出してくれ」

コンクリートを削る作業は、交替で行なわれた。雄一が削り、正志が交替し、鮎美が続き、千鶴が代わる。そして、また雄一。

埃まみれの作業だった。頭上のコンクリートを落とすのだから、どうしても埃をかぶる。雄一のハンカチをマスクにして頭の後ろでしばり、直接コンクリートの粉を吸い込まないようにしながら、四人は作業を続けていった。

上を向いてやる作業には苦痛が伴う。首と肩が痛くなり、腕の筋肉がつったように強張ってしまう。交替する回転が、次第に早くなった。

休んでいる者同士で肩をマッサージする。ほとんど会話はなかったが、コンクリートが次第に削れていくという事実が、全員の気持ちを一つにしていた。もう少しだ、と雄一は思った。身体の苦痛は、その思いがやわらげた。

正志と交替してトイレへ行くと、鮎美が出て来たところにぶつかった。

脇をすり抜けようとする鮎美の腕を、雄一はつかんだ。鮎美が、雄一を見つめ、小さく首を振った。

「一つ、言っておきたいことがある」

雄一は、小声で言った。

「俺の気持ちは変わっていない」

「状況が変わったのよ」

「あれは、一時のことか？」

「そう思ってくれていいわ」

「嘘だ」

鮎美は、首を振った。雄一につかまれた腕を、ゆっくりと外した。

「君は、俺を疑っているのか？」

「………」

鮎美が、まっすぐに見つめてきた。

「俺が咲子を殺《や》ったと思っているのか？」

「思ってない」

「じゃあ、誰だと思ってるんだ？」

ほんの少し、沈黙が流れた。

「あなたは、どうなの？　雄一さんは、誰が殺ったと思ってるの？」

「わからない。誰なのか、まるでわからない」

鮎美はうなずいてみせた。

「いいのよ、それで。わからないでいいの。それが一番いいのよ」

「言っておくが、信じてくれ。俺じゃない。君に疑われるのは耐えられない」

「あなたじゃないわ。信じるわよ」

ドアのほうに、人の気配がした。雄一と鮎美は、同時にそちらへ目を向けた。正志が立っていた。

「毛利君、何度も言ったはずです」

雄一は、正志のほうへ身体を向けた。

「俺も言ったよ。お前の指図は受けないってさ」

「正志君」鮎美が、苛立ったような声で言った。「あなた、なにをカリカリしてるの？　なさけない人ね」

「鮎美ちゃん……」

正志は、驚いたような表情で鮎美を見返した。

「勘違いしてほしくないわ。あたしを、自分の所有物かなんかみたいな顔するのはやめてちょうだい。まるでオヤジとおんなじだわ」

「…………」

正志の後ろから、千鶴が顔を出した。

正志は、並んで立っている鮎美と雄一を見比べた。鮎美のほうへ手を差し出した。

「なんなの？」

「こっちへ来て下さい」

鮎美は、大きく息を吐き出した。

「わからない人ね。いいかげんに——」

正志が鮎美に手を伸ばしたまま、歩み寄って来た。鮎美は、反射的に後ろへさがった。

「おい」

と雄一が、二人の間に割り込む。

「どいて下さい」

正志が雄一を押し退けようとし、雄一はそれを突き返した。その反動で背中が鮎美にぶつかった。

「あ」

鮎美がトイレの中へ倒れ込んだ。

「痛……」

「ごめん！　大丈夫か？」

雄一は、トイレの床に尻餅をつくような格好で倒れている鮎美を振り返った。トイレへ入り、鮎美の腕を取って引き起こした。

「ごめん」

鮎美は顔をしかめながら首を振った。右手を押さえながら、その手を自分の顔の前でかざすようにして見た。

「どうした……？」

「わからない。何か、刺さったみたいな……」

雄一は、鮎美の手を取った。掌に、ポツンと突いたような跡が赤くなっている。

「鮎美ちゃん、手を洗ったほうがいいですよ」

後ろから正志が言った。

雄一は、鮎美をトイレから出し、彼女が手をついていたあたりの床に目を凝らした。くすんだような光るものが、タイルの間の目地に見えた。銀色の小さな金属片だった。

「………」

雄一は、それをつまみ上げた。

細い鎖の先に丸い銀の玉をぶらさげたイヤリングだった——。

そう言えば、と雄一は思い出した。アイスピックを見つけた時、タオルの間から何か光るものが飛んだ覚えがある。

「なに？」

鮎美が、雄一の手元を覗き込んだ。

「イヤリング……？」

雄一はうなずき、それを手に載せたまま、部屋へ戻った。千鶴が横に並び、鮎美と正志がついて来るような格好になった。

「見せて」

鮎美が雄一の手からイヤリングを取り上げた。

「これ……咲子のだわ」

「咲子の？」

うん、と鮎美はうなずいた。

「どうして、あんなところに、こんなものが落ちてるの……？」

「アイスピックと一緒にあったみたいだな。これは小さいから、タオルから飛んで落ちたらしい」

「イヤリング……」

と正志がつぶやいた。雄一は、正志を見た。

「ちょっと、貸してください」

正志は、鮎美からイヤリングを受け取り、手の上に置いて眺めた。

「これ、咲子さんの、ですか？」

鮎美に訊いた。

「そうよ。あの日につけてたわ。千鶴、覚えてるでしょう」

千鶴は、戸惑ったような表情でうなずいた。その顔を、正志がみつめた。

雄一も思い出した。確かに、咲子の耳にイヤリングがあった。細かいデザインまでは覚えていないが、耳の下で揺れていたような記憶があるから、これだったかも知れない。

そうだ、客間で咲子を見た時、彼女は片方しかしていなかった。

正志が、顔を上げた。

「思い出しました。これ、僕、拾ったんです」

「拾った?」

雄一は正志を見返した。正志がうなずいた。

「拾いました。あの日に、あのベランダで」

「………」

雄一は、なんとなく鮎美と顔を見合わせた。

「どういうことだ?」

「取っ組み合いの喧嘩があった時、たぶん耳から落ちたんです。僕、ベランダに落ちてたのを拾ったんですよ」

「それが……」と鮎美が訊ねた。「どうして、ここにあるの?」

正志はうなずいた。

「それを僕も知りたいと思っていたんです」

「何、言ってるんだ?」

雄一は、正志の顔を覗き込んだ。

「あの時——つまり、咲子さんと千鶴さんが喧嘩した時、僕、千鶴さんを押さえましたよね」

「ああ」

「それで、咲子さんがリビングのほうに入って行って、千鶴さんは僕を振り切って庭の向こうへ走って行った。鮎美さんがその千鶴さんを追い掛けて、僕も行こうと思った時、足下にこれが落ちてるのを見つけたんです」

「うん」

「それで、拾って、そのまま千鶴さんのところに行きました。僕、これが咲子さんのか千鶴さんのか知らなかったんです。あまり見てなかったし。だから、林の中を千鶴さんと歩いてた時、これ千鶴さんのですかって、渡したんですよ」正志は、そう言って千鶴に向き直った。「千鶴さん、これ、千鶴さんに渡したイヤリングですよね」

千鶴が、眼を丸くして正志を見返した。

「どうして、これ、ここにあるんですか？」

「どうしてって……あたし、知らないわ」

「だって、おかしいじゃないですか。千鶴さんは、なんにも言わないで、このイヤリング受け取りましたよ」

「わからないわ。受け取った……と思うけど、そんなの知らないわ。あたし、捨てちやったもの」

「捨てた？　どこに？」

「わかんないわよ。どうして、そんなこと訊くの！　関係ないでしょう？」

「関係ないとは思えませんね。だって、トイレの中に、これ落ちてたんでしょう？

咲子さんがあの日にしてたイヤリングですよ。僕は、千鶴さんに渡したんだし」

「ちょっと、待ってよ」千鶴は、正志を睨みつけた。「なにが言いたいの、正志君」

「簡単なことですよ。アイスピックと一緒に、このイヤリングがあったってことは、
これは咲子さんを殺した犯人がここに持ち込んだものってことです」

「ばか言わないでよ！　あたしじゃないわ。捨てちゃったんだもの。どこかにいっちゃったのよ。知らないわ、そんなの！」

「………………」

三人が千鶴を見つめた。千鶴が首を振った。

「ほんとだってば！　捨てたのよ。どこかに落ちてるわ。それに、あたしが受け取ったイヤリング、片方だけだったじゃないの。もう片っぽがあるわ。これは、そのもう一つのほうよ」

千鶴は怖れるような目で三人を見渡した。

雄一は、正志の手からイヤリングを取り上げた。

「たしかルールとしては」雄一はイヤリングを指にぶら下げて振った。「一人だけで行動したことについちゃ、証拠にならないんだったよな。君の決めたルールだ。君が正志から受け取ったイヤリングを、どこかに捨てたってことは、誰も見てないぜ」

「嘘よ！　違う、ちがうったら！」

千鶴は、両手を振り下ろしながら叫んだ。髪を振り、違う、と言い続けた。鮎美のほうへ向き直った。鮎美の手を握った。

「ねえ、お願い……ほんとなのよ。あたしじゃないわ。あたし、捨てたんだから。ほんとなのよ。お願いよ、信じて」

鮎美が、困ったような表情で雄一を見返した。

28

「座らないか」

なんとなく行きそびれてしまったトイレをすませ、流しで手と顔を洗ってから、雄一はみんなにそう言った。

四つのコップにそれぞれ水を満たし、カロリーメイトの箱を四つ取り出した。鮎美が、やってきてそれぞれに配った。

雄一は、部屋の向こうで立ったままの千鶴にそう言った。

「千鶴、座れよ」

「信じてもらえないの？」

千鶴は表情をなくした顔で言った。

「まず、座れ。相変わらずのカロリーメイトしかないが、食事にしよう」

「あたし、嘘を言ってないわ」

「千鶴」と鮎美が振り返った。「座ろうよ。おかしいじゃないの。あなただって、雄一さんや正志君のことを信じてあげてたとは言えないでしょう？」

「それとこれとは違うわ」

「どう違うの？　同じことよ」

正志がカロリーメイトの箱を開けた。

「おにぎりが食べたいですね。こう同じものを食べてると、毛利君じゃないけど、実験動物になったような気持ちになってくる」

「なんだったら」と鮎美。「それを水でといてみたら？　オートミールみたいになるわよ。感じが変わっていいんじゃない」

くふふ、と正志が笑った。攻撃の矛先が千鶴のほうへ向いたことが、正志の気持ちを楽にしたらしい。

みんなが食事をはじめると、千鶴は硬い表情のまま、やや離れた場所に腰を下ろした。

「ひとつ提案があるんだ」と雄一は指についたカロリーメイトの粉をなめた。「ルールを変更しないか？」

「変更？」

鮎美が訊き返した。

「そう。千鶴の作ったルールは、二人以上の証言がない限り、証拠として取り上げないというものだった。一人だけが主張したものは認めてもらえない。でも、俺たちはみんなどこかで一人だけの時間を持っている。疑いは、全部、そこに集中する。結局、やった、いややらない、の繰り返しだ。そこでさ、考え方を変えてみたらどうかって思ったんだよ」

「どう変えるんですか？」

と正志は水を飲み干して訊いた。

「まあ、それぞれに相手を疑う気持ちがあるのは当然だけどね、でも、まず信用するところからはじめないか」

「信用する？」

「うん。誰が言った言葉も、それが否定されるまでは、正しいことにする。全員の言葉を正しいと肯定するところからはじめるわけさ」

言って雄一は千鶴を見た。雄一の言葉のどこかに罠《わな》があると思っているのか、千鶴は、眼を細めるようにして雄一を見返した。

「だけど、それだと全員がシロということになってしまうわ」

「そうだよ。全員がクロというところからはじめるんじゃなくて、全員がシロからはじめる」

「ようするに、雄一さんは、Tシャツについていたのは血ではなくて、タバスコだったってことを、まず認めてくれって言ってるわけね」

雄一は千鶴に微笑んだ。

「そう受け取ってもらってもけっこうだ。そして千鶴がイヤリングを捨てたことも、まずは認めることにしようというわけだよ」

「賛成」と鮎美がうなずいた。「そのほうがいいわ。疑い合っているより、ずっと好きよ、そういうほうが」

「正志、君はどう?」

雄一が訊くと、正志はうなずいた。

「いいですよ。僕にしてみれば、願ったり叶《かな》ったりですから。つまり、毛利君の言ってるのは、各人の証言の矛盾点を問題にして行こうということですね。ぶつかりあった証言があったとしたら、そこにこそ謎を解く鍵があると」

雄一は笑った。

「そこまで考えてないけど、ま、そういうことにもなるのかな」

「じゃあ」と千鶴が、息を吸い込んだ。「そのイヤリングは、もう片方のものだってことで信用してもらえるわけね」

雄一はうなずいた。

「食事するわ」

千鶴がカロリーメイトの箱を開け、三人は笑い声を上げた。

千鶴が食べ終わり、なんとなく空気が元へ戻ったところで、雄一はまた口を開いた。

「で、そのイヤリングについて考えたことがあるんだが――」

千鶴が目を上げた。

「なによ、話が違うじゃないの。それは、もう片っぽだって話がついたんでしょう？」

「いやいや」と雄一は手を振った。「そうじゃないよ。最後まで聞いてくれ。これが千鶴の手に渡ったイヤリングじゃないと仮定しての話だ。これがもう一方のイヤリングだとしたら、それがどういうことになるかを考えてみたんだ」

「ああ、ごめんなさい。いいわ。どういうこと？」

「どうして、このシェルターに咲子のイヤリングがあるんだろうと思ったんだよ」

「どうしてって……さっき正志君が言ったわ。犯人が持ち込んだものでしょう？　正志君はそれがあたしだって言いたいらしいけど」

千鶴が正志を見つめ、正志は首を振った。

「犯人が持ち込んだ。なぜだ？」

「なぜ？　隠すためじゃないの？」

「考えてみてくれよ。アイスピックはわかる。それを隠したいという気持ちはね。凶器だからね。でも、イヤリングは凶器じゃない。犯人にとって、どうしてこれを隠す必要があるんだろう？」

「ああ……」

千鶴が、そういえばそうだ、という感じでうなずいた。雄一は、鮎美と正志のほうを見た。

「そうですね」と正志が言った。「毛利君の言う通りですね。犯人は咲子さんの死体を崖に運んで事故に見せ掛けた。そこにアイスピックがあったら、それはマズイですよね。事故にアイスピックや血のついたタオルは、疑惑を招くもとですから。でも、イヤリングは関係ないですよね。そんなものがあっても、疑いを招くようなことはない……」

「どうしてだろ」と鮎美はカロリーメイトの箱に載っているイヤリングを見つめた。

「雄一さんは、どう考えたの？　なにか思いつくことがあったんでしょう？」

「ああ。単純なんだ。犯人が持ち込もうとしたんじゃないってことさ」

「…………」

千鶴が座ったまま、雄一のほうへにじり寄った。

「それ、どういう意味？　犯人が持ち込まないものが、どうして、ここにあるのよ？」

「犯人が持ち込んだんじゃないとすれば、持ち込んだ人間は、ただ一人しかいないだろ？」

「ただ一人……」

とつぶやき、え？　と目を見開いた。雄一はうなずいた。

「咲子だ」

千鶴の眼が当惑したように瞬いた。

「あ、あの、ちょっと」と正志が言った。「咲子さんが持ち込んだって、それ、どういう意味ですか？」

「持ち込むというかさ、咲子がここにくれば、耳につけているイヤリングが落ちるチャンスも生まれるんじゃないかって言ってるんだよ」

「落ちるチャンス……」

「片方のイヤリングは、ベランダで落ちた。それはそこに咲子がいたからだ。もっと言えば、あのベランダで、咲子は千鶴と取っ組み合いをやった。もし、それと似たようなことが、このシェルターの中で起こったら——そう考えたんだけどね」

「…………」

千鶴がシェルターの中を見渡した。

「ここで……ここで、咲子が殺されたって言うの？」

言いながら千鶴は自分の肩を抱くようにした。

「俺さ」と雄一は、あぐらをかいていた足を前に投げ出した。「アイスピックにしても、ちょっと変だと思うんだよ。犯人がここへ隠したって言うんだけど、どうしてわざわざこんなところへ隠したんだ？　ここへ入るには物置のドアを開けたり、シェルターの入口の鍵を開けたりしなきゃならない。凶器を捨てるために、どうしてそんな面倒臭いことをするんだ？　どこかその辺の林の中とかに捨ててしまえばいい。もっと極端なことを言えば、洗ってアイスボックスの中に戻しておけばいいだろ？　血のついたタオルは捨てる以外にないだろうけどね。なにもわざわざ、こんなシェルターの中に隠す必要はないじゃないか。そうだろ？　誰かに見られる危険だってあるんだぜ。第一、ここに隠したんじゃ、いつかは発見されてしまう」

雄一は三人を見回した。三人は黙ったまま雄一を見ていた。

「隠したんじゃないと思うんだよ。アイスピックやイヤリングがあったのは、ここで咲子と犯人が格闘をやったからじゃないかね。隠したんじゃなく、ここに証拠が残ってた——そう考えたほうが自然なような気がする」

「…………」

会話が途切れた。

29

むろん、雄一にしてみてもあまり気分のいい想像ではなかった。閉じ込められているこのシェルターの中で、咲子が殺された——三ヵ月前、ここで殺人事件が起こったのだ。

雄一は、床から腰を上げた。鉄梯子の下へ行く。梯子の下の床は、落ちたコンクリートのかけらで埋め尽くされたようになっていた。壁に立て掛けてあるベッドのフレームを箒《ほうき》代わりにして、そのコンクリート屑の山を床の端へ掃き寄せた。

梯子の途中に掛けてあるハンカチを取り、マスクにして顔にまいた。床からアイスピックを取り上げ、梯子を上った。

「あ、次はあたしの番よ」

後ろから鮎美が声を掛けた。雄一は、梯子の上の穴に頭を突っ込みながら手を振った。

「休んでてくれ」

コンクリートの表面にアイスピックの先を突き立てた。床に落ちたコンクリートはかなりの量に見えるが、穴のほうはまだたいしたことはなかった。せいぜいハッチの蓋があったところから四、五十センチほどのコンクリートが落とされただけである。コンクリートを削り取って現れた壁は、上へ伸びる鉄の筒だった。上り下りのための手すりが三十センチほどの間隔で円筒の壁から突き出している。このシェルターが、地下三メートルに埋めこまれたものだとすると、まだまだ先は長いと覚悟しておかなくてはならなかった。

「わかった!」と向こうで千鶴が声を上げた。「わかったわ。ねえ、雄一さん、ちょっとこっちへ来て」

雄一は梯子を数段下り、穴から頭を出した。

「こっちへ来てよ」

「ここでも聞こえるよ。なにがわかったって?」

「考えてみたのよ」と千鶴は床の上を歩きながら言った。

「ううん、考えるまでもなかったことだわ。ここで咲子が殺されたんだとすれば、答えは一つしかないのよ」

「答え？」鮎美が訊き返した。「なんの答え？」

「きまってるわ。咲子を殺した犯人よ」

「聞かせてもらうわ」

「いい？　咲子はこのシェルターの中で殺された。それはいいわね？」

「いいわよ」

「正志君も異議はない？」

「……まあ、イヤリングがどっちかって疑問は残ってますけどね」

「まだ言ってるの？」

「いえ、いいですよ」

「ここで、咲子が殺された。そして、咲子の死体はアルファロメオに乗せられて、あの崖に運ばれた。ということは、アルファロメオを運転していたのは、最初から——つまり、この別荘を出た時から、犯人だったっていうことになるわよね」

千鶴は、言いながら鮎美と正志の顔を覗き込んだ。

ここからでも聞こえるとは言ったが、千鶴の言葉の調子に、雄一は梯子を下りた。ハンカチのマスクを外す。

「ここで」と千鶴が続ける。「一人一人の場所を確認するわ。アルファロメオが出て行った時にいた場所。あたしとそれから鮎美は、別荘の二階にいた。二階で、あたしたちは車が出て行く音を聞いた。だから、アルファロメオを運転していたのは、あたしでも鮎美でもない。次に、車が出て行く三十分前、雄一さんはディジーから、別荘に電話を掛けてきた。車を使えば別だけど、歩いて街から別荘まで戻ったとすると、ここまで帰り着くだけで三十分ぐらいはかかってしまうわ。それからシェルターに入って咲子を殺し、車に乗せるなんてことは時間的に考えて、かなり無理があるわ。とすると、アルファロメオを運転していたのは雄一さんでもない。で、正志君、あなたはどこにいたんだっけ？」

「待って下さい」と正志が声を上げた。「冗談じゃない。そんなの嘘です！」

「何が嘘なの？　あたしたち三人は、ちゃんとしたアリバイがあるのよ。あなたはバイクで雄一さんを追い掛けたって言ってたわね。それはアリバイにならないわ」

「ひどいよ！　そんなのはひどい！」

「この四人のうちの誰かなのよ。咲子を殺して崖に運んだのは、この四人のうちの誰か。三人を消すことができれば、あとはあなたしか残らない。あなたしかいないのよ」

「僕じゃない！　千鶴さんも鮎美さんも見たじゃないか。僕はバイクで出掛けた。帰って来た時、僕がバイクに乗っていたのを見たでしょう？　アルファロメオじゃない」

「あのね」千鶴が首を振った。「アルファロメオの後ろには、バイクを積むことができるのよ。あのバイクは、あなたが自分の車に積んで持ってきたものだわ。アルファロメオを崖から突き落とす考えなら、帰りの足を用意して行くのは当然のことじゃないの」

「僕じゃない！」正志が叫んだ。「毛利君じゃないと、どうして言えるんだ！」

雄一は、正志を見返した。正志は、頰を痙攣させながら、雄一のほうへ指を上げた。

「さっき言ったじゃないの」と千鶴。「雄一さんは、ディジーから電話をしてきたわ」

「それが、どうしてディジーからの電話だって言えるんですか！　電話なんて、ディジー以外にどこにだってあるじゃないですか。この別荘の近くから電話を掛けてきた可能性だってある。いや、そうに違いないんだ」

「違うわよ。言い逃れするのはよして」

「言い逃れなんかじゃない」

「雄一さんはディジーにいたわ」

「どうして」

「あなたも行ったでしょう？　ディジーに。あそこのウエイターが、雄一さんを見ているのよ」

「…………」

雄一は、正志を見つめた。正志の頰がぶるぶると震えていた。

「あなたは」と正志は千鶴に言った。「大事なことを忘れてる」

「大事なこと？」

「僕たちは、アルファロメオが崖の上にあるのを見た。崖の下に落ちたアルファロメオを見たのは朝だ。夜、僕たちはあの崖の上に停まっているアルファロメオを見た」

「……そうよ」

「あのアルファロメオには、死体が乗っていなかった。僕たちはあのあたりを捜し回ったんだ。どこにも、咲子さんも、咲子さんの死体もなかった。そうでしょう？」

「…………」

「そして、あれから、僕たちはずっと一緒にいたんだ。違いますか？　僕は、ずっと千鶴さんや鮎美ちゃんと一緒にいた。その僕が、どうやって咲子さんの死体をまた崖に運び、そして車と一緒に海へ突き落とすことができるんですか？　僕は、いつ、そんなことをやったんです？」

千鶴がポカンと口を開けた。鮎美と顔を見合わせ、雄一のほうを見た。

「いいですか？」と正志が続ける。「アルファロメオが崖から落ちたのは、僕たちがあそこで空っぽの車を見てから、朝、あそこで崖の下に落ちているのを見つけるまでの間です。その間に、一人で行動していた時間があったのは、毛利君しかいないんですよ。毛利君は、僕たちが街へ行ってTシャツを洗っているのを見るまで、一人だったんだ」

正志は言い終えても、雄一を睨みつけていた。その眼に敵意が読み取れた。

雄一は、正志の言った言葉を考えた。そう、たしかにそれは重大な見落としだった。

咲子の死体を乗せたアルファロメオが崖から突き落とされたのは、正志と千鶴と鮎美があの場所を離れた後でなくてはならない。

雄一は駅前でみんなと一緒になった。それからは、四人全員がずっと一緒にいたのである。とすると、咲子を崖から突き落としたのは、誰なのだ――？

正志が雄一のところへ歩いてきた。

「違いますか？」

正志は、ただ一言、雄一にそう言った。雄一は首を振った。

「俺にだってできない――」

そう言い掛けた時だった――。

突然、視界が暗闇に閉ざされた。

30

向こうで千鶴と鮎美の悲鳴が上がった。

「停電だ！」

雄一のすぐ脇で正志が声を上げた。

「いやだ！　明かりをつけて！」

「雄一さん、どこ？」

「待ってろ、そっちへ行く。慌てるな！」

雄一は、足下をさぐりながら進んだ。鼻先も見えないほどの真っ暗闇だった。

「わあ！」

と正志が叫び、何かがぶつかる音がした。

「どうしたの？　誰！」

床が段になっている場所を雄一の足が探しあてた。腰を落とし、手探りで段を下りる。

「いやだ、こわい！　鮎美、どこにいるの？」

「千鶴、歩き回っちゃだめ！　座ってなさい」

「誰か、明かりつけてえ！」

千鶴の声は、半分、泣き声になっている。

「おい！　正志、どこにいる？」

雄一は壁にそって進みながら言った。

「こっちです！　何も見えない。なにも、真っ暗だ！」

雄一は、壁づたいにゆっくりと移動した。爪先が何かに触った。感触で段ボール箱だとわかった。手を前に伸ばす。流しの縁に指の先が届いた。

「どうして、電気が消えたの？　どこで切れたの？」

鮎美の声が言った。雄一は、暗闇の中で首を振った。

「わからない。停電かも知れない。停電なら、そのうち戻る」

「停電じゃなかったら？　ここのヒューズとかが飛んだんだったら？」

「わからないけど、ヒューズが飛ぶっていうのは、電気を使い過ぎたりして起こるんだろう？　ここじゃ、蛍光灯以外にないんだからね。あと空調かな……」

言ってから、雄一はぞっとした。

空調……。

もし、空調までが停まったのだとしたら、この中の空気はどうなるのだろう？　このシェルターは、地下三メートルに埋め込まれた完全な密室なのだ――。

流しの縁をつかみながら、雄一は移動した。スイッチは、流しの向こう側の壁にあったはずだ。

手を壁の上で撫で回すと、指先にスイッチの突起が触れた。スイッチを起こしてみる。なんの変化もなかった。カチカチと、雄一は続けざまにスイッチを動かした。明かりはまるでつかなかった。

「おい、正志、何をやってるんだ？」

「明かりを……明かりを」

正志の声が震えているのがわかった。

雄一は、スイッチをあきらめ、元へ戻してから部屋の中央へそろそろと移動した。身体を低くして、床を這うように進む。壁から離れた途端、方向の見当がつかなくなった。

「おい、鮎美」

「なに？」

「壁のほうへ移動しろ。壁に身体をつけていたほうが、不安が少ないみたいだ」

「わかった。ほら、千鶴」

「待って、手を放さないでよ」

「大丈夫よ。ねえ、眼をつぶったほうが動きやすいわ。つぶってごらんなさい」

「……うん。でも、やっぱり暗いもの」

雄一も、眼を閉じてみた。なるほど鮎美の言った通りだった。眼を閉じていたほうが、移動の感覚がつかめる。

不意に誰かの手が、雄一の腕に当たった。

「誰？」

鮎美の声だった。

「俺だ。大丈夫か？」

「ああ……」

と鮎美がすがりつくように手を伸ばしてきた。雄一はその手を握り、壁のほうへ導いた。壁に辿り着くと、雄一は鮎美の肩を抱きしめた。千鶴が雄一の膝のあたりをつかんだ。鮎美をつかんでいないほうの手で、その千鶴の手を引き寄せた。千鶴が鮎美の逆のほうから抱きついてきた。

「おい、正志、お前もこっちへ来い。一緒にかたまっていよう」

雄一は、壁に背中をつけ、鮎美と千鶴の肩を両手で抱きながら言った。

「待って下さい。すぐに……あ、どっちだ？　方向が全然、わからない」

「こっちだよ。声が聞こえるだろ。お前も眼をつぶってみろよ。つぶると動きやすい」

「あ、はい……」

千鶴は、痛いほどに雄一の腕をつかんでいる。その腕に自分の額をおしあてているのがわかった。鮎美は、雄一の肩に自分の頭を軽く乗せていた。

「おい、正志、何をやってるんだ。こっちだよ」

「いえ、このあたりに、ええと……たしか」

「何か探してるのか？　スイッチなら、俺がもう試したぞ。それはそっちじゃない。こっちの流しの横だ」

「あ、ありました！　これだ、これ――」

と、次の瞬間、天井に光が灯った。

「あ――」

と横で鮎美が声を上げた。

雄一は、驚いて天井を見上げた。オレンジ色の光がゆっくりとした周期で明滅を繰り返している。

正志に目をやった。

正志は、ドアの脇にある水圧バルブのような格好の装置につけられたクランクを回していた。キリキリとパイプの上のほうで金属的な音がしている。

雄一は、鮎美と千鶴から手を放した。立ち上がった。

「それ、なんだ？」

「手動の発電機になってるようですね。早く回すと明るさが増す。ほら」

と正志はクランクを回すスピードを上げた。それとともに天井の光が強くなる。

雄一は天井を見上げた。今、灯っている光は蛍光灯のものではなかった。二本の蛍光灯とパイプの間に、小さな裸電球が二つついている。それがクランクを回すことによって光を放っているのだった。

前に千鶴がクランクを回していたことがある。雄一もやってみた。その時に何も起こらなかったのは、停電状態ではなかったからかも知れない。そういう仕組みになっているのだろう。

「換気もやってくれているようです。風を送る音がしてます。これは核シェルターですからね。だからこういう装置が必要なんでしょう。核爆弾が落ちたような場合は、電気が供給されている保証はないですからね」

クランクを回し続けながら正志は言った。雄一は、後ろを振り返り、まだ壁に背中をおしあてたままの鮎美と千鶴を振り返った。二人は、黙ったまま正志を見つめていた。

雄一は、ゆっくりと正志に目を返した。

「正志」

と低く言った。正志が、雄一を見返した。

「正志、どうして、そいつを回した？」

「え？」と正志は眉を上げた。「だって、明かりを……」

「どうして、それを回すと明かりがつくことを知っていたんだ？」

「………」

正志が、クランクから手を放した。天井の光がゆっくりと弱くなる。雄一は、正志の放したクランクを握り、代わりに回しはじめた。光が元に戻る。蛍光灯の時のような明るさはないが、部屋の中を動き回るには支障がない。クランクを回しながら、雄一はもう一度訊いた。

「どうして、これを知ってたんだ？」

「いや……知らなかった」

「知らなかった？」

「そう――これが手に触れたから、回してみた。そしたら、明かりがついたから」

「違う。お前は、最初から、このクランクを探してた」

正志は、大きく息を吸い込み、二、三歩後ずさりした。

「……知らなかった」

「以前、ここに来たことがあったんだ」

「いや……違う。僕は……違う」

正志は床の上へ腰を落とした。

クランクを回し続けながら、雄一は鮎美と千鶴を見た。二人は黙っている。

「前、ここに咲子と一緒に来たんだな？」

正志は首を振った。

「その時に、これが手動の発電機だということを知ったんだろ？」

「違う。僕じゃない。僕は、咲子さんを殺したりなんてしてない」

「でも、じゃあ、どうしてこれを知ってたんだ？」

「知らなかった……僕は知らなかった」正志は目を上げた。「みんな一緒にいたじゃないか。みんな一緒にいたでしょう？　僕にどうやってアルファロメオを崖から突き落とすことができるんですか。僕はやってない。僕じゃない」

「…………」

雄一は正志を眺めた。

正志はゆっくりと立ち上がり、ベッドの下へ歩いて行った。そこに腰を下ろし、自分の膝を抱え込んだ。

誰もが黙っていた。発電機と空調の回る音だけが、シェルターの中に響いている。

31

雄一はクランクを回し続けた。

回す手に、軽い抵抗が伝わってくる。どこかにはずみ車のような機構があるのだろう。回す力が惰性を伴っている。自転車のペダルを、スタンドを立てた状態で、手で回しているような感覚だ。それは、むしろ心地よさのある抵抗感だった。回しているうちに、腕が部屋の明るさを一定に保つリズムを覚えた。

正志を見つめるのをやめた。正志は、座った位置を動こうとしない。膝を抱いたままの同じ姿勢で、無表情な目を床の上に落としている。

鮎美と千鶴も、壁に背をはりつけたままの状態で黙りこくっていた。口に出す言葉を失ったというほうがあたっているのかも知れない。ああいう話し合いを続けていた以上、いつかこういう瞬間が訪れるのはわかりきったことだった。わかってはいたが、実際にそれがきてみると、誰もが当惑せずにいられなかった。

雄一は、クランクを回しながら考えた。

正志が、咲子を殺した――。

彼は、現実にアルファロメオを運転する機会を持っていた唯一の人間であり、またこの手動発電機の存在を知っていた。

しかし、正志はそれに首を振った。アルファロメオを海に突き落とすことは、自分には不可能だと。

まさしく不可能だ――。

正志が咲子を殺したのだとすれば、それは彼が一人でいた時間、つまり鮎美の要請で雄一を追い掛けたと彼が主張しているその時間の中で行なわれたことになる。

彼は千鶴を二階の寝室へ上げ、一人庭へ下りた。そこに鮎美が戻り、車のキーを貸してくれと言った。正志は、自分が雄一を追うからと鮎美に言い、彼女には千鶴の様子を見てくれるようにと頼んだ。鮎美が二階へ上がって行った時から、彼の単独の時間が始まる。

鮎美と千鶴は、しばらく二階にいた。千鶴は東京へ帰ると言い、鮎美は待つようにと説得した。そして、そんな押し問答を続ける中で、二人は庭から出て行く車の音を聞いたのである。

咲子は、二人が二階にいた時間、このシェルターの中で殺されたのだ。

それを行なえる人物は正志しかいない。

正志は、アルファロメオに咲子の死体を乗せた。帰りの足がなくなることに気づき、バイクも積んだ。運転席に着き、そこがずいぶん窮屈だと気づいた。シートを後ろへ下げ、自分の身体に合わせてセットする。彼は、二階にいる二人に見られないうちにと、急いで別荘を出た。

むろん、その時点で、正志はもう咲子の死体をどう処分するかを決めていたのだろう。犯行はアイスピックによって行なわれた。そのままにして死体が発見されれば、明らかに殺人事件としての捜査がはじまる。彼は、それを事故に変えようとした。車と一緒に崖から突き落とせば、事故に見せかけることができるのではないか。

そして、実際、咲子の死は事故として処理された。一つには、彼女の死体が潮に流され、二ヵ月の間、発見されなかったことにもよっている。魚に食われ、半分以上が白骨化した状態で発見されたことが、正確な死因の判定を妨げ、正志の計画を成功させた。

しかし――。

この推理が真実だとすれば、鮎美や千鶴は、崖の上に停められたアルファロメオを見ることはなかったはずなのだ。だが、正志がバイクに乗って別荘へ戻り、その後、三人で崖へ行った時、彼らはそこに咲子の車が停まっていたのを見たのである。

別荘へ戻ってから、正志はずっと鮎美や千鶴と共にいた。街で彼らと合流してからは、雄一もずっと一緒の時間を過ごしていたのだ。咲子の死体を乗せたアルファロメオを、正志が海へ突き落とせるチャンスは、バイクで彼が別荘へ戻るまでの間しか存在しない。

アルファロメオを海に突き落とすことは、正志には不可能だ。

そして、さらに言えば、これは鮎美にしても千鶴にしても同じことなのである。雄一を含む四人の中に、あの断崖から車を突き落とすことができる人間は、誰一人としていない。

第三者が……と、雄一は思った。

しかし、その考えはすぐに否定した。それはあり得ない。赤の他人がシェルターの中で咲子を殺すなどということは信じられないし、たとえそういう事態が起こったとしても、それが第三者であるなら、事故に見せかけるような面倒な作業をするとは思えなかった。

では、なぜ、アルファロメオは咲子の死体を乗せて、海へ墜落したのだろう？　誰も、それを行なえた人間はいないのだ。

「なんだか、蒸してない？」

鮎美が、自分の顔を手で扇ぐようにしながら言った。立ち上がり、雄一のほうへ歩いてきた。

そう言えば、と雄一はシェルターの中を見回した。なんとなく気温が上がってきているような気がする。

クランクを回す手を早めた。天井の明かりが照度を増し、ファンの回転音がいくらか高くなった。

「代わるわ。少しやすんで」

鮎美が手を出した。

「いや、さほど疲れてないよ。そんなに力はいらないんだ」

「いいから、あたしにやらせて」

雄一は肩をすくめ、鮎美と場所を交替した。鮎美がクランクを回しはじめると、しばらく光の明るさが増減を繰り返し、やがて一定に落ち着いた。

雄一は正志のほうへ目をやった。彼は、同じ場所で、同じ格好をして座っていた。

流しへ行った。水を出し、手と顔を洗った。梯子のところへハンカチを取りに行く。脇を通っても、正志は姿勢を変えなかった。

「あたしも」

と千鶴が壁際から立ち上がった。

「ああ、熱いシャワーを浴びたいわ」

言いながら千鶴は腕をまくり上げた。ふと、そのまま雄一のほうへ向き直った。

「終わったら、そのハンカチ、貸して」

「いいよ」

雄一は手と顔を拭き、それを千鶴のほうへ持って行った。千鶴は、どうも、と受け取り、何を思ったかブラウスのボタンを外しはじめた。

「…………」

雄一が見ているのに気づき、千鶴は、クスッと笑って後ろを向き、ブラウスを脱いだ。

「そんなに見つめないでよ」

言いながら、今度はスカートを下ろす。下着だけになって、ハンカチを水で濡らした。絞ったハンカチで身体を拭きはじめる。白い身体の、こすったところが赤くなった。胸が大きく、腰も張った身体をしていた。

「いい眺めだ。どうせなら、全部、脱げばいいのに」

雄一は、そう言って笑った。鮎美を見ると、同感、という表情でうなずいた。

「残念ながら」と千鶴は身体を拭きながら言う。「そこまでサービスしてあげる気はないわ」

「中途半端なサービスは、一番こたえるんだけどね」

言って、雄一は、出しっぱなしの蛇口に目をやった。

「千鶴、口うるさいようで申し訳ないが、水はいちいち止めて使ってくれないか。電気が切れたこともある。水が無限にあるとは限らない」

「あ、ごめんなさい！」

千鶴が、慌てて水を止めた。

身体を拭いている千鶴から、雄一は鮎美に目を返した。肩をすくめてみせると、鮎美は小さく微笑んだ。

床に腰を下ろした。カロリーメイトの空箱が膝の脇に転がっている。その上に、咲子のイヤリングが載っていた。雄一はそれを手に取った。

手の上で銀色の小さなイヤリングを転がしてみる。細い鎖の先についた丸い玉が半円を描いて揺れた。

死体はどこにあったのだろう……と、雄一は考えた。

正志と鮎美と千鶴の三人が崖でアルファロメオを見つけた時、その車は空っぽだった。三人はそのあたりを探し回り、しかし咲子の姿はどこにもなかった。

トランクの中――。

かも知れないと雄一は思った。

いずれにせよ、アルファロメオがその崖の上にあったということは、咲子の死体はそこまで運ばれていたと考えるべきだ。トランクの中……。

いや、と雄一は、手の上のイヤリングを見つめなおした。手をカロリーメイトの空箱の上へ持っていき、イヤリングをそこへ落とした。

すでに海の中だった、ということも考えられるではないか。

そう。なにも車と死体が一緒に落ちる必要はない。アルファロメオはオープンカーだ。墜落すれば、どうせ死体は外へ放り出される。同時である必要など、どこにもないのだ。

死体と車を崖の上へ運び、車をそこへ残して、死体だけを海へ投げ込む。

雄一は、また正志に目をやった。

この男が考えたのは、事故ではなく、自殺に見せかけようとしたのではないか？

違う、違う……と、雄一は自分に首を振った。現実に車は海へ落ちているのだ。問題なのは死体ではない。アルファロメオだ。

自殺など、誰が信用するものか。咲子の性格は正志だってよく知っている。やはりあれは、最初から事故に見せかける計画だったのだ。

では、なぜ、アルファロメオは海に墜落したのだろう？

疑問は、また同じところへ戻ってきた。

正志は、アルファロメオを崖の上へ残し、バイクに乗って別荘へ戻った。

崖の上に車を残し——なぜ、そんなことをしたのか？

その理由は、想像がつく。

正志の目的は、咲子の死を事故に見せかけることだった。しかし、本当は事故ではない。咲子はアイスピックで刺し殺されたのだ。当然、死体にはその痕跡が残っている。

いくら正志でも、死体が二ヵ月も発見されないことを計画できるわけはない。二ヵ月間発見されなかったのは、彼にとって幸運であり、最初からそれを期待するほど甘くはないだろう。

車の発見と同時に、咲子の死体も回収される——その可能性だって充分ある。それが普通の考え方だ。咲子の死体に残された殺人の形跡は、彼を窮地に追い込むだろう。そうなったら、真っ先に疑われるのは正志なのだ。

咲子と雄一を探しに出ようということになった時、街へ下りようと主張する千鶴の言葉に、正志は反対した。彼は、バイクで街のほうから戻る時、咲子のアルファロメオとすれ違わなかったと言った。咲子が街へ出たのならすれ違うはずだと。なぜ、そんなことを言ったのか?

もちろん、それは崖の上のアルファロメオを鮎美や千鶴に見せるためだ。その時、まだアルファロメオが崖から落ちていないことを確認させておくためだ。

そして、朝、正志はもう一度、崖の上へ車を走らせた。それは、海に墜落しているアルファロメオを見せるためだったのだ。必然的にアルファロメオが墜落したのは、その間だったということになる。その間——正志は、ずっと全員と共にいたのである。

正志は、自分の安全を確保するために、アルファロメオが海に墜落する時間を、そのはっきりしたアリバイの中に置いたのだ。

では、どうやって――？

雄一は、あの崖の上の情景を思い浮かべた。

正志の車で乗りつけた時、崖は朝日を浴びていた。

「このへんに停めてあったんだっけ？」

千鶴が崖の上の斜面の中程に立って言った。その足下には、露に濡れた新聞紙が散らばっていた。

「もっとこっちだったんじゃないですか」

正志は、そう言いながら奥のほうを歩き回っていた。正志の足が落ちていたコーラの缶を蹴飛ばし、缶は斜面を転がって崖の先から海へ消えた。

「誰か……！」

と千鶴が崖下を覗き込みながら叫んだのは、それからしばらくしてからだった。崖下の磯に、テールの部分だけを波の上に出した赤いアルファロメオが見えていた。

何が、あの車を突き落としたのだろう？

自動的にエンジンが掛かり、走りだすような仕掛けが可能だろうか？　むろん、その仕掛けを警察に見破られてはならない。

そんな仕掛けが可能とは思えなかった。自動的にエンジンを掛けたり、アクセルを踏ませたりする装置を作ることは可能かも知れない。しかし、そういった装置を警察が見逃すはずはないし、第一、正志にそれほどの細工をする時間はなかったはずなのだ。

「さ、今度はあたしが代わる」

千鶴が鮎美に言った。

いつの間にか服を着ていた。千鶴がクランクを回し、鮎美は手と顔を洗いに行った。鮎美は服を脱がなかった。

雄一は、正志の脇を通り、鉄梯子の下からアイスピックを取り上げた。正志は雄一を見ようともしなかった。意識をすべてなくしてしまったように、ただ膝を抱え、前方の床を見つめている。

雄一は、梯子を上った。アイスピックを構え、コンクリートに突き立てる。

「――――」

その手を、ふと、とめた。

アイスピックの刃先を見つめた。

千鶴の足下に散らばっていた新聞紙。正志が蹴飛ばしたコーラの缶――。

赤いアルファロメオの墜落する光景が、頭の中に浮かび、そして、消えた。

雄一は、眼を閉じた。

そういうことか……。

上ったばかりの梯子を、ゆっくりと下りた。アイスピックを下へ置き、正志の横に行って腰を下ろした。

「正志、わかったよ」

言うと、正志はぼんやりとした眼を雄一のほうへ上げた。

32

「わかった？」

言った正志の声がかすれていた。

雄一はうなずいた。

「お前のやったことが、ようやくわかった」

「何がわかったって言うんですか？」

「アルファロメオが崖から落ちた理由だ」

「…………」

正志の眼が、一瞬大きく見開かれた。そのまま、もとの床の上へ視線を戻した。

「意味が通じたみたいだな」

「言っていることがわかりません」

「説明しよう」

「聞きたくないです」

と、正志は首を振った。

「どうして？」

「毛利君は、どうせ、僕が犯人だと決めてかかっているんでしょう？　みんなそうだ。みんなが、僕を犯人にしてる。僕は咲子さんを殺してない。毛利君は、信じることからはじめようって言った。あんなの嘘ですね。あなたは僕を信じてくれない」

「ああ、お前が犯人だよ。そう思ってる。そうとしか思えなくなったからだ」

「待って！」

向こうで鮎美が声を上げた。駆けるようにして雄一のところへやってきた。

「雄一さん、何を言おうとしてるの？」

「正志が、どうやって咲子の死体を処分したかということだ」

「やめて。お願いよ」

「…………」

雄一は、鮎美を見返した。

「どうしてだ？」

鮎美は、悲しそうな表情で首を振った。

「そんなこと、すべきじゃない。もう充分よ。どこまで追いつめたら気がすむの？　もうやめましょう。今だって、こんなにみんなの気持ちがバラバラになってしまっているのに、こんなことを続けても、後で厭な気持ちにさせられるだけだわ。お願いだから、もうやめて」

「鮎美……」

鮎美の眼に、うっすらと涙が浮かんでいた。雄一は、鮎美と正志を見比べた。

「鮎美、正志を庇《かば》うのか？」

「正志君をじゃないわ！」鮎美は、叫ぶように言った。「みんなのことを言ってるのよ。あたしも、千鶴も、あなたも。どうしてそれをわかってくれないの！」

「ねえ」と向こうで千鶴がクランクを回しながら言った。「鮎美の気持ちの中に、あたしも含まれてるんだったら、あたしは雄一さんの話を聞きたいわ」

鮎美は、雄一をみつめていた。雄一は、首を振った。

「君の気持ちはわかる」

「わかってない」

「いや、わかる。しかしね、俺は、もうはっきりさせたほうがいいと思うんだ。はっきりさせないままでも、俺たちの間には妙なしこりが残る。厭な気持ちは、うやむやの状態でも同じように残るよ」

「やめてはもらえないの？」

「最後まで続けよう」

「どこが最後？」

「もう、これが最後だ」

「………………」

鮎美は口を閉じた。小さく首を振り、部屋の向こうへ行って壁際に腰を下ろした。

雄一は鮎美を見つめた。ゆっくりと正志に目を返した。

「お前のしたことがわかった」

雄一は、もう一度言った。正志は、床を見つめていた。

「氷を使ったんだ」

言うと正志の頬のあたりがぴくりと動いた。

「氷……？」

向こうで千鶴がつぶやいた。

「うまいことを考えたと思うよ。アイスボックスの蓋が開きっぱなしになってた。俺は、それをやったのは咲子だと思ってた。実際、咲子はそこからアイスピックを取り出したんだからな」

「…………」

「でも、アイスボックスの蓋を開けっぱなしにしておいたのは、正志、お前だ。お前は、このシェルターで咲子を殺した。もちろん殺すつもりなんかなかったろうさ。それは信じている。咲子がお前に向かってきて、それを避け、揉み合っているうちに起こってしまったことだろう。でも、お前はそれで怖くなった。咲子が死んでしまったことが、お前を動揺させた。この死体をどうにかしなきゃならない。お前は、必死になって考えた。事故にできないだろうか？　そして、車を利用することを思いついたんだ」

雄一は、正志から目をそらせた。正志と同じ向きに座り直し、前方の壁を見つめた。

「お前は、咲子の死体をアルファロメオに運んだ。帰りの足を確保するためにバイクを載せ、急いで崖のほうへ車を走らせた。最初からそういう計画だったのか、あるいは崖の上で思いついたのか、とにかくお前は、このまま車を海に落としたら自分のアリバイがなくなることに気づいた。これは俺の想像だが、そこでお前は、まず咲子の死体だけを海に投げ捨てた。そして、アルファロメオを崖の上の斜面の中程へ移動し、崖の先へ車を向け、ギアをニュートラルに入れたまま、サイドブレーキを引いた。バイクを車から下ろすと、お前はそのままそれに乗って別荘へ戻った」

千鶴の回すクランクの音が、やや高くなっていた。

鮎美が言った通りだ。シェルターの中が蒸してきている。手動の送風機では、換気が弱いのかも知れない。

「別荘でしばらく時間を過ごして、咲子と俺を探しに行こうということになった。お前の車で出掛ける。お前は、千鶴と鮎美の目を盗んで、アイスボックスの中の氷の塊を新聞紙で包んだ。それをアイスボックスに戻し、お前の車のトランクに隠した。街へ出ようという千鶴の意見に反対して、お前はべつの方角へ行ってみようと提案した。つまり崖のほうだ。崖に向かい、ヘッドライトの光をうまくアルファロメオにあてて、崖の上の車を鮎美と千鶴に発見させた。車のそばへ行き、近くに咲子がいるだろうと、捜すことを提案した。鮎美と千鶴に懐中電灯を持たせ、二人が車から離れている隙をみて、お前はトランクからアイスボックスを出した。いや、アイスボックスの中の氷をね。それをタイヤの前に嚙ませるように置いた。新聞紙で包んだのは、氷が裸だと滑ってしまうからだ。氷がしっかりとタイヤと地面に嚙んだのを確認して、お前はサイドブレーキをゆっくりと外した。車は動かない。うまくやれば、握りこぶしぐらいの大きさの石でも、車を停めておくことは可能だ。お前は、氷をストッパーにした。それからキーを差し込み、スイッチだけ入れておく。エンジンはかける必要がないし、かけたらまずい。それで細工はお終いさ。あとは、その細工が千鶴と鮎美に気づかれないうちに、早いとこそこを離れるだけだ。捜し回っても咲子はいない。街へ行こうということになった。崖を離れてしまえば、もう安全だ。あとは氷が融けてくれる。ギアはニュートラルに入ってる。氷のストッパーが融けてしまえば、車は、そろそろと崖に向かって動きはじめる。そして、落ちる——。ただ、街で俺を拾い、みんなで別荘へ帰ってきてからも、お前には仕事が残っていた。お前は、また隙をみてトランクからアイスボックスを取り出す。氷がなくなっていることを気づかせないために、アイスボックスには水を入れておく。蓋を開けっぱなしにしておけば、融けてしまったように見えるからね」

雄一は、正志に目をやった。

正志は、眼を閉じていた。額に掛かっている髪が、細かく揺れていた。

「それがお前のやったことさ。違うかい？」

正志の喉が、乾いたような音を立てた。

「もう……」と正志はささやくような声で言った。「どうでもいい。僕には、もう、なにもわからない。どうでもいい！」

いきなり、正志が立ち上がった。そのまま鉄梯子の下へ走り床に屈み込んだ。

「正志！」

雄一は、叫んだ。

起き上がってこちらを向いた正志の手に、アイスピックが握られていた。

33

「正志！　なにをするんだ！」

進もうとする雄一に、正志はアイスピックを突き出した。その先がぶるぶると震えている。

「正志君！」

後ろで鮎美が声を上げた。

明かりがゆっくりと暗くなる。

「千鶴！」と雄一は正志を見つめたまま声を上げた。「手を緩《ゆる》めるな。クランクを回してろ！」

千鶴が息を飲み込み、また明かりが戻った。

「なあ、正志――」

「来るな！　こっちへ来るんじゃない」正志はアイスピックを構えたまま叫んだ。

「信じちゃもらえないんだ。どうせ、信じちゃもらえないんだ。僕は殺してない！　僕は、あんな女を殺したりしない。あんな女は、殺すにも値しない」

「正志」と雄一は両手をゆっくり上げた。「正志、落ち着け。それを下へ置くんだ」

「だまれ！　あんたが一番偉いのか？　威張りちらして、そんなにあんたが偉いのか？」

「落ち着け。そういうことをしても、なにもならない」

「黙れと言ってるのが聞こえないのか！」正志は、アイスピックを振り回すようにして叫んだ。「いいか？　僕は、殺してない。ああ、たしかに死体を片づけた。崖から落として、片づけたよ。でも、僕が殺したんじゃない！」

「…………」

雄一は、眉を寄せて正志を見つめた。

「信じてないんだろう。そうなんだ。あんたは僕が邪魔なんだ。僕が鮎美ちゃんの婚約者だから、それで邪魔なんだ」

「正志、聞け――」

「嘘をつくな！　もともと、なにもかも、あんたが鮎美ちゃんを誘惑したから起こったことじゃないか。鮎美ちゃんが、そのためにどれだけ苦しんだか、あんたにはわからないだろう」

「正志君！　やめなさい」後ろで鮎美が叫んだ。「お願いだから、やめて！」

「鮎美ちゃんも黙ってるんだ！　みんな僕の言うことを聞け。僕は、殺してない。僕がこのシェルターに入った時、あの女はもう死んでたんだ。誰が殺したのかはわかってる。それは毛利君、あんただ」

「…………」

「あんたはあの女を捨てた。鮎美ちゃんを自分のものにしようと汚い考えを持って、それをあの女に知られたものだから、あんたは邪魔になって殺したんだ。このシェルターであの女を殺したのは、あんただ。僕は、みんなが面倒に巻き込まれるのが厭だったから、その死体を片づけただけだ」

アイスピックを持った正志の手が、ぶるぶると大きく震えていた。

雄一は、自分と正志の間合いをはかりながら、ゆっくりと足を前に移動させた。正志の喉が激しく上下している。下手に手出しをするのは危険だった。やるとすれば、一発できめなくてはならない。こちらも危険だが、正志のほうに怪我をさせるおそれもある。

「信じるよ、正志」雄一は声を抑えて言った。「お前は、殺さなかった。死体を片づけただけだ」

「でまかせを言うな！　あんたは信じてなんかいない。最初から、あんたは僕が犯人だと決めていたんだ」

「そうじゃないっ！」

叫びながら、雄一は足で正志の手元を蹴り上げた。

「わあっ！」

正志の手からアイスピックがベッドの上へ飛んだ。雄一は、正志に飛びつき、そのまま床に押さえ込んだ。

「やめろお！」

雄一の下で正志が暴れた。雄一は、正志の襟《えり》をつかんで引き起こし、思い切り平手で頬を殴りつけた。正志の動きが止まった。びっくりしたように眼を見開き、唾を飲み込んだ。

「雄一さん！」

鮎美が声を上げ、駆け寄ってきた。それを手で制し、雄一は正志に言った。

「落ち着け。殴って悪かった。まずは、落ち着いてくれ」

「…………」

雄一は、正志の襟を放した。背中を叩き、床に座らせた。

「僕は、殺してない……」

そうつぶやいた。

「わかった」

雄一はうなずいてみせた。

立ち上がり、鮎美に正志を見てやるようにと目で言い、ベッドの上を覗いた。アイスピックが毛布に突き刺さっていた。それを持って流しへ行った。流しの中へ置き、茫然とした顔でクランクを回している千鶴に向き直った。

「代わるよ」

「え?」

「そいつを代わるよ」

「あ……ああ」

雄一は、千鶴に代わってクランクを回し始めた。汗でシャツが身体に貼りついている。後悔と不安の入り雑《ま》じったような気持ちが、雄一に息苦しさを感じさせていた。

正志の横で鮎美が立ち上がった。やや青ざめた顔で、鮎美は雄一の正面へ歩いて来た。じっと雄一を見つめた。

「雄一さん、正志君は殺してないって言ってるわ」

「ああ」

「それが、なにを意味しているか、わかってる?」

「…………」

雄一は鮎美を見返した。

「正志君は、殺してないって言ったのよ。死体を崖から落としただけだって」

「鮎美」と横から千鶴が言った。「あなた正志君は――」

「あなたは黙ってて！」

その語気に、千鶴が口を噤《つぐ》んだ。

「最後まで続けるんじゃないの？」

鮎美は雄一に言った。雄一は、首を振った。

「どうして？」

「もう終わりだ」

雄一は、鮎美から目を逸らせた。

「あたしを見て」

低いが強い口調でそう言った。

「雄一さん、あたしを見て」

雄一は目を上げた。

「まだお終いじゃないわ。そうでしょう？」

「いや……もう終わった。君の言う通りだった。こんなことは始めるんじゃなかった。もう終わりにしよう」

「だめよ！」鮎美が叫んだ。「あなたは最後までやるって言った。だったら、最後の最後までやりなさい！」

「鮎美……」

雄一は、鮎美の眼にあふれてくる涙を見た。涙が頬を伝い、鮎美の胸に落ちた。

34

「あなたは何もわかってない」と、鮎美は震える声で言った。「正志君は、咲子の死体をここから運びだしただけなのよ」

「鮎美、もうわかった。もういい」

「よくない！」絞り出すような声で言い、鮎美は頬の涙を手の甲で拭い取った。「なにがわかったの？　あなたに何がわかってるの？」

「鮎美ちゃん――」

向こうで正志が声を上げた。

「正志君、あなたも黙ってて！」

雄一は、眉を寄せて鮎美を見た。

「雄一さん、正志君は咲子の死体をここから運びだしただけだわ。となると、咲子を殺したのは別の人間ね。誰？」

「……鮎美、待て」

「聞いて」と鮎美は首を振った。「あなたや千鶴みたいに、あたしも論理的な推理をやってみましょうか？　正志君が、このシェルターに入った時、ここには咲子の死体があった。となると、咲子を殺したのは、それ以前に一人だけの時間を持っていた人間ということになるわね。それは、あたしよ」

「待て、何を言うんだ……」

「いいえ。これは推理なんかじゃない。本当のこと。あたしが正志君に、咲子の死体の始末を頼んだの」

「………」

雄一は、眼を見開いた。首を振った。クランクの手が止まりそうになり、慌ててそれを持ち直した。

正志が立ち上がった。

「鮎美ちゃん！　嘘を言っちゃいけない。そんなことは――」

「黙って！」

鮎美は、正志の言葉を振り切った。

「バカなことを言うんじゃない」

雄一は鮎美を見つめながら言った。

「バカじゃない。本当のことよ」

「嘘だ。正志だって――」

「正志君じゃない！　あたしが言ってるの」

「そんなことは信じられない」

「どうして？」

「君は、咲子を殺したりしない」

「訊くわ。なぜ正志君はここにアイスピックを残したの？」

「……なに？」

「アイスピックよ。アリバイを作るために、氷のストッパーを思いつき、その氷がなくなっていることを不自然だと悟られないためにアイスボックスに水を入れることまで忘れなかった正志君が、どうしてアイスピックをここに残すようなことをしたの？」

「それは、忘れたから……」

「違うわ。正志君は、知らなかったのよ」

「………」

「正志君は、アイスピックが凶器だってことを知らなかったの」

雄一は、鮎美の後ろに立っている正志を見た。正志は首を振っていた。

「あたしがシェルターの入口に立っているのを見て、正志君が来たのよ。正志君は、なにをしているんだって、あたしに訊いた。物置小屋の入口で、あたしがぼんやりと突っ立っていたからよ。シェルターの入口は、まだ開いたままだったわ。あたしは、手にシェルターの鍵を持っていた」

「鮎美、やめろ」

雄一が言い、鮎美は首を振った。

「ちゃんと聞いて。正志君は、あたしの様子がおかしいのに気づいて、シェルターを覗いたのよ。梯子の下に、咲子の死体が横たわっていた。どうしたんだって、正志君はあたしに訊いた。でも、あたしは答えられなかった。自分のしていることが信じられなかったし、言葉なんか話せる状態じゃなかった。君が殺ったのかって、正志君は訊いた。あたしはうなずいた。まかせてくれって正志君はあたしに言ったわ。大丈夫だから、まかせてくれって。僕がちゃんとする。その鍵を僕にくれ。君は、二階へ行ってくれって。二階に千鶴がいるから。あたしは首を振った。そんなことできない。だめだって、正志君はあたしに言った。君は、千鶴さんを二階から下ろさないように引き止めていてくれ。僕が全部やる。心配はいらないから」

「そんなこと……」

雄一は、自分の頭の中が空洞になったように感じた。

そんなことがあるものか……嘘だ。

シェルターの中から光が消えた。クランクから手が離れていた。誰かが雄一を押し退け、クランクを回しはじめた。鮎美だった。

雄一は、床へ腰を落とした。目の前の床が明るくなったり暗くなったりした。

嘘だ――。

「違います」と、正志が言った。「鮎美ちゃんじゃありません。僕です。鮎美ちゃんは、僕を庇ってくれているんだ」

「正志君」と鮎美は声に優しさを戻した。「庇ってくれたのは、あなたよ。あたしはあなたを庇ってないわ」

「そうじゃありません。毛利君」と正志がしゃがみ込んだ。「毛利君なら、どっちが本当のことを言ってるか、わかるでしょう？　鮎美ちゃんは、最初から僕がやったということを知ってたんです。知ってたけど、黙ってた。鮎美ちゃんは、ずっと僕のために、この話をするのをやめさせようとしてくれていました。僕が――」

「正志君」と鮎美が遮った。「あなたには悪いけど、そうじゃないわ。あなたの気持ちはわかってるし、うれしいけど、そうじゃないの」

「鮎美ちゃん」

「あたしは、あなたを庇っていない」

雄一は、クランクを回す鮎美を見上げた。鮎美が微笑んでいるように見えた。

「でたらめだ……」

言うと、鮎美は首を振って雄一を見返した。

「でも、それが真実よ」

「真実なもんか。なにが起こったっていうんだ？　鮎美、君は、肝心なところを話してくれてないじゃないか。君が咲子を殺したって言うのか？」

「そうよ」

「じゃあ訊くが、どうして、そんなことが起こった」

「咲子が、あたしを殺そうとしたのよ」

「殺そうと」

「本気で殺すつもりだったのかどうかわからない。でも、咲子はあたしに向かってきた」

「それは、いつだ？」

「あなたが別荘を飛び出して行ったすぐ後よ。あたしは、どうしたのかと思って、千鶴と正志君を林の中に残して別荘へ戻ってきた。そこに咲子が現われたわ。手にアイスピックを持っていた。あたしを見ると、急にすごい表情になって、よくもあんた、とか言いながらあたしに向かってきた。あたしは逃げた。別荘の裏のほうへ逃げた。物置小屋の前で咲子に追いつかれたの。そこでつかみ合いになったのよ。気がついてみたら、咲子の頸にアイスピックが刺さっていたわ」

「…………」

「大変なことになったと思って、あたしは物置の中に、咲子の死体を隠そうと思った。シェルターのことを思い出して、その中に放り込もうと思ったの。鍵を開けて、アイスピックをまず下に放り込んで、それから咲子を入口のところまで引きずっていったわ。重くて持ち上がらなかった。だから、そのまま入口から下に落としたの。そこに正志君が来たのよ」

「ねえ……」と今まで黙っていた千鶴が言った。

「鮎美、それ本当のこと？」

「そうよ」

「なんだか、おかしいような感じがするわ」

雄一は、千鶴を見上げた。

「なにが、おかしいの？　ほんとのことを言ってるのよ」

「あなたの話し方が、殺人のことにしちゃ、ずいぶんせいせいしたような感じで喋ってるのは、まあいいとして、なんだか本当に聞こえないようなところがある」

「せいせいしたからじゃない？　今まで胸の中に押し込めていたことを全部話しちゃったから。それででしょ」

「ううん、そんなのじゃなくて……ちょっと、話しにくいわ。正志君、それ回すの代わってあげてよ」

「あ、はい……」

正志は、千鶴に命令されて、鮎美とクランクを交替した。

「鮎美、ここに座って」

千鶴は、自分も腰を下ろしながら、雄一の前に鮎美を座らせた。雄一を見た。

「雄一さん、あなたはどう思うの？　なんだかおかしな感じがしない？」

「鮎美は……」と雄一は首を振った。「嘘をついてる。殺したなんて、信じられない」

「だから」と正志がクランクを回しながら言った。「鮎美ちゃんは、僕を庇ってくれているんです」

鮎美は、ただ首を振った。

「ねえ」と千鶴は鮎美に向き直った。「あなた、咲子と喧嘩をしたわけでしょう？」

「そうよ」

「あたし、聞こえなかったわよ」

「……………」

鮎美が、千鶴を見返した。

「鮎美と咲子が喧嘩してるような声、あたし聞かなかったわよ」

雄一は、千鶴に顔を上げた。

「だって……千鶴と正志君は、離れてたじゃない」

「たしかに林の中にいたわ。でも都会じゃあるまいし、夕暮れが近くて、あたりはとても静かだったじゃないの。あたし静かなのが、怖いぐらいに感じたもの。離れていたって別荘のほうで音がすれば聞こえるわ。まして喧嘩でしょう？　怒鳴る声だったら、絶対に聞こえると思うのよね」

「声なんて、そんなに出さなかったわ。それに音は風向きにも、ずいぶん影響されるわよ」

「出さなかったって、よくもあんたって、咲子が向かって来たって言ったじゃないの。普通、そういう時、大声が出るわ。鮎美のほうだって同じだと思うけど」

「忘れたわ。詳しいことなんて。声が出ないことだってあるわよ。どうして、そんなこと言い出すの？　おかしいじゃないの。千鶴は犯人をつきとめたかったんでしょう？　あたしが犯人だって告白したとたんに、どうしてそれが嘘だなんて言いはじめるの？」

「あなたの話が、なんだか納得できないからよ。じゃあ、もう一つ訊くわ。あなたの話の中に、アイスピックは出てきたけど、タオルとイヤリングのことは出てこなかったわ」

「言わなかっただけよ。タオルも咲子は持ってたわ」

「ねえ、そういうことってある？」

「……なに？　よく意味がわからない」

「咲子は、あんたを殺そうとして向かって来るのに、右手にアイスピックを構えて、左手にタオルを持ってたの？」

「…………」

「どうしてタオルがいるのよ？」

雄一は、鮎美の顔を見つめた。

「そうだ。どうしてだ？」

勢い込んで訊いた。鮎美は首を振った。

「わからないわ。咲子がやったことだもの。あたしにはわからない」

「イヤリングは？」

「それは咲子の耳についていたんじゃないの」

「違うわよ。耳についていたイヤリングなら、喧嘩した時に落ちるでしょう？　あたしの時だってそうだったんだもの。なら物置小屋の前に落ちてるはずじゃない」

「シェルターに咲子の死体を落とした時に外れたんじゃないの？　いつ外れたのか、あたしは知らないわ」

「鮎美」と千鶴は鮎美の顔を覗き込むようにした。「あなた事件をわざとうやむやにしようとしてるわ」

「うやむや？」

「そうよ。前からそうだった。あなたは事件のことを話すのをいやがっていたし、犯人をつきとめることに反対してた。でも、正志君が死体を崖から落としたってことが証明されたのよ。それを、どうして自分だとか妙なことを言い出して――」

「待ってよ！　どうして、こうなるの？　あたしがやったって言ってるわ。死体の処分を正志君がしてくれた。それでいいでしょう？」

「よくない」と雄一は首を振った。「話してくれ。どうして嘘をつくんだ？」

「嘘じゃない！」

鮎美は、雄一を睨むように見た。唇を嚙み、床から立ち上がった。そのまま部屋を出て行った。トイレに入ってドアを閉めた。

雄一は、鮎美の入って行ったトイレのドアを見つめた。

鮎美――。

「なんだか、わかんなくなっちゃったわ」

千鶴が、頭を振りながら言った。

雄一は、トイレのドアを見つめ続けていた。

35

鮎美の気持ちがわからなかった。

正志を庇っているのか？

庇うなら、もっと前に庇っていただろうと雄一は思う。雄一が正志の犯行を証明しようとした時、鮎美は、そんなことはしないでくれと言った。お願いだからやめて、と雄一に頼み込んだ。

本当に庇うつもりなら、あの時に、自分が咲子を殺したのだと言うだろう。正志を追いつめるような真似をさせたくないと鮎美が考えているなら、そうするのが本当だ。

では、彼女が言っているように、咲子を殺したのは鮎美なのか？

雄一は、違うと思いたかった。殺したことがではない。殺したことを隠したことが、だ。

鮎美は、自分が犯した過ちを隠してしまうような人間ではない。咲子を殺しておいて、その死体を正志に始末させて……そんなことのできる女ではない。

鮎美は嘘を言っている。

千鶴の疑問をあらためて問うまでもなく、鮎美は嘘を言っている。

でも、それはなぜだ？

鮎美はトイレに入ったままだった。

ふと、あのトイレの前で、鮎美が雄一に言った言葉を思い出した。

——わからないでいいの。それが一番いいのよ。

あれはどういう意味だったのだろう？

わからないほうがいい、というのは、自分が犯人であることを雄一に知られたくないから……そういう意味か？

では、いままで鮎美が、犯人捜しをやめさせようとしてきたのは、すべて雄一からそれを隠すためだったというのか？

三ヵ月前、鮎美は雄一に、好きだと言った。磯の岩場の陰で、林の小道で、別荘の庭で、彼女は繰り返し、好きだと言った。

それはすべて嘘か？

自分が咲子を殺した時、その死体の始末を雄一に頼むのではなく、鮎美は正志にやらせた。雄一には、何も知らせることなく。

好きだというのは、嘘なのか？

そんなはずはない。

鮎美は、いつも雄一の眼を見つめて話した。好き、という時、その瞳は真っ直ぐ雄一を見つめていた。嘘ではなかったし、今だって、鮎美はその時の瞳を持っている。

では、なぜだ？

息苦しかった。シェルターの中が蒸している。握り合わせた掌が、汗で濡れていた。息を胸に吸い込み、吐き出し、また吸い込む。聞こえるのは、正志が回し続けるクランクの音と、天井で鳴っている弱いファンのうなりだけだ。

なぜ、助けが来ない？

誰かに助けて欲しかった。いったいどうしたらいいんだ？

——あたしをこんなめにあわせて、絶対に後悔させてやる。思い知らせてやるから。

咲子の声が、頭の中で鳴り響いた。

思い知らせてやるというのは、こういうことだったのか？　母親が、お前の遺志を引き継いだというわけなのか。

でも、鮎美を好きになったことを、俺は後悔してはいない。お前に一時期でも夢中になったことは後悔しても、鮎美に対して後悔するものはない。

たとえ、本当に鮎美がお前を殺したのだとしても――。

雄一が、今、最も悔やんでいるのは、あの時、自分だけが別荘を離れたことだった。咲子との言い合いに腹を立て、雄一は一人で街へ下りた。離れるべきではなかった。

自分があそこにいさえすれば、殺人事件など起こらなかった。雄一がしたことと言えば、たった一本の電話を別荘に掛け、ビールをあおっていただけなのだ。あの時の雄一の頭には、咲子への怒りと、鮎美を呼んで一緒に東京へ帰ろうというそれだけしかなかった。

思えば、あの電話を雄一が掛けた時、すでに咲子は正志によって崖の上へ運ばれていたのである。

別荘を離れるべきじゃなかった。

雄一は、自分の拳を口にあてた。その拳に歯を立てた。

電話――。

ふと、拳を眺めた。親指の関節に歯形がついていた。

電話……。

雄一は、記憶を辿った。何かが、自分の中でひきつったように反転した。

ディジーから別荘に掛けた電話。千鶴が出て、そのあと鮎美が出た。

――すぐそこを出て、こっちへ来てくれ。君と話がしたいんだ。

――わかってる。でも、今はだめよ。

――だめ？　どうして？　俺、もうそんなところにいたくないんだよ。

――ええ。でも、大丈夫なの。ね？　ほんとに大丈夫だから。

――鮎美。

――今はだめ。もうちょっと待って。

――俺、もうそこには帰らないぜ。

――……。

――荷物をまとめて、出て来てくれ。俺と帰るんだ。

――雄一さん、お願い。

――なぜだ？　正志のことか？

――ちがう。でも、咲子のこと、ちゃんとしとかなくちゃ。

――ちゃんと？　ちゃんとなんてなるわけがない。もう、終わったんだ。みんな、終わったんだよ。

――大丈夫なの。うまくいくわ。みんなうまくいくから。

「うまくいく」というのは、どういう意味だったのだろう……？

雄一と鮎美のことが咲子に知れ、そのためにすべての人間関係が崩れた。それを鮎美は修復しようとしている——あの時、雄一は、その言葉の意味をそう受け取った。

しかし、その時点で、咲子はすでに殺されていたのである。

とすると、鮎美は、何がうまくいくと言ったのか？　咲子のことをちゃんとする、というのは、どういう意味で言った言葉なのか？

雄一は、自分の拳を拡げ、トイレのドアに目をやった。

その時点で、鮎美は咲子の死を知っていたのだろうか？

彼女自身の言葉が正しいとするなら、つまり、鮎美が咲子を殺し、その死体の処分を正志に任せたのだとするなら、そんな言葉が彼女の口から出るのは不自然だ。

あるいは、咲子が死に、もう邪魔がいなくなったからうまくいく、そういう意味なのか？

そんなことを鮎美が考えるとは思えない。それではあまりにも冷酷すぎる。

しかし、鮎美のあの時の受け応えが、どこか妙に感じたことはたしかだった。

電話の置かれているリビングには、あの時、千鶴がいた。それが鮎美の受け応えを妙に落ち着かなくさせていると、雄一はそう思っていた。しかし、それだけではないのだとしたら……。

雄一は、正体のつかめない不安にとらわれた。

――咲子のこと、ちゃんとしとかなくちゃ。

もし、鮎美が咲子を殺したのだとすれば、その「ちゃんと」というのは、死体の処分のことのように聞こえるではないか。犯行の痕跡を消すという意味に受け取れる。

しかし、それはその時、正志がやっているはずなのだ。鮎美が正志に向かって、その言葉を言うならわかる。なぜ、雄一に、そんなことを言ったのだ？

それは、咲子が殺されたことを、すでに知っている者同士の間で交わされる言葉ではないか。

鮎美は、雄一を共犯者と考えていた……。

そんなばかな！

雄一は、大きく息を吸い込んだ。

「雄一さん……どうしたの？」

千鶴が、心配そうな表情で雄一を見ていた。雄一は、唾を飲み込み、首を振った。

どうして、鮎美は、俺のことを共犯者だと考えたのか？

その事件が起こった原因が、雄一と鮎美の二人の関係にあったからか？

いや、そんなことはあり得ない。単にそんなことなら、鮎美は、雄一を共犯とは考えまい。起こったのは、殺人事件なのだ。

では、なぜだ！

――大丈夫なの。うまくいくわ。みんなうまくいくから。あなたは心配しなくていいから、
それは、雄一を安心させようとしている言葉だ。あなたは心配しなくていいから、と……。

鮎美は、さっき正志に言った。

「あたしは、あなたを庇っていない」

聞きようによっては、あたしが庇っているのはあなたではない、とも受け取れる。

俺を――？

雄一は、トイレのドアを凝視した。鮎美はそこに入ったままだ。

どうして、俺を庇う？　そんな必要が、どこにある？

鮎美は、咲子を殺したのが雄一だと考えているのだ……。三ヵ月前のあの電話の時から、この今に至るまで、彼女は、ずっと雄一が犯人だと思い続けている。

なぜだ？

「ねえ、雄一さん」千鶴がそばに寄ってきた。「どうしたの？　顔が真っ青よ」

「……なんでもない」

自分の声が震えていた。

「大丈夫よ。鮎美は、ちょっとナーバスになってるだけなんだわ。あたしの感じで

は、彼女は殺してなんかいないわ。雄一さんがそんなに心配することないわよ」

雄一は、千鶴に手を振った。

「なんでもない。ちょっと考えごとをしてるんだ。一人にしておいてくれ」

「…………」

千鶴は雄一の顔を覗き込み、眉を寄せて離れていった。

鮎美、なぜだ！　なぜ、俺が咲子を殺したと思っているんだ？

雄一は、眼を閉じた。自分を落ち着かせ、もう一度鮎美の行動を思い起こす。

鮎美は、別荘を飛び出した雄一を林の中で見た。声を掛けたが、雄一はそのまま早足で山道を下りて行く。別荘のところまで来て、遠ざかる雄一の後ろ姿を眺める。

それから、どうするだろう？

別荘の建物へ目を返す。雄一を追って、咲子がアイスピックを手に走り出てくる。

いや、そうではない。

咲子は、雄一を追っては来なかったのだ。追ってきたのなら、鮎美は雄一が犯人だとは思わない。

つまり——。

鮎美は別荘へ入り、そこで咲子の死体を発見したのだ。

36

そうなのだ、と雄一は思った。

鮎美は、咲子の死体を発見したのだ。

その直前まで、咲子は生きていた。千鶴と喧嘩をし、雄一を振り切って別荘の中へ駆け込んで行った。それを雄一が追った。その後、千鶴と正志と鮎美は、林の中にいたのである。雄一が別荘を飛び出して行き、その別荘の中に咲子の死体があった。それで、鮎美は、雄一が殺したのだと思い込んだのだ。

でも――。

だとすると、どうして咲子は死んだのだろう？

自殺？

しかし、それを想像するのは難しいことだった。あの咲子が、雄一に振られたぐらいのことで自殺するだろうか？　あの女にとって、雄一は、言わばアクセサリーのようなものだったのだ。

むろん、彼女は雄一に「思い知らせてやる」と言った。しかし、それは、自殺することによってという意味ではないだろう。

――許してあげるわ。

咲子は、押しつけがましくそう言ったのだ。自殺する人間の言葉ではない。

彼女が腹を立てたのは、雄一を失ったからではなく、自分のプライドを傷つけられたからなのだ。

咲子は、キッチンに行ってアイスピックを持ち出した。そのアイスピックを、何に使おうとしていたのか？　自殺するためではあり得ない。もし、彼女が自殺するとしても、そんな方法を取るとは思えなかった。だいたい、アイスピックで自殺ができるとは考えられない。自分を突き刺そうとしても、実際にそんなことはできないものだ。

咲子がアイスピックを持ち出したのは、雄一か鮎美に対しての報復を考えたからだろう。あるいは千鶴に対しての怒りだ。

おそらく鮎美か千鶴のどちらかを、あれで突こうと考えたに違いない。雄一が追って来たために、それを知られないようにとアイスピックをタオルでくるみ、客間に駆け込んだのだ。実際、彼女は、そのアイスピックの使い途を自分の行動で雄一に示した。雄一にはタオルの中に何が入っているのかわからなかったが、咲子はタオルでくるんだアイスピックを雄一にふりかざしたのである。

咲子の死は自殺ではない――。

では、どうして咲子は死んだのだ？

いや……。

雄一は、思わず自分の喉に手をやった。もっと重要なことがあったのに気づいた。

鮎美は、それを殺人だと思い込んだのだ。つまり、咲子の死が、鮎美には、明らかに殺されたものとして見えたのだ——。

でなければ、雄一が殺したなどと思い込むのは、あまりに短絡的すぎる。

凶器は、アイスピックだった……。

どこで、死んでいたのだろう、と雄一は考えた。咲子は、別荘のどこで死んでいたのだろう？

眼を見開いた。

まさか……そんなことが！

浮かんできた記憶に、雄一は必死で首を振った。

そんなことが、あるはずはない！　そんなこと……雄一は、シェルターの中をぼんやりと見渡した。

「正志……」

雄一は、床から立ち上がりながら、クランクを回し続けている正志に言った。声が震えていた。

「正志、教えてくれないか。人を……人間を、一瞬で、殺すことができるのか？」

正志が驚いたように眼を剝いた。

「なんですって？」

「一瞬のうちに、人間を殺すことは可能なのか？」

「……そりゃあ」と正志は、脅えたような眼で言った。「できないことはないと思いますけど——」

「どうやって？」

「どうって……たとえば、核爆弾で直撃されたりしたら」

「いや、そういうことじゃなくて……君は、実験動物なんかを扱っているから、知ってるだろう。どういう時に死ぬものか」

「……どうして、急に、そんなこと」

「教えてくれ。頼むから」

正志は、不安な表情で雄一をみつめ、向こうにいる千鶴にチラリと目をやった。

「人と人が戦ったような場合、一瞬で相手を殺すようなことってできるのか？」

「武器があれば……銃で頭を撃つとか」

「いや、銃じゃない」

「雄一さんが言ってるのは」と千鶴が向こうの床の上で言った。「アイスピックのことよ。今、殺す武器の話をするんだったら、アイスピックにきまってるわ」

「ああ……」

「できるのか？」

「一瞬でというのは、即死ということですか？」

「そう。その瞬間に死んでしまう……」

「刺す場所によると思うんですけど」

「どこを刺せば？」

「人間にとって一番致命的な組織と言えば脳ですから……まあ、脳といっても場所によっては障害が出るぐらいですむ場合だってあるでしょうけど」

膝から力が抜けそうになった。呼吸が荒くなっているのが、自分でもわかる。

「……その、アイスピックで、脳を刺すことができるのか？」

「眼か、耳か、鼻の穴か……そういった頭蓋骨に穴の開いているところだったら。でも、一瞬ということになるかな」

「後頭部だったら？」

「後頭部……」正志は首をかしげ、気づいたように顔を上げた。「ああ、頸の後ろからなら延髄を刺すことができるでしょうね」

「延髄……」

「ええ、呼吸中枢って言われてるところがあります。そこをアイスピックみたいな刃先の細長い針状のもので突き刺されたら、ほとんど瞬間的に死んでしまうんじゃないですか？」

「…………」

雄一は眼を閉じた。

「毛利君、大丈夫ですか？　気分が悪いみたいだ」

雄一は首を振って眼を開けた。

「具体的に教えてくれ。頸の後ろのどこだ？」

「……毛利君」

「頼む、教えてくれ」

「このへんでしょうか」

と正志は自分の頸の後ろを指で押さえてみせた。ちょうど、そこは頭と頸の境目のあたりだった。

「ここから、上に向かって刺されれば、直接、延髄を突かれることになりますね」

雄一は拳を握りしめた。

「毛利君！」

正志が声を上げた。自分が床に膝を落としたことをそれで知った。

千鶴が駆け寄って来た。肩を抱き、覗き込もうとする千鶴に、雄一は首を振った。

「くそお！」

雄一は、ぎゅっと瞼《まぶた》を閉じ合わせた。

客間の情景が、その瞼の裏に映っている。

出窓の下に揺り椅子が置かれている。出窓には観葉植物の鉢が並べられていた。鉢から垂れ下がった長い葉が、揺り椅子の背に掛かっている。

咲子は、持っていたタオルを、その鉢の間に突き刺すようにして置いたのだ。タオルの中にはアイスピックがあった。咲子は、それを隠すようにして、揺り椅子に腰を下ろした。タオルはちょうど咲子の頸の後ろに隠れた——。

許してあげる、と咲子は言った。言いながら、彼女は雄一に抱きついてきた。唇を求める咲子の身体を、雄一は思い切り突き放した。突き放されて、咲子は揺り椅子の上に腰を落とした。彼女の大きく開けた口から、息を吸い込む音がした。揺り椅子が前後に大きく揺れていた。

雄一は、部屋を出る時、もう一度咲子を振り返った。咲子は、椅子に腰を落とした時と同じ表情で、眼と口を大きく開けて雄一を凝視していた——いや、いるように見えた。

あの時……咲子は死んだのだ！

咲子が死んだのは、俺が彼女を椅子に突き飛ばしたからなのだ。鮎美は、その咲子を発見した。俺に殺されたように見えたのではない。事実、俺が、咲子を殺したのだ！

この手で、俺は、この手で、咲子を死に追いやったのだ……。

雄一の喉が、締めつけられたような音を立てた。

「雄一さん……！」

トイレのドアが開く音がして、鮎美が雄一に駆け寄った。

37

雄一は、鮎美に抱きしめられた。

雄一の頬に自分のそれをなすりつけ、鮎美は「ちがう、ちがうんだってば」と泣き声を出した。

「鮎美ちゃん……」

後ろで正志が当惑したような声で言った。

「どうして……」雄一は鮎美の腕を握りしめた。「どうして、言ってくれなかったんだ」

「だめよ。ちがう。そうじゃないわ。ちがうのよ」

鮎美は、雄一にしがみついたまま、首を振り続けた。

「鮎美。なぜ、俺にほんとのことを言ってくれなかった」

雄一は、鮎美の身体を引き離し、その両肩をつかんだ。鮎美の眼が真っ赤に充血していた。

「だから……」

充血した眼に涙があふれ、鼻がひくひくと震えている。

「だから、やめてって言ったのに。こんな話を続けたくはなかったのに……」

「どうしたの？」千鶴が、雄一と鮎美を眺めながら言った。「あなたたち、いったいどうしたのよ」

雄一は、千鶴の言葉に答えなかった。鮎美の肩をつかむ手に力を入れた。

「言ってくれればよかったんだ」

「いやよ。知らせたくなかった。知らないでいてほしかった。雄一さんには知ってほしくなかった」

「なぜだ」

「失いたくなかったのよ！」鮎美は泣き顔を横に振った。「あなたを失いたくなかった」

「俺は知らなかったんだ」

鮎美は、小さくうなずいた。

「あたしが馬鹿だったのよ。あなたが別荘を出て行ったのを、逃げたんだって思い込んで、だから……」

「教えてくれ。咲子は、あの客間で死んでいたんだな？」

鮎美は、眼を閉じた。肩を落とし、大きく息を吸い込んだ。

「お願いだ。教えてくれ。せめて、自分のやったことぐらい、ちゃんと知っておきたい」

え……と、正志の声がした。

「毛利君がやったって……」

雄一は、鮎美の肩から手を放した。立ったままの正志と千鶴に目を上げた。

「咲子を殺したのは、俺だったのさ」

「まって」と、千鶴がしゃがみ込んだ。「なに、それ？　どういうこと？　今度は雄一さんが鮎美を庇うの？」

「違うよ」と雄一は首を振った。「庇っていたのは鮎美なんだ。鮎美は、ずっと俺を庇い続けてくれていたんだ。俺は、咲子を殺したのが自分であることも知らずに、鮎美を苦しめ続けていた」

鮎美が、ああ、と額を押さえた。

千鶴は、訝しげな目で雄一と鮎美を見比べた。

「自分であることも知らずにって……言ってることがさっぱりわからないわ」

「客間で、俺は咲子を突き飛ばした。突き飛ばされた咲子の頸に、タオルでくるんだアイスピックが突き刺さったんだ。正志が言っていた延髄を突き刺したんだろう。俺には、死んだように見えなかった。ただ、驚いて、大きく息を吸い込んだだけのように見えた。眼は見開いたまま、俺を見つめていた。そのまま、客間を飛び出したんだ。咲子は、俺に突き飛ばされて、死んだんだよ。俺が殺したんだ……」

「………」

言葉が途切れた。

鮎美は膝を抱き、その膝に自分の額を押しつけていた。

「鮎美ちゃんじゃ……なかったんですか？」

正志が力なく言った。

「ごめんなさい」と鮎美が膝に顔を伏せたまま言った。「正志君に、ひどいことをしちゃった……ごめんなさい」

「僕は……」

言い掛けた正志の言葉が、かすれて消えた。

鮎美が顔を上げた。床から立ち上がり、流しへ行った。蛇口をひねって顔を洗った。濡れた顔を袖で拭った。ゆっくりと三人を振り返った。

「咲子、眼を開けていたわ」流しの下に腰を下ろし、ベッドの向こうへ目をやった。「あたしが客間に入って行ったら、まるであたしを見つめてるみたいにして、揺り椅子に座ってた。死んでるなんて思わなかった。声を掛けたけど、びっくりしたような表情のままで、あたしを見つめてる。不安になって、咲子のところへ行った。咲子の肩に手を掛けたら……」

鮎美は、一瞬、眼を閉じた。首を振り、ゆっくりと眼を開いた。

「肩に手を置いたら、咲子の身体が、ガクンって前に倒れた。頸の後ろに、アイスピックの柄が立ってたわ」

「鮎美――」

千鶴が脅えたような声を出した。

「タオルが咲子の頸に掛かってて、そのタオルを突き通してアイスピックが刺さっていたの。大変なことになったと思った。怖いと思うよりも、大変なことになったって思うほうが先だったわ。雄一さんが飛び出して行った。どうしようと思った。雄一さんを人殺しになんて、したくなかった。殺したのは、あたしのためなんだもの。ずっと、そう思ってた。ここへ閉じ込められるまで、ずっと」

「俺は、なんにも知らずに……」

雄一は、拳を握った。その拳で、自分の膝を殴りつけた。

「雄一さんが、ディジーから電話を掛けてきた時、あたし、ほっとしたの。警察に行ったんじゃないかと思って、ずっと、それが怖かったんだもの」

「……」

「咲子を隠さなきゃいけないって思った。このままにしてはおけない。早くしないと、千鶴や正志君が戻って来る。その前に、咲子をどこかへ移さなきゃって思ったのよ。思いついたのが核シェルターしかなかった。遠くまで運ぶ勇気はなかったし、そんな時間もなかった。シェルターじゃ、いつかは見つかると思ったけど、あとでべつの場所に移せばいいって考えたわ。とにかく今をどうにかしなきゃいけないって。客間から玄関を通って庭に出した時が一番怖かった。その時に見られたらお終いなんだもの。咲子の身体がすごく重くて、泣きたくなった。ようやく物置小屋のところまで運んで、シェルターの鍵を開けた。咲子の頸の後ろに立っているアイスピックが怖くて、それを引き抜いた。それまで、血なんかまるで出てないように見えたのに、急に血が吹き出してきた。そんなに量は多くなかったと思うけど、タオルに、ぱあって拡がって、慌ててそれを押さえたわ。血はすぐに止まってくれた。そのタオルでアイスピックを包んで……たぶん、その時、イヤリングも一緒に包んじゃったんだわ。あたし、シェルターを覗いたの。暗くて、あまり中が見えなかった。ドアがあって、それが半分開いて見えた。今になって考えると、それトイレのドアだったのね。あたしは、タオルでしっかり包んだアイスピックを、下に投げ入れた。それから急いで、咲子を入口のところまで引っ張ってきた。とてもかついで下りるなんてことできなかったから、足のほうから落としたのよ。そこに正志君がやってきた」

雄一は、鮎美を見つめていた。鮎美のほうに向かって座りなおした。

「俺をひどい奴だと思っただろうな。咲子を殺しておきながら、全部を人に押しつけて知らん顔をしてるんだから」

鮎美が首を振って、目を返した。

「あなたが捕まるのが一番怖かった。ひどいのはあたしよ。正志君に、みんな押しつけたんだもの。あたしが殺したんだって正志君が思い込んでくれたおかげで、咲子は事故ということになったわ。あのあと、あなたに会いたくてしかたがなかった。でも、あなたにどうやって連絡したらいいのかわからなかった。千鶴も正志君も、あなたの住所なんて知らないだろうし、まさか咲子の家に行って訊くわけにもいかない。警察ならあなたの住所を知ってるはずだけど、訊きに行くなんてとてもできなかった。雄一さんが連絡してこないのは、あのことを思い出したくないからだって思ってた」

鮎美は、正志に目を向けた。正志は、床を見つめたまま、クランクを回し続けていた。魂が抜けてしまったように見えた。

「正志君が、あたしに結婚を申し込んだわ。あたしはそれを受けた。学校を出たら、結婚するって約束したの。自分が、すごく汚い女に思えた。咲子を殺したのがあたしだって正志君に思わせ続けることができるって思った。雄一さんに会うことができない以上、それが一番いいんだって考えた。そんなことを考える自分が、とても厭だった。たぶん――」

と、鮎美は雄一を見た。

「あたしにも、乙女チックなところがあったのね。正志君にしていることは、すごく厭だったけど、あたしがあなたを守っているって思うと、気持ちが安らぐの。きっと、自分に酔っていたんだと思うわ。ばかみたい。ほんとにばかよ」

「鮎美」

鮎美は雄一に首を振った。

「自己満足なのよ。あなたに苦しめられたわけじゃないわ」

言いながら、鮎美はシェルターの中を見渡した。

「ここに閉じ込められて、話をしているうちに、自分がとんでもない勘違いをしていたことに気がついた。雄一さんには、咲子を殺したって自覚がなかったのよ。それで、ようやくあの時のあなたの態度や言葉の意味がわかったわ。あなたは咲子を殺したという恐れを持っていたんじゃなかった」

「どうして、それがわかった時に、ほんとのことを教えてくれなかったんだ？」

ふっと、鮎美は笑いを浮かべた。

「どうしてだろう？　やっぱりあなたを失いたくなかったからだわ」

「…………」

「まだ好きでいてくれるってことがわかったから。苦しむあなたを……今みたいな雄一さんを、見たくなかったのよ。せっかく、もう一度会えたんだもの」

雄一は、床から立ち上がった。鮎美のところへ行き、隣へ腰を下ろした。肩を抱くと、鮎美の表情が崩れた。

雄一は、鮎美の口に自分のそれを押しあてた。鮎美の手が、雄一の背中をつかんだ。鮎美の唇に、涙の味がした。

部屋の明かりが、ゆっくりと消えた。正志が床に腰を落とす気配がした。

明かりが消えても、誰も、クランクを回そうとはしなかった。

38

それから、かなりの時間が過ぎた。

四人は、なにも言葉を交わさなかった。雄一はずっと鮎美を抱きしめたままでいた。明かりとともに換気が止まり、シェルターの中は暑く、息苦しかった。なにもかもが、静止してしまったように思えた。

ずっとこのまま静止していてくれればいい、と雄一はぼんやり思っていた。

「正志君」

と、暗闇の中で千鶴の声がした。正志の返事はなかった。

「どうして、ここに入ってきた時、クランクを回してみたりしたの？」

壁際で、溜め息のようなものが聞こえた。

「なんとなく」

と正志が言った。

「死体をどこに隠そうかって思って……このシェルターの中のどこかにって、最初は考えたんです。真っ暗で、よく見えなかったから、どこかにスイッチがあるだろうと思って探したんです。これが……」

クランクをゆっくり回す音が聞こえ、天井の明かりが揺らぐように瞬いた。

「手に触ったから、回してみただけです。ただ、それだけです」

ビィー！　というブザーのような音が、シェルターに鳴り響いたのは、その時だった。

揺らぐ明かりの中で、雄一は、はっと顔を上げた。抱きしめている鮎美の手に力がこもった。

——誰か、いるんですか？

スピーカーを通した男の声がした。

「あ！　はいっ！」

千鶴が、声を上げた。

正志の立ち上がる気配がした。明滅を繰り返していた明かりが、勢いを増した。

——毛利雄一さん、成瀬正志さん、影山鮎美さん、波多野千鶴さん。みなさん、おられるんですか？

「はい、そうです！　みんないます」

千鶴が、床下のインタホンにむかって、うわずった声で言った。

——みなさん、無事なんですね？

「はい、無事です」

——私は、県警の湯田という者です。みなさんには、捜索願が出ています。

「早く……あの、早く、ここから出して下さい」

——よくわからないんですが、あなたたちが今いる場所は、どこなんですか？

「え……？」

——あなたたちのおられる場所です。このインタホンは、どこにつながっているんですか？

「あの、核シェルターの中です」

——核シェルター？ それはどこにあるんですか？

「別荘の裏の物置です。物置の床が四角く蓋になってて、その下に入口が……」

——物置。わかりました。今、そっちに警察官が行きました。もう少し、辛抱してください。すぐに救出しますから。

「ありがとう」

千鶴は、泣き声になって言った。

——あなたは、影山鮎美さんですか？

「いえ、あたしは波多野です。波多野千鶴」

——ああ波多野さんですか。他の三人の方も、元気なんですね？ ちょっと、他の方も声を聞かせていただけませんか？

「毛利雄一です」

雄一は、鮎美の背中を叩きながら声を上げた。

――毛利さんね。成瀬さんは？

「はい……います。ここに、います！」

――よかった。ええと、影山さんも、おられますね？

鮎美が顔を上げた。

「おります。どうもありがとうございました」

――安心しました。

「あのう」と千鶴が言った。「咲子の……三田咲子のお母さんは？」

ほんの少し、間があいた。千鶴が、こちらを振り返った。

――三田雅代さんは、亡くなられました。

「え……？」

――私は、今、三田さんの別荘の居間におります。この部屋で、たった今、三田さんが見つかりました。自殺なさったようです。亡くなる前に、県警に電話がありました。あなたたち四人のことを話し、あなたたちがそこで話した会話をすべて録音したテープがあると、三田さんは言っていました。

雄一は、眼を閉じた。鮎美が、雄一の肩に頭を押しつけた。

——カセットテープの山が、ここにあります。どういうことかわかりませんが、三田さんは、そのテープを聞いてもらえれば、なにもかもわかると言って電話を切ったそうです。私たちが駆けつけた時、三田さんは、すでに薬を飲んで、亡くなられていました。

千鶴が、雄一と鮎美のところへやってきた。鮎美の反対側から、千鶴は雄一に抱きついた。

——あ、もしもし？　聞こえますか？　波多野さん？　聞こえていますか？

ブザーが立て続けに鳴り、警察官の呼ぶ声がシェルターの中に響いた。

雄一は、鮎美の耳に口を寄せた。

「ありがとう」

ささやくと、鮎美は何も言わず、雄一を見つめ返した。

泣き顔が、一瞬、微笑んだように見えた。

（完）

本格推理小説論

島田荘司

昨平成元年、『本格ミステリー宣言』と題する一冊を上梓した。この中で「本格ミステリー」のあるべき姿を定義し、日本のミステリーが五十年後、百年後へ向けて生命を保ち得るためには、近い将来このような小説が多く現れてくることが望ましい、といったことを書いた。

挑発的な書き方をしたので、当然ながら多くの反論をいただき、その意味ではそれなりの成果はあげたかと思えるが、反論のうちの大半が誤解にもとづいており、自らの誤解のストーリーに向けた反論であることに、少々考えさせられた。

あの論で訴えた事柄を、以下でもう一度整理させていただきたい。ポー以降の探偵小説の流れにはふた筋がある、というのがあの書物でのぼくの主張であった。

エドガー・アラン・ポーの「モルグ街の殺人」という斬新な新芽を皮切りに、幻想小説から枝分かれし、詩人の夜の夢見のような幻想的な出来事に格別の興味を抱いて、この神秘性を詩的に描写した小説群。これがひと筋。しかし現象が神秘的と見えた理由は、後半において必ず解体説明する。

探偵小説群が多く犯罪や殺人を扱い、非常な成功を収めていることに刺激され、幻想的要素は排し、警察実務的な観点によるリアルな筆に徹して、殺人犯罪の内容と、その解決までの道筋をゲーム的に捉えた小説群。これがもうひと筋になる。

ぼくは作品群整理上の便宜として、前者を「ミステリー」のグループ、後者を「推理小説」のグループと呼んで分別収納しておくことを提案した。

そうしてこれら二グループのうち、前者においてはより原点、「モルグ街」の精神への傾倒と、達成度合いが高い作品（幻想と論理のバランス）、後者においては推理の論理性が他より厳正で高度である作品に対し、それぞれ「本格」の語を称号として冠するのがよいと、現時点での把握を述べた。

そして「ミステリー」と「推理小説」、この二グループはどちらが上位ということはなく、男女一対の雛人形のように並存して、このそれぞれに「本格ミステリー」と、「本格推理小説」という頭部がある——、こういう捉え方である。

この説明は、抽象的で解りにくいかもしれないので、以下に実例をあげて説明を試みる。

霧深い夜のロンドン、コヴェントガーデンのロイヤル・オペラハウスでバレエ、「白鳥の湖」が上演中であったとする。舞台袖でオデット姫を演じていたプリマが殺される事件が起こる。ところが彼女の死亡以降も、何故かオデット姫は舞台で踊り続けており、これを大勢の観客が目撃していた——。こういう不可思議な事件が発生したとする。

舞台に思いが残り、死してのちも亡霊となって舞う一人の美しいプリマの怪現象を、作家が詩人のセンスを駆使して美しく描写し、そのまま小説世界を閉じるなら、これは怪談にも似て「ミステリー」と呼ばれるべき作品である。

しかしプリマには、世に知られていなかった双生児の妹がいたことが捜査で判明し、彼女もまた世には知られていないが実力のあるバレリーナで、姉の死を知った彼女が、纏綿した事情から姉を殺害した人物を救けたいと考え、とっさに姉になり代って舞台で舞った——、そういう事情の説明が後段で行われたとすれば、この小説は「本格ミステリー」に姿を変える。

一方、プリマが殺された時点で「白鳥の湖」の上演は中断され、観客は帰され、妹が身代りを演ずる暇《いとま》もなく、がらんとした舞台上に関係者を集めて、殺人課刑事の尋問と犯人探しが始まれば、これは「推理小説」ということになる。

この尋問が行き当たりばったりの散文的なものであれば平均的な推理小説にすぎな

いが、尋問を終えてのちに見せる刑事の推理が高度に論理的であり、一般人（読者）が自らの見落としに膝を打つ局面が多であれば、この展開にある称号を冠したい思いが湧く。この称号が「本格」であり、「推理小説」は、「本格推理小説」に格上げとなる。先述の四グループは、このようにして、その性格を説明できる。

さらに説明を続けるなら、「本格ミステリー」には超自然的な現象が前段階で現れているわけであるから、この怪現象を支える理屈（起こった理由の説明）、すなわちハウダニットの論理が、後段で必ず必要となり、重要ともなる。同時に、犯人を特定する必要もあるから、これはフーダニット、つまりハウダニットとフーダニット、両推論がこの種の小説には必要となる。時にはハウが主、フーが従ともなり得るし、フーダニットが存在しないケースさえあり得る。「本格ミステリー」では、殺人事件よりも、現れた超自然的な現象の方がより魅力的な場合もある得るからだ。

一方「本格推理」においては、明らかにフーダニットに比重がかかる。フーダニットが主、ハウダニットが従となる。ハウは存在しないケースも少なくない。トリック等、犯人の保身工作が背後に存在していない場合である。しかしそういうケースにおいても、このジャンルでなら傑作は創り得る。警察の丹念な捜査を追う筆が、あえて犯罪に踏み込んだ犯人の心境への興味や、彼、彼女への読み手の共感、等々を喚起させるであろうからだ。

しかしながら「ミステリー」および「推理小説」の語を、このような意図で使い分けようとすることは、現在の使用の現場とかけ離れていることは重々承知している。現状では、たとえば先の「本格ミステリー」にあたる例も「本格推理」と称されることが頻繁にあり、「本格推理」の分類にあたる小説にも、語感の新しさを狙い、格別の深い考えなしに「ミステリー」と帯に書かれることも多い。拙著での提案は、強い抵抗感を生んだものと推察される。

もうひとつの誤解に、拙論の中でぼくが「本格ミステリー」に多くの紙幅を割いているため、島田荘司はこういう小説のみを唯一無二、至上のミステリー小説と考え、他のいっさいを否定していると推察断定されたこともある。

このため、以下が最も深刻であったかもしれないのだが、これから密室、孤島、吹雪の山荘、そうした型を活用したゲーム型の「本格」を書こうとしている在野の人々から、猛烈な勢いの反論をいただいた。そのようなものが最も正しいミステリーでは、自分が書きたいものではないから、創作の士気にかかわる。是非とも撤回して欲しいというものであった。

館内の部屋図を示しての孤島密室ものこそが至上の王道であることは自明であるのに、非常識にも見当違いの「本格ミステリー」の姿を語っている。理解不能の上に有害の極みであるから、すみやかに葬らねばならない、中には正義のため、刺し違えて死ぬと公言する憂国の士まで出現した。現在行われている反論は、おおよそこうした一群と見える。すべて実作者からの反撥であるからだ。

才能を誘発せんとしたものが逆効果になった。しかし、これらと今、積極的な論争を行う意志はぼくにはない。こちらが行った整理発想と、望ましいミステリー小説の外観説明の当否判断には、今後の長い歴史の時間を必要とする。逆に言えば、それなしに今論争しても意味は乏しい。館ゲーム型の書きやすさが、多くの在野人を猛烈に吸引していることはよく知っているからだ。

現在のわれわれが立つ地点からの一時的な眺望に鑑み、こういう人たちには、どうぞ「ゲーム型本格推理」を、自信を持って書いて欲しいと申しあげておきたい。「本格ミステリー宣言」の定義も、島田荘司のものした小説群も、すっかり忘れてもらってかまわない。「本格」に「本格ミステリー」と「本格推理」があっても、カレーライスとハヤシライスのようなもので、両者に優劣はない。

ただし、現時点でこの国に現れている探偵小説群を眺めると、「本格ミステリー」は一パーセントもないように、ぼくの目からは見えている。つまり前方で語られるミステリー現象が、ミステリーの霧を伴っていない。ゆえに九十九パーセントが「推理小説」、もしくは「本格推理」と呼ばれるべきものに、ぼくの目からは見える。『本格ミステリー宣言』の地点でのぼくは、作中にミステリーを有する小説だけをミステリーと呼びたいという、強い願望を持って、あれを書いている。

犯人不明の謎というだけでは、もう読者に「ミステリー」をもたらさなくなっている。ぼくが考えるミステリーの霧とは、「モルグ街」がはじめて世に現れた時のようなゾクゾク感を伴うことが理想だ。これは未体験性が醸すもので、神秘事象の理由に思索が追いつかないからそれを不気味な霧と感じる。何度も体験した前例を引き出してきて寄りかかって見せても、それは構造が知れた約束ごとだから、もはやミステリーではない。

これが実践のむずかしい理想論であることはよく承知するが、ジャンルが誕生して、もう百五十年もの時が経つ。先のようなぼくの二語の区別使用の提案が、現場人に今ひとつ共感を呼ばないのも、書きたい探偵小説がゲーム型であることに加え、世に「本格ミステリー」がほとんど存在しないという理由も大きい。述べたような島田の主張がまかり通っては、単に「ミステリー」という魅力的な語が使用不可となるだけであろう。

『本格ミステリー宣言』は、単に島田荘司の創作姿勢、あるいは願望を説明したごく個人レヴェルのものにすぎないとする主張も、ぼくの言うところの「本格ミステリー」作品の絶対量の少なさ、という現実に関係している。

しかしこの国の探偵小説のジャンルに、「ミステリー」という語を正しく呼び戻し、日本人によるミステリー文芸創作で世界を牽引したいなら、またこの国のミステリー・ジャンルに永遠の生命力を付与したいなら、空室の多いマンションのようになっている「本格ミステリー」創作への意欲を、もう少し増すのがよいとぼくが考えていることは、この際否定しない。

断わるまでもないが、「本格推理」もぼくは大いに好みである。なんといってもアガサ・クリスティはじめ近世の巨人たちの名作群も、大半がこの水脈に浮かぶ舟である。またハードボイルドを創造したアメリカの巨人たちの仕事も、この水系にある。日本に目を転じても、松本清張氏を頂点とする社会派は当然言うに及ばず、最近の若い才能たちの諸作も、今のところ大半、この系統に入って見えている。「主として犯罪における（主として犯人不明の）謎が、論理的に解明されていく」小説を書いている。こういう現状があるのだから、この国の在野の才が、自身の創作に関して、「本格推理」の回路しか視野に入らなかったのも当然である。一人ポーだけが、違う源泉の水に浮かんでいる。

さらに付言しておけば、先鋭化したゲーム型の本格のみはかなり特殊な創作で、そのめざすところは、幻想――リアルの座標軸にあって、両者の正しく中間、ニュートラルな位置を選ぼうとしているように、目下ぼくの目からは見えている。リアルな社会表現には関わらず、幻想性も定型的で充分と看做している。それが達成目標ではないからだ。
さらに言えば、登場人物たちの肉体も、3D的厚みを必要とせず、2D的カードボードで充分と考えているように見える。これは、概念アートにも通じる、新たな文学発想に見えて興味深い。ゆえに台詞もまた設計図的になる。そのようにして、主目的たる論理性に関しては、極めて高い地点にまでポイントを伸ばしている。
ところで「本格推理」というなら、平成新時代の直前まで、この系統内で最も才気を放っていた才能がいたことを忘れることはできない。その作家の名を、岡嶋二人という。

この人の全作品中、屈指の「本格推理」の傑作が、本書である。先に述べたような「本格推理」志向の若い才能たちは、拙作群や「本格ミステリー宣言」は念頭よりしばし追い出し、この作品を参考目標として欲しいものと思う。

岡嶋二人に関しては、今さら説明するまでもない。井上泉、徳山諄一の共作コンビによるペンネームで、一九八二年発表の『焦茶色のパステル』から、一九八九年発表の『クラインの壺』にいたるまでの八年間、日本の推理文壇において特筆に値する存在であった。このわずか八年の間に、岡嶋二人は江戸川乱歩賞、吉川英治文学新人賞、日本推理作家協会賞と、およそ推理文壇における重要な賞を総なめにした。彼らの作品群が、いかに日本の推理文壇に歓迎され、読み手の枯渇を潤したかが、この結果からだけでも知れる。

この『そして扉が閉ざされた』は、高名なドルリー・レーンの退場三部作、「X、Y、Zの悲劇」にも似て、『99％の誘拐』、『クラインの壺』へと続く、後期傑作三部作の開幕作となっている。

岡嶋二人の一人、井上泉氏が、かつてぼくにこう語ったことがある。

「『そして扉が閉ざされた』は、唯一徹底した『本格』を書いてやろうという決意のもとに書いたんだ」

彼のこの言葉は、この作品の徹底して贅肉をそぎ落とした舞台装置からも、うなずくことができる。

舞台はなんと「核シェルター」の中。ドラマはひたすらこの中だけで終始する。

この空間に閉じ込められた者は、男二人、女二人の四人、眠らされていた彼らが、シェルターの中で目を覚ますところから物語は始まる。

彼らの仲間の一人が、かつて殺害されたと見える死に方をした、そして死者の母親が、シェルターの中に四人を閉じ込めたらしい。つまり活動不能の閉所内で心理的な圧迫を加えることにより、四人のうちに存在するはずの犯人に、自白をうながそうと母親はもくろんでいるらしい、そういうことが、物語の進行につれて次第に判明する。

問題の殺人事件も、シェルター内でのことの進行に並行し、回想形式で語られる。

岡嶋二人がこのような特殊な状況を設定したのも、通俗的な要素をそぎ落とし、徹底して論理性に殉じようとしたためにほかならない。極端な状況設定が功を奏し、犯人不明の謎がより浮き立った。そして窮屈な空間にあって、不明の人物の特定に向け、ピントを絞るように収斂していく論理が魅力的になった。

この作品を傑作にした要素がもうひとつある。四人のうちに確実に犯人が存在するのだが、同時に存在しないという不可解性で、このようなまことに謎めいた惹句を可能にする画期的なアイデアを、岡嶋二人は用意した。

この二つの要素により、当作品は、日本における「本格推理」のスタンダードとして、多くの本格推理創作者の目標のひとつとなり得る資格を獲得した。けれども岡嶋二人は、本作を含む三部作を置きみやげに、惜しまれつつ解散した。

二人のうちの一人井上泉氏は、井上夢人のペンネームで再スタート、「ふたりは一人」と題する意味ありげな長編の週刊誌連載を終え、一九九〇年十月の現時点では、これを九一年春の発表に向けて、鋭意加筆中と聞く。しかも嬉しいことに、「ふたりは一人（仮題）」は、「本格ミステリー」に大きく傾斜しているらしい。

一人になり、井上夢人は体質が変わりつつあるのかもしれない。「本格推理」という一段目ロケットを燃焼終了として捨て、「本格ミステリー」作家としての二段目ロケットのエンジンに点火したところではないか。そうひそかに期待している。必ずやまた、日本の推理文壇を雄々しくリードしてくれるに違いないから、岡嶋二人ファンはひと安心というところではあるまいか。

もう一人の徳山諄一氏の方は、いくぶんか長い充電が続いている。目下テレビの推理番組の脚本を書いていると聞く。ここは早くまた、われわれの度肝《お》を抜く徳山諄一名義の新作を発表してくれるよう強くラヴコールを送っておき、筆を擱くことにする。

平成二年十月

〈岡嶋二人著作リスト〉

1 『焦茶色のパステル』（第二十八回江戸川乱歩賞受賞）講談社（82・9）／講談社文庫（84・8）／講談社文庫・新装版（12・8）
2 『七年目の脅迫状』講談社ノベルス（83・5）／講談社文庫（86・6）
3 『あした天気にしておくれ』講談社ノベルス（83・10）／講談社文庫（86・8）
4 『タイトルマッチ』カドカワノベルズ（84・6）／徳間文庫（89・2）／講談社文庫（93・12）
5 『開けっぱなしの密室』講談社（84・6）／講談社文庫（87・7）
6 『どんなに上手に隠れても』トクマノベルズ（84・9）／徳間文庫（88・9）／講談社文庫（93・7）
7 『三度目ならばＡＢＣ』講談社ノベルス（84・10）／講談社文庫（87・10）／増補版・講談社文庫（10・2）
8 『チョコレートゲーム』（第三十九回日本推理作家協会賞受賞）講談社ノベルス（85・3）／講談社文庫（88・7）／双葉文庫（00・11）／講談社文庫・新装版（13・1）
9 『なんでも屋大蔵でございます』新潮社（85・4）／新潮文庫（88・5）／講談社文庫（95・7）
10 『5W1H殺人事件』双葉ノベルス（85・6）／改題『解決まではあと6人』双葉文庫（89・4）／講談社文庫（94・7）
11 『とってもカルディア』講談社ノベルス（85・7）／講談社文庫（88・6）
12 『ちょっと探偵してみませんか』講談社（85・11）／講談社文庫（89・3）

13『ビッグゲーム』講談社ノベルス（85・12）／講談社文庫（88・10）
14『ツァラトゥストラの翼』講談社スーパーシミュレーションノベルス（86・2）／講談社文庫（90・5）
15『コンピュータの熱い罠』カッパ・ノベルス（86・5）／光文社文庫（90・2）／講談社文庫（01・3）
16『七日間の身代金』実業之日本社（86・6）／徳間文庫（90・1）／講談社文庫（98・7）
17『珊瑚色ラプソディ』集英社（87・2）／集英社文庫（90・4）／講談社文庫（97・7）
18『殺人者志願』カッパ・ノベルス（87・3）／光文社文庫（90・11）／講談社文庫（00・6）
19『ダブルダウン』小学館（87・7）／集英社文庫（91・11）／講談社文庫（00・1）
20『そして扉が閉ざされた』講談社（87・12）／講談社文庫（90・12）／講談社文庫・新装版（21・2）
21『眠れぬ夜の殺人』双葉社（88・6）／双葉文庫（90・12）／講談社文庫（96・7）
22『殺人！　ザ・東京ドーム』カッパ・ノベルス（88・9）／光文社文庫（91・3）／講談社文庫（02・6）
23『99％の誘拐』（第十回吉川英治文学新人賞受賞）徳間書店（88・10）／徳間文庫（90・8）／講談社文庫（04・6）
24『クリスマス・イヴ』中央公論社（89・6）／中公文庫（91・12）／講談社文庫（97・12）
25『記録された殺人』講談社文庫（89・9）／再編成により改題『ダブル・プロット』講談社文庫（11・2）
26『眠れぬ夜の報復』双葉社（89・10）／双葉文庫（92・4）／講談社文庫（99・7）
27『クラインの壺』新潮社（89・10）／新潮文庫（93・1）／講談社文庫（05・3）
28『熱い砂——パリ〜ダカール11000キロ』講談社文庫（91・2）

この作品は一九八七年十二月、単行本として刊行されました。
本書は一九九〇年十二月に刊行された文庫の新装版です。

|著者|岡嶋二人　徳山諄一（とくやま・じゅんいち　1943年生まれ）と井上泉（いのうえ・いずみ　1950年生まれ。現在、井上夢人で活躍中）の共作筆名。ともに東京都出身。1982年『焦茶色のパステル』で第28回江戸川乱歩賞を受賞。1986年『チョコレートゲーム』で第39回日本推理作家協会賞を受賞。1989年『99％の誘拐』で第10回吉川英治文学新人賞を受賞。同年、『クラインの壺』が新潮社から刊行されるのと同時にコンビを解消する（詳しくは、本書巻末の著作リストおよび井上夢人『おかしな二人』をご覧ください）。井上夢人氏の近著に『ラバー・ソウル』がある。
岡嶋二人と井上夢人作品は電子書籍でも配信中。
すべての作品の著者本人のライナーノーツも読める特設サイトは「電本屋さん」（denponyasan.com）。

そして扉《とびら》が閉《と》ざされた　新装版《しんそうばん》
岡嶋二人《おかじまふたり》

講談社文庫
定価はカバーに
表示してあります

2021年２月16日第１刷発行

発行者――渡瀬昌彦
発行所――株式会社　講談社
東京都文京区音羽2-12-21　〒112-8001
電話　出版（03）5395-3510
　　　販売（03）5395-5817
　　　業務（03）5395-3615
Printed in Japan

デザイン―菊地信義
本文データ制作―講談社デジタル製作
印刷―――豊国印刷株式会社
製本―――株式会社国宝社

ISBN978-4-06-522446-5

講談社文庫刊行の辞

二十一世紀の到来を目睫に望みながら、われわれはいま、人類史上かつて例を見ない巨大な転換期をむかえようとしている。

世界も、日本も、激動の予兆に対する期待とおののきを内に蔵して、未知の時代に歩み入ろうとしている。このときにあたり、創業の人野間清治の「ナショナル・エデュケイター」への志を現代に甦らせようと意図して、われわれはここに古今の文芸作品はいうまでもなく、ひろく人文・社会・自然の諸科学から東西の名著を網羅する、新しい綜合文庫の発刊を決意した。

激動の転換期はまた断絶の時代である。われわれは戦後二十五年間の出版文化のありかたへの深い反省をこめて、この断絶の時代にあえて人間的な持続を求めようとする。いたずらに浮薄な商業主義のあだ花を追い求めることなく、長期にわたって良書に生命をあたえようとつとめるところにしか、今後の出版文化の真の繁栄はあり得ないと信じるからである。

同時にわれわれはこの綜合文庫の刊行を通じて、人文・社会・自然の諸科学が、結局人間の学にほかならないことを立証しようと願っている。かつて知識とは、「汝自身を知る」ことにつきていた。現代社会の瑣末な情報の氾濫のなかから、力強い知識の源泉を掘り起し、技術文明のただなかに、生きた人間の姿を復活させること。それこそわれわれの切なる希求である。

われわれは権威に盲従せず、俗流に媚びることなく、渾然一体となって日本の「草の根」をかたちづくる若く新しい世代の人々に、心をこめてこの新しい綜合文庫をおくり届けたい。それは知識の泉であるとともに感受性のふるさとであり、もっとも有機的に組織され、社会に開かれた万人のための大学をめざしている。大方の支援と協力を衷心より切望してやまない。

一九七一年七月

野間省一

庄野潤三
世をへだてて
突然襲った脳内出血で、作家は生死をさまよう。病を経て知る生きるよろこびを明るくユーモラスに描く、著者の転換期を示す闘病記。生誕100年記念刊行。
解説=島田潤一郎　年譜=助川徳是
978-4-06-522320-8
しA16

庄野潤三
庭の山の木
家庭でのできごと、世相への思い、愛する文学作品、敬慕する作家たち——著者のやわらかな視点、ゆるぎない文学観が浮かび上がる、充実期に書かれた随筆集。
解説=中島京子　年譜=助川徳是
978-4-06-518659-6
しA15

講談社文庫　目録

江波戸哲夫　ビジネスウォーズ〈カリスマと戦犯〉
江波戸哲夫　リストラ事変〈ビジネスウォーズ2〉
江上　剛　頭取無惨
江上　剛　企業戦士
江上　剛　リベンジ・ホテル
江上　剛　起死回生
江上　剛　瓦礫の中のレストラン
江上　剛　非情銀行
江上　剛　東京タワーが見えますか。
江上　剛　慟哭の家
江上　剛　家電の神様
江上　剛　ラストチャンス　再生請負人
江上　剛　ラストチャンス　参謀のホテル
江國香織　真昼なのに昏《くら》い部屋
江國香織・文　松尾たいこ・絵　ふりむく
江國香織他　100万分の1回のねこ
円城　塔　道化師の蝶
江原啓之　スピリチュアルな人生に目覚めるために〈心に「人生の地図」を持つ〉
江原啓之　トラウマ　あなたが生まれてきた理由

大江健三郎　新しい人よ眼ざめよ
大江健三郎　取り替え子《チェンジリング》
大江健三郎　憂い顔の童子
大江健三郎　晩年様式集《イン・レイト・スタイル》
小田　実　何でも見てやろう
沖　守弘　マザー・テレサ〈あふれる愛〉
岡嶋二人　そして扉が閉ざされた
岡嶋二人　解決まではあと6人〈5W1H殺人事件〉
岡嶋二人　99%の誘拐
岡嶋二人　クラインの壺
岡嶋二人　ダブル・プロット
岡嶋二人　新装版　焦茶色のパステル
岡嶋二人　チョコレートゲーム　新装版
太田蘭三　殺《さつ》・風《ぷう》・景《けい》〈警視庁北多摩署特捜本部〉
大前研一　企業参謀　正・続
大前研一　やりたいことは全部やれ!
大前研一　考える技術
大沢在昌　野獣駆けろ
大沢在昌　相続人TOMOKO

大沢在昌　ウォームハート　コールドボディ
大沢在昌　アルバイト探偵《アイ》
大沢在昌　調毒師を捜せ　アルバイト探偵《アイ》
大沢在昌　女王陛下のアルバイト探偵《アイ》
大沢在昌　不思議の国のアルバイト探偵《アイ》
大沢在昌　拷問遊園地　アルバイト探偵《アイ》
大沢在昌　帰ってきたアルバイト探偵《アイ》
大沢在昌　雪蛍
大沢在昌　ザ・ジョーカー
大沢在昌　亡命者〈ザ・ジョーカー〉
大沢在昌　夢の島
大沢在昌　新装版　氷の森
大沢在昌　暗黒旅人
大沢在昌　新装版　走らなあかん、夜明けまで
大沢在昌　新装版　涙はふくな、凍るまで
大沢在昌　語りつづけろ、届くまで
大沢在昌　罪深き海辺（上）（下）
大沢在昌　やぶへび
大沢在昌　海と月の迷路（上）（下）

2020年12月15日現在